日本歌人クラブアンソロジー

日本歌人クラブ 編

短歌研究社

はじめに

令和二年、新型コロナウィルスによる感染症が猖獗をきわめたこの特殊な年に、例年と変わらず、『現代万葉集』を刊行できたことを、まず、喜び、作品をお寄せいただいたみなさま、編集作業に携わってくださったみなさま、そして短歌研究社のスタッフの方たちに、心からの感謝の思いを申し上げます。

原稿整理から編集、入稿、校正作業は、まさにコロナ禍の最中に、ソーシャルディスタンスを保って打合せをして、原稿や校正刷りを自宅に持ち帰り、自分の時間を大きく費やしての作業の連続でした。内輪の話にはなりますが、一時は今年はこの『現代万葉集』は出せないのではないかと思っていただけに、ここに無事に刊行されたことは、奇跡のようにさえ思えます。

とはいえ、作品があっての『現代万葉集』であることは、言うまでもありません。

元号の制定に沸くけふ一日　武蔵野に生ふる桜満開　埼玉　小田部瑠美子

扇風機がリズム保ちて回る部屋平成の夏も令和の夏も　長崎　上川原　緑

平成の昨日と令和に変はりたるけふの生活何も変はらず　新潟　佐藤　愛子

去年の一番のトピックであった改元、そしてその新元号である令和を詠った作品を今号から三首だけ引いてみました。やはり、ここには日常生活の思いを記述する詩形としての短歌の長所が出ていると思います。どんな状況の中でも短歌は詠まれ続けます。さまざまな困難を乗り超えて完成したこの一巻を、どうぞ、じっくりとお楽しみください。

令和二年十月

日本歌人クラブ会長　藤原龍一郎

目次

装幀＋写真　岡孝治
本文写真　PIXTA
ＤＴＰ　津村朋子

凡　例

＊本書は、①自然・四季（春、夏、秋、冬）②動物③植物④生活⑤仕事⑥愛・恋・心⑦生老病死⑧家族⑨教育・スポーツ⑩旅⑪戦争⑫社会⑬都市・風土⑭災害・環境・科学⑮芸術・文化・宗教、の順で構成した。

＊項目は、原則として作者の指定に従った。

＊作品の配列は各項目別で、作者名は読みの五十音順にし、氏名には読み仮名と都道府県名を付した。

＊作品の言葉遣い・漢字・仮名遣いその他は、作者の表記法を尊重し、歴史的仮名遣い・現代仮名遣いの両方を許容した。

＊名簿欄には氏名、都道府県名、結社名、作品の掲載頁を記した。

1

自然・四季

自然　春　夏　秋　冬

自然

帽子押さえ押さえて風の中にあり熟れし麦穂を風ふきわたる

あぜ道にこぼれし種より芽の出でて一本ここに熟るる麦の穂

そびえ立つ蔵の戸放たれ武者人形一体あすは海べの祭り

山梨　青木　道枝

＊

年古りし竹もまじりてありなしの風にみどりの笹をそよがす

熊笹の繁みに音を立てて降る雨はみぞれになりてゆくらし

人葬り心むなしき冬の日に翡翠色なす竹林あふぐ

東京　秋山佐和子

ひと本の若木のさくら咲きいでて裏庭ほのかな明るさとなる

花すでに終りし園の藤棚に風吹けば花の幻影をみる

ほほゑみて語りかけくる薔薇の花応へて園をそぞろめぐれる

埼玉　新井　文江

＊

蹲踞の幽けき水音耳にしつつ元旦は一人お節祝いぬ

朝明より晴れ渡りたる睦月空白雲ひとつ浮かび消えたり

着飾りし姉等詣でし針供養淡島神社に今人影も無し

千葉　飯島　房次

＊

散り椿地蔵院にて散るを見つ花びらとして散る椿ああ

いにしえの石垣たかき城址なり夕日はまっ赤ひと日の今日の

一駅だけ、星の光るを見上げおり決めた別れに近づく別れ

鳥取　池本　一郎

経を誦す僧の足もと昼顔の淡く咲きつぐ文月の庭

はすの花青一色に描かるる東寺の絵はがき涼しき音色

いずこから我が秋来るや背戸の田は農夫が案山子担ぎ来るなり

和歌山　石尾（いしお）　典子（のりこ）

＊

家々はすでに雪待つ外がまえ窓という窓に板打ちつけて

初雪の近き夕べに落葉焼き小さき炎に手をかざす

暮れはやき秋の夕べは鱈を煮て病院通いの妻を待ちおり

秋田　石川（いしかわ）　良一（りょういち）

＊

剪定を二月六日ときめて来て詩（うた）ふくむその柚子の枝に入る

苔を踏む庵の身に有り幾鉢を軒にならべて明日の香を招（を）く

枝捨てし柚子ひむがしの窓となり陽を早く知る身の哀しさを

神奈川　伊勢田（いせだ）　英雄（ひでお）

北空の山にきこゆるジェット機の音遠くなる夕暮れの空

雪原に遠き街の光みゆ寒さにかすむ夕暮れの空

朝からの雲きれぎれになりはじめ空いち面に明るくなりぬ

岩手　板宮（いたみや）　清治（せいじ）

＊

秋霖を顔あげて受く裸婦の像肩に一枚落葉貼り付け

掃き寄せし落葉の間（あひ）をカサコソと蜥蜴這ひ出づ晩秋の庭

無花果の裸木無骨な冬の朝寒雀二羽はばたきて飛ぶ

兵庫　伊藤（いとう）　絹子（きぬこ）

＊

直ぐそこに青き湖あるごとし雨後の路面は深呼吸する

ゆうぐれに烏がひとつみずからを畑より空へ押しあげてゆく

野に摘みておさなき手もて運ばれしハーブの緑をガラス器に挿す

埼玉　今井（いまい）　恵子（けいこ）

縁ありて行道山の裾に住む紫雲たなびく空見るは何時

栃木　今井（いまい）　幸子（さちこ）

行道山裾野に馬が十余頭　四方緑でおお！インスタ映え

北斎の描きし雲の懸け橋は行道山のあの山の上

＊

唐辛子とがらし辛きとんがらし夕餉ジャンジャン夏を炒める

滋賀　今西早代子（いまにしさよこ）

熱帯夜金魚のような息しつつエアコン効きし箱に眠らな

青鷺が車道横切り低く飛ぶフロントガラスに見る夏の一瞬（とき）

＊

賞味期限ひと月過ぎしチョコレート妻の私が見つけて食べる

長崎　岩永（いわなが）ツユ子（こ）

いくばくの温さを求め布団干し毛布広げる冬のひだまり

校庭で遊ぶ少女らひらひらひらと隣家の窓に時おり映る

こもり柿ひとつ梢に残りをりおもひはぐくむ熾火のやうに

東京　牛山（うしやま）ゆう子（こ）

風に散るミヤギノハギの花あはし母の齢を越えて逢ふ秋

ことばより解かれ華やぐことあらむ尾花しろがね風に伏したり

＊

今はもうドア開ける人いないらし店のとなりの公衆電話

鹿児島　内屋（うちや）　順子（よりこ）

ぷちぷちと聞こゆる声はやぶの中かき分け見れば小川ありたり

うちつけに身をさすほどの雨となりゆくかもどるか心まよいぬ

＊

庭の柿も赤くなりきて秋深し抗う相手の居ない淋しさ

栃木　鵜木（うのき）　義信（よしのぶ）

木枯らしのきびしき里の陽の光り裸木並びて秋を弔う

暴風も洪水も常となる国にブルーシートの屋根のみが増え

卯月旬タブノキの実の青く生る命を繋ぐものみな尊き
やんばるの土に馴染める伊集の花あまねく青し若夏の山
紺碧の海を見おろす遠見台グラジオラスが雑草の中に
沖縄　運天政徳

*

戸を繰れば霜白き庭に身ぶるひて早も師走と心せかるる
蒼空にまわたのごとき雲流れ半月浮きゐる小春日の散歩
水茎のあと爽やかな賀状受く逢ふことかなはぬ友すこやかに
神奈川　大澤はず江

*

初雪と言へるや天より舞ひおりて地には届かぬかすかな翳を
霏霏として降りくる雪を見つめをり息つまらせてあふぎ見てをり
何もかもまろくおほひて白き原　なにもなかつたことにしませう
栃木　大島孝子

堤防を覆ふ尾花のいろさえて風のそよぎに音ある如し
遠き日に誘はれんかせまき田の稲架の稲束乾きゆく日日
刈りし田のいくところにも草稗の刈り残されて秋日に乾く
和歌山　太田晟子

*

葉牡丹の渦にみつばち止まり居て迷路あそびの春のベランダ
保冷車の屋根に枝先ふるるごと桜舞い散る猪鼻峠
つる先を支柱にしっかり巻きつけてサヤエンドウは春風に立つ
茨城　大髙正男

*

そよ風にさくらの小枝は遊びますひととき楽しむ信号待ちに
「源氏」教室長き年月教え受く良き師に恵まれ忘れえぬ思い出
陽当りの良き庭の辺にあまた咲く白花たんぽぽ猫は昼寝す
群馬　大塚榮子

マイペースもときには寂し川沿ひを風にふかれてふはふはとゆく　東京　大野秀子
木漏れ日を広げるやうに風がふく茂る欅の枝をゆらして
錆色のくちなしの花落としつつ地にはねかへる大粒の雨

*

梅雨空を横目にみてる窓の外まつり囃子がかけぬけていく　栃木　大橋美晴
きらきらとなく風鈴に耳すませ心の中に海を見いだす
よそいきの服を着てみた青色のガラスドームのピアス揺らす夏

*

ひとりとふ己が影を踏む寂しさよ砂は少しく沈むとき鳴る　岐阜　小川恵子
たなぞこに享けとめてゐるマグダラのマリアの涙のやうな薄ら陽
止められ堰を切りたるいなづまの障子に広がる光の裸形

雲は来て雲は流れてけふひと日コロナ禍に倦むまなこを過ぎる　長野　小澤婦貴子
五月晴れの空のあをさよそらぞらし　近づくために雲よ垂れこよ
夕空にとどまりてゐるこの雲はひと日いかなる旅続けしか

*

ゆくりなく昼の蟋蟀鳴き出せりそよりと風は寂しさを連れ　茨城　小原文子
新盆と秋の彼岸のしきたりを済ませわが家の歳時記めくる
摘果せし青きみかんを浮かべたる湯船に遠き嫁の日辿る

*

防風の林に高波迫りつつ日吉津一村夕暮れてゆく　広島　香川哲三
消波堤難なく越えて轟ける大波広くしぶきを散らす
この浜に砂採るらしきバックホー一つ朝の日に雄々しけれ

「おはよう」と庭に寄りくる雀来ずそっと昨夜より降る春の雪

愛知　笠井（かさい）忠政（ただまさ）

少しずつ歩幅をひろげ歩みおり今朝は桜の咲く丘に来ぬ

時は春満潮のごとみちみちて五十余年の職を辞すなり

*

初夏の八重の十薬華やぎて独特の香も吹き飛ばしをり

愛知　加藤志津子（かとうしずこ）

年毎に畑の四方に家建ちて温室化なし苗全滅す

庭隅の半夏生は誰に見す形代化粧に白地極まる

*

オレンジ色に煌めく我の自転車をばたり倒して春疾風ゆく

埼玉　加藤（かとう）すみ子（こ）

栃の木の茂る坂なり下りゆき湖の辺にアイスティー飲む

みちのくの山背のごとしと言ひさして文月（ふづき）のコートに球を打ちあふ

蠟梅の一輪づつの開花をば朝毎の庭に吾を立たしむ

長野　金井（かない）と志子（しこ）

福寿草庭に芽生えて幾日か丈二センチに花小さく開く

幾度か厨に寒く立すくみ朝食作る九十余歳

*

僅かなる稲田なれども出穂期の防除の匂ひ郷愁誘ふ

岡山　金盛富美子（かなもりふみこ）

わが田には非ずといへど黄金色に揺るる稲穂に心満たさる

平成の年の紅葉も見納めと感慨のあり見慣れし山も

*

昼の星見えねどあるとみすずの詩み親の光もつねにこの身に

広島　金原（かねはら）瓔子（ようこ）

円（まど）なる虫食い跡も柄のごと蓮の葉揺るるバッタを乗せて

平成の有終の美か満月の普（あまね）く照らすこの日の本を

混沌のコロナウイルス清むがに庭に降り敷く雪時雨かな

青森　鎌田（かまだ）　保（たもつ）

しづしづと街路に人影うすれゆきコロナウイルス懸念を抱く

何ごともなかつたやうに雪時雨あがりて陽気さし込むるなり

*

蜜を吸ふ嘴（はし）のみ見えて暗き翳花枝をゆらし羽ばたきの音

京都　神谷（かみたに）　佳子（よしこ）

戸を開くるも逃げざる鳩の嘴に小枝くはへて巣造る気負ひ

春の鳩首に艶めく虹のいろ伸びちぢみしてわれを見返す

*

裸木を濡らす時雨はあたたかい紅茶におとす檸檬のしずく

滋賀　唐沢（からさわ）　樟子（しょうこ）

老眼鏡とおして見える世界なり冬の紅はこんなに深い

枯れ残る芒も紅葉も瑞々と歌は自在のかたちなりけり

海鳥のこえを鎮めて暮れるうみ潮のにおいがこんなに迫って

滋賀　川﨑（かわさき）　綾子（あやこ）

係留の船のたがいにこすれあい鈍き音たつ波間小暗し

一本の舫いに繋がれひと夜さをゆわんゆわんと船は泣くらん

*

ぽろぽろと胸のあたりが空っぽになりてふるさと十六夜の月

神奈川　川添（かわぞえ）　良子（りょうこ）

星月夜津軽地球村コテージの洩らす灯（あかり）の淡きぬくもり

十六夜のけぶれる月につつまれて丘の出で湯はひそひそ溢る

*

トラバース移動するなくナイフリッジ辿りて醒めき剣岳岩峰

岩手　菊池（きくち）　映一（えいいち）

旅行きて尾鈴（おすず）の霞仰ぎけり牧水詠みしふるさとの山

「自然と共に自然に生きて自然たれ」孤身歿するいのち尊（たっと）ぶ

蝶となり入りてもみたき紫陽花のほのかに蒼き花毬の中

埼玉　木﨑三千代

花もろともしばし吹かれぬ秋桜の野にスケッチの筆を休めて

くぐもるも月の空へと抜けゆくもあり草むらにすだく虫の音

*

かなしきは小川の水のうす情けどこへ流れん野の景色ぞや

高知　北村恵右

大巌は磯辺にありて朝ぼらけ潮が香ぞするなつかし波路

さみしさに堪えかねてあり露の草来たれば寒し冬あかねした

*

透きとおる寒さ私を徹り抜け水晶なせり初冬の露

愛知　木下容子

不自由な身体ゆえに耳澄ます吹き渡る風の心地よき音

月の光(かげ)宿す畑は黄の色に染まり安けし今宵十五夜

還暦を迎えてUターン畑(はた)仕事たのしむ我に紫蘇の香の秋

広島　久保田由里子

玄関の網戸より入る木犀の香りすがしく満つる部屋内(へやぬち)

となり家のろうばいの花咲きそめぬ風が届ける師走の香り

*

広野に立つ一人(いちにん)がありあこがるる一人があり新年あける

千葉　黒沼春代

江戸川と坂東太郎の分岐点関宿城から見る春の利根川

たっぷりと墨をふくませ筆に書く雲という文字風の音する

*

山城のありたる頃のひと思うその山裾に住みて明け暮る

広島　河野繁子

終焉の地と住みなれて初耳のじゅういち・じゅういち声の明るし

見あぐれば大型の鳥じゅういちと呼びとめられて胸はやく打つ

サンジェルマンの森林の奥に降りそそぐ光は緑の
窟へ誘ふ　　群馬　児玉（こだま）　悦夫（えつお）
朽ちし葉に産み落とされし褄黒豹紋（つまぐろへうもん）蝶さつきの空
にワルツが見える
新緑の眩しき水辺の燕子花　汗衫（かざみ）をまとふ若紫の
顕つ

*

春日さす西湖の堤の景豊か梅林歩めば香にやすら
ぎぬ　　東京　小林（こばやし）　紀子（のりこ）
しろつめ草ペンペン草に母子草吾子摘む姿（なり）の懐か
しき土手
チューリップ咲く庭園をながめをれば十年前のオ
ランダが顕つ

*

案内板梅を描けり万葉に旅人（たびと）詠みける花訪ひ行か
む　　山梨　小林（こばやし）まゆみ
春浅き森に出合ひぬ枯色のなかに咲き出づ梅一・
二輪
枯色の木木の間（あはひ）に咲く梅の雪と見紛ひぬその一・
二輪

喧騒が微かに和む月曜日上野の杜のぼたん苑訪う
　　千葉　小山美知子（こやまみちこ）
炎熱に被われている空見上げ息ととのえる亜熱帯
日本
妹と長電話してベランダへ釣瓶落としの陽がおち
てゆく

*

真つ白な霜に心身ひきしめむ残る暮しのいくばく
ありや　　福島　紺野（こんの）　節（みさお）
消（け）残りの初雪が庭べに見ゆる朝蜜入り林檎さはや
かに食ふ
この蜘蛛は冬籠るのを忘れしか軒にひたすら糸張
りつづく

*

ひびき灘の春の潮を聴かむとてキャベツ畑の小道
を駈ける　　福岡　西城（さいじょう）　燁子（ようこ）
青島の岩ふみしめた春の日のあの若き日のスプリ
ングコート
日の暮れの高架に電車は一本のひかりの帯となり
て過ぎゆく

盛大に雪を散らして天晴なり朝朝のひよどりの小競り合い

さらさらと青竹のようにさらさらとふる雪をはらうこと、赦すこと

雪ぐもりの空には誰の声もせず声のような雪がふるなり

福島　齋藤(さいとう)　芳生(よしき)

＊

たつきだにあやまちなくは春されば君と桜を愛でにけむもの

鶯の初音つたなき長閑(のどか)さに和ししや梅ぞ笑み初めにける

君影てふ名だに恋しき花ゆゑに愛でにし人の面影のたつ

北海道　酒井(さかい)　敏明(としあき)

＊

いさかひし妻のことばを聞き流し今日は「冬至」と柚子採りに出づ

水仙の香りのなかに励まんと短歌ノートを机上に開く

霜を浴びなほ凜と立つ白菜に冬の陽低くさしはじめたり

福岡　佐々木(ささき)　功(いさお)

枇杷のはな白く小さく咲きてをり極月のけふ雪被きつつ

こんなにも寒き日々にて咲き続く枇杷の小花の香り清しき

雪被き花は咲きをり半年をかけて実りゆく枇杷の実おもふ

福島　佐藤(さとう)　輝子(てるこ)

＊

山茶花に「メジロ」の群が集まりて語り合う日の早き夕暮れ

新月や二日月(ふつかづき)かな　三日月や輝きを増す秋空の月

太宰府の梅の香りが国中に令和の時を和やかに生きる

福岡　佐藤(さとう)よし乃(の)

＊

梅雨明けの朝を走る対向車フロントガラスに爆づる日輪

薄氷の溶けゆくほどに水桶に散りたる梅の花びら揺らぐ

誰もゐぬ「恋人の森」に凩立ちて枯葉が四つベンチに座る

大分　佐藤(さとう)　礼子(れいこ)

旅に出る理由もなくて八月の窓に映った夏雲を拭く

青森　里見（さとみ）　佳保（よしほ）

朝顔の花を絞ってかき混ぜて魔女の修行の色水あそび

描きおえた一本の樹に雨が降りこの夏はもうあの夏になる

*

八月は死者に会ふ季送り火のほのほに墓前の湿りたる風

神奈川　島（しま）　晃子（あきこ）

来年も来て下さいと呟けば送り火ぼおつと朱く焼え立つ

送り火の消ゆるときのま立ち寄れる君よ幽かに肩に触れゆく

*

つややかな青葉のはざまの寒つばき冬の力のやうなくれなゐ

大阪　城（じょう）　富貴美（ふきみ）

冬芽（とうが）まだ固き樹下をばくぐり来てをしどりの棲む水辺へ向かふ

海鳴りを君と聞きゐし足摺の岬顕（た）たしめ凩をきく

蝶ひとつ自由の時を楽しむかドローンとなりて空にたゆたう

北海道　白岩（しらいわ）　常子（つねこ）

林道の側行く水の音かたわらの赤きナナカマドの下に聴きゆく

雪原は刺しくるほどに空気澄み雪を乱して蝦夷鹿のとびゆく

*

あからひく日のまぶしさに濯がれて流れる水のからだがひかる

静岡　信藤（しんどう）　洋子（ようこ）

スカンポをジャワの更紗と歌わせて楽しきおとこよ北原白秋

さくら散るはなびらの道はらわたを晒し轢死す白きくちなわ

*

白秋忌の川辺灯りて夜の闇に浮きゐるごとし帰去来の詩碑

千葉　末次（すえつぐ）　房江（ふさえ）

夕風に筑紫恋しと鳴く蝉か川辺の道を家にいそぎぬ

蒔き終へし大根に秋の雨降れりいのち育む音のしづけさ

庭隅に丸く芽をふく蕗の薹浅みどり色に春を先どり

山口　鈴木　京子

高津川の河川公園ベンチにて河鹿の声きく足るを知るなり

芸北の八幡高原草むらに小指ほどなる笹百合見つけり

＊

仰むけに死にたる蟬はかすかなる風に靡けど位置を保ちぬ

東京　関谷　啓子

目を凝らし歌集三冊読み終えぬ　日照雨のあとの昼顔の花

水たまりの中の夏空轢きながら真っすぐ進むわれの自転車

＊

晴天の風に吹かれて舞う桜花びら追うて子等は喜び

青森　相馬　錩一

風吹けば舞い散る桜の花びらに喜びており観光客は

散り残る桜花びら風に舞い川面に浮きてゆっくり流る

池の面の睡蓮の花友言へど我の視力は届かざりけり

鹿児島　曽木　知子

葉の上に四枚の花びらくっきりと黄色の映ゆる山法師の花

白木蓮咲きて母の誕生日寿ぐごとく白のあふるる

＊

一面の杉菜に花の咲くならばわが家の庭は花園となる

新潟　髙島　みつえ

丈のびて花咲きそむる天竺牡丹南の強き風にうなだる

村落の空き家の庭の寒桜ほの白く揺れしもつきみそか

＊

代々を経て古りし社の境内に神さび大き銀杏木の立つ

広島　高橋　茂子

神木の銀杏の黄葉金色に光含みて美しき輝き

大銀杏樹齢千年新しき令和の今の風をはらみて

相性のどこか良さそな柿二本植えて令和の十年を待つ

星になること無きままの亡骸（なきがら）を葬る鳥の哀れともがら

白き腹空に晒して蝉ひとつ鳴き尽してかその身軽しも

埼玉　高橋（たかはし）　良治（りょうじ）

＊

姿なき新月の空に陽ざし満つ月暦卯月朔の朝

人に会はず人に映れるわが姿昼間の月のやうに失せゆく

あさなさな雨戸を開けて梅の木の丸み増しゆく梅の実見上ぐ

東京　高山（たかやま）　邦男（くにお）

＊

しとど降る雨に初島烟らひて海は鈍色鴎が一羽

波しぶき怒怒音（どどおん）怒怒音打ち寄せて雨止めどなく降りにけるかも

銀のラメキララキララと光る海初秋の太陽二日目の朝

静岡　田口（たぐち）　安子（やすこ）

朝まだき天に月あり星のあり地の霜柱吾は踏みゆく

椿大樹五百（いほ）の莟のひしめけりひとつ残らず咲くのだらうか

濃ゆき香の誘（いざな）ふ苑に出会ひたる月の雫のやうな蝋梅

埼玉　竹内（たけうち）　由枝（よしえ）

＊

春の雪スカイラインを閉じ込めて高野ははるか彼方となれり

いつか見た懐かし高野の薪能このあたりかと石畳踏む

勤行の太鼓の音の単調が眠気を誘う峡の三月

和歌山　龍田（たつた）　早苗（さなえ）

＊

隠蔽的擬態の色に樹間ゆくをとこ忽ち溶けて立秋

形骸といふ名のかたち残しゐる家屋を朝のひかりが渉る

禍（まが）の世の穴より覗きみる天のみづあさぎいろ雲居のましろ

千葉　田中（たなか）　薫（かおる）

夏草の待ちこがれたる日照雨（そばへ）ふる鳴き声なかり蟬の横たふ

神奈川　谷（たに）　満千子（まちこ）

順調に老化は進んで居ります！と父言ひ給ひしは吾の年だつた

八十路なれど念願のアメジスト購ひし旅の鏡にをなごを残す

＊

地（つち）深く情念の火を汲み上げてくれなゐ凛と冬の山茶花

兵庫　谷原芙美子（たにはらふみこ）

翡翠色練りて波頭が輝かす光の放射が起てよと言ふがに

池面裂き跳ね上がりたる真鯉かな金（きん）色に輝き深く潜りぬ

＊

遠阿蘇の白煙けさはちかく見え川の瀬音もことやさしけれ

熊本　塚本（つかもと）　諄（じゆん）

はるかなる人を想ひぬ灯あかりになびき揺らぐか柘榴熟れ実は

地震（なゐ）小さく熄まずにあればいつまたと思ふ夕降るひのくにしぐれ

咲き残る赤き冬ばら一輪が左右に首ふり命保てり

京都　戸嶋智鶴子（としまちづこ）

体温を奪ひつくされし冬の野に未だ屈せざる思ひのひとつ

片割れのまま冴えかへる月ありて無念無想に裸木（はだかぎ）の影

＊

川岸に翼たためる白鳥に凍てつく千の星がこぼるる

青森　中里茉莉子（なかさとまりこ）

石化せる枝のごとくにわが裡に重き影置く昭和の時代

つまらなき番組のみのテレビ消しとり戻したる冬の静けさ

＊

山の傾りに花辛夷咲き自らの性に目覚めし少女よ、ごらん

長野　中島（なかじま）　雅子（まさこ）

うたつてゐたのか鳴いてゐたのか揚げ雲雀われの原野を発ちゆきしまま

孤独とは或いは充足こんなにも空があをく見えるのだから

大寒に根雪なしとはいまだ無く異常気象がいと恐ろしき　山形　名和(なわ)利子(としこ)

寒き日は風呂に入るも老い二人互に声かけ無事を確かむ

大空も雪積む山も朱に染めしんしん静もる寒の夕映え

*

余すなく揃えられたる松の枝令和の庭に安らぎの風　京都　西村(にしむら)かな子(こ)

添えし木にすべてをゆだね花を見する庭の老梅年月知らず

濃く赤き万両の実は知らぬ間に無くなりおれど雪はまだ見ず

*

亡夫(つま)と見し冨士の全容秋晴れに極限の美よ神々しかり　北海道　布浦(ぬのうら)みづほ

久久に息子夫婦とドライブすモアイ像あり秋の公園

札幌のゴミ集積場たりしモエレ沼イサムノグチは美事に活かす

尾根の雲流るる向きの変りしとザックを背負ひ歩き始めぬ　山形　布宮(ぬのみや)雅昭(まさあき)

呼ぶ声に山小屋出でて星仰ぐ吹き上ぐる風に身を屈めつつ

飛島の傍らの海に伸びてゆく影鳥海(てうかい)を尾根に見下ろす

*

百舌のこゑ響きて止まぬ夕つ方吾は秋風に吹かるる一樹　愛知　野田(のだ)恵美子(えみこ)

吹き渡る風の記憶をとどめたる枯葉ひとひら舗道を転ぶ

時雨去る夕べの道に桜葉の散りくる一葉雨の匂ひす

*

わが庭に梅の古木のありしこと鶯ならぬ目白来しこと　石川　萩原(はぎわら)薫(かおる)

返り花　狂ひ花はた忘れ花せつなきことば伝へきたりし

三月の雪はさみしいあしたよりゆつくりゆつくり降りながら消ゆ

浮かぶ雲あかねに染まり笑みきたる指先じんじん霜ひかる朝

ふんわりと足裏に優しきもみじ葉を躊躇いつつも踏みしめ踏みしむ

いっぽ一歩新しき年近づけり過ぎしは悔やまず明日に向かわん

京都　白子（はくし）　れい

＊

裸木の冬芽ほどくる並木道二羽の鶺鴒にいざなはれゆく

流れゆく水の速きを追ひ抜きて冬鳥鋭く鳴きて過ぎゆく

星々のなかに見えざる星ありて寒中の庭に水仙群るる

石川　橋本（はしもと）　忠（ただし）

＊

山畑の林檎を喰らふ熊追ひの連発花火によも山どよむ

たはむれに林檎を捥ぎて放りたる土手の彼方は野の広がれり

捥ぎとりし林檎に黒星病果見つけしを穴に埋めて伝染防ぐ

山形　蜂谷（はちや）　弘（ひろし）

吹き荒ぶ三日続きの春嵐　風がうなり家をゆらし庭木を薙ぎ倒す

諏訪湖は大きく波立ちうねり　大白波が北へ北へと流されてゆく

春嵐吹きすさび打ち寄せる大波　水門を乗り越えて舞い散る

長野　花岡（はなおか）カヲル

＊

立秋を期してとり替えし歯刷子の食後の歯磨きさわやかな夜

前を行く車のガラスに移りいる秋の白雲追いかけ走る

鉢巻の威勢につられ鰤を買い勧め上手に干物まで買う

和歌山　埴岡（はにおか）佳津子（かずこ）

＊

風立ちて満開の桜花（はな）散らすなりわが頬面（ほほも）にもひとひらの弁

夕闇に匂ひくる香は野茨か遥かに浮かぶまんまるい月

新緑に包まれ堂塔静まれり深山（みやま）・渓川・細流（せせらぎ）の音

兵庫　埴渕（はにぶち）　貴隆（よしたか）

言ひたくも聞きたくもなしあつあつと日なたも人も避けて過ごさむ　大阪　林(はやし)　龍三(りゅうぞう)

炎天にをんなもすなる日傘さすをとこ行き交ふ梅田界隈

どやどやとバレー部の女子乗り込みて妖しき温気弱冷車に満つ

*

この冬のたしか初雪　杳くとほく幼き日々をいざなひて降る　東京　林田(はやしだ)　恒浩(つねひろ)

力なくわれを見つむる老猫と言葉をかはす朝なあさなに

春を呼ぶ風にまぎれて聞こゆるは死に近き日の母のためいき

*

ふっくらと白木蓮の花かかげ風がふくらむ季(とき)がふくらむ　山口　原田(はらた)　俊一(しゅんいち)

冠山(かんむり)のはその萌芽も紫(し)にけぶり令和元号はるかことほぐ

ながらえて昭和平成つくづくと令和皐月の風に和みぬ

ドーベルマン葬る処雪積みて緋寒桜の蕾ふくらむ　和歌山　原見(はらみ)　慶子(よしこ)

はんなりと咲く山桜遠く見て古人のよすが偲びてありぬ

たんぽぽの花まり白く近寄れば透けて幾何学模様美し

*

＼前に高崎、後ろに鶴見＼わがふる里は早春(はる)の陽の中　大分　日野(ひの)　正美(まさみ)

散りつくしし柿の梢(うれ)の間(ま)さやかなり街も海も隔つる山も

葉は散りて梢(うれ)のあはひに鮮やかなり彼は国東半島六郷満山

*

幼子の睫毛に秋の留まりけり振り向きざまにもみぢ色増す　岐阜　日比野(ひびの)和美(かずみ)

行く人を黄に染めあげて銀杏の村は明かりの中にありたり

黄の鳥を伽藍の陰に遊ばせて銀杏(いてふ)大樹はひねもす立てり

道祖神の側に咲き居る山茶花のいとも鮮やか淡紅しぼり

その芯の隠れるほどの八重咲きに淡紅しぼりの山茶花の花

幼らはたき火の歌をうたいつつ山茶花の咲く道通り行く

東京　平田（ひらた）明子（あきこ）

＊

音を立て近づき来りて遠ざかる　真夜を醒めゐて聞く冬しぐれ

夫の声に出でゆけばいま山の端を離れたばかりこよひ満月

みづあさぎの空にうつすら午（ひる）の月触るれば壊れゆくかも知れず

福井　平林（ひらばやし）歌子（うたこ）

＊

紅き芽をしなやかに立て牡丹伸ぶ早くも小さき蕾の見えて

日を追いてピンク濃くする紫陽花に初夏の日差しは柔らかくふる

秋冷えの庭にこもれるジンジャーの香にまとわれて下草を取る

山口　弘實（ひろざね）和子（かずこ）

街なかの橋のひとつは人のみを通す組立て行く手に桜

咲いている時のみに見る桜木の何本かあり林に藪に

忘れたきことは忘れて年経たり桜一樹は心にひらく

徳島　藤江（ふじえ）嘉子（よしこ）

＊

激動の昭和平成生き抜きて令和の満月孫と見上げる

手をつなぎ孫と見上げる幸せに微笑むやうな師走の満月

「お月さま秋に比べて小さいね」孫の観察師走の満月

埼玉　藤森（ふじもり）巳行（みゆき）

＊

海沿いの白い風車はひたひたと波のため息聴きつつ回る

温室に紅梅の香り満ちる午後は光のほとりに歌集を開く

秋田運河の対岸にある工場の煙の行方を君と見ている

秋田　古澤（ふるさわ）りつ子（こ）

朝の歩に北アルプスを仰ぎ見る常念岳(じょうねん)の嶺いつしか白く
夕焼けの茜はやがて紫に常念岳の斑雪(はだれ)を染める
長野　穂科(ほしな)　凜(りん)

夕立のあとをすがしく大き虹北アルプスは夕暮れてゆく

*

空を指す桜の枝に光散り歓喜の声に鳥呼び交はす
鳥たちは光啄み枝伝ふ小さき脚に花びら落とし
和歌山　前北(まえきた)　潤子(じゅんこ)

もつれあふモンシロチョウに差すひかり春はまつすぐわが傍に

*

花のころ賑はひてゐし目黒川にごれる水は海へとながる
夏まひる噴水の霧あびながらホバリングしてゐる赤とんぼ
東京　松岡(まつおか)　静子(しずこ)

クラス会終りて通る公園の人なきベンチに降る蝉の声

乳色の万朶の花房つややかにニセアカシアは夕日を弾く
ありたけの日を集めしか黄水仙のなかにさらなる日の色のあり
北海道　松岡(まつおか)　美雨(みう)

垂れ込めし雲の重みを受け止めて蝦夷丹生白き腕を開く

*

雲も春瀬の音も春山の気も春なればみな胎動始む
せせらぎに春の泡(あぶく)の生(あ)れ継ぎて岩魚のすいと通りゆく見ゆ
和歌山　松田(まつだ)　容典(よしのり)

並木道行く人の背に揺れながら過ぎゆく春の木漏れ日のあり

*

となり家の屋根に輝く大き月伊吹峯(ね)映ゆる暖冬の宵
伊吹峯を今昇りゆく月映えて眺むを惜しめど誰もこたえず
滋賀　松本(まつもと)　君代(きみよ)

雪を見ぬ暖冬の湖(うみ)波静かふきのとうはや花を開きぬ

道すがら白梅香る家あれど人住む気配なきままに散る

東京　三浦(みうら)　柳(りゅう)

大いなるもの思ふまで楠の大樹は冬の空に広がる

信ぜよと聞こゆるごとし楠の葉群ゆらして風奔る音

*

さくら咲きアゲハ蝶舞う世界中生きてる詩となり春をよろこぶ

北海道　水間(みずま)　明美(あけみ)

できたてのチョコレートの香(か)が指となりふわふわふわり私を招く

青空をノックしてみるかなしみはぎやまんに詰めて昨日の海へ

*

あちこちの怪しいひかり生まれて壊れ黒い鳥とぶ

長野　光本(みつもと)　恵子(けいこ)

アオサギは遠く小さな富士にむかい飛び立ちゆく

いきなり首を伸ばしたアオサギの口には跳ねる魚

豆柿の真赤に熟れし木のはるか初冠雪の蔵王嶺の見ゆ

宮城　皆川(みなかわ)　二郎(じろう)

金瓶の龍王橋に立ち望む初冠雪の蔵王の嶺を

須川辺を一人歩みてはるかなる少年茂吉のことなど思ふ

*

水仙に挨拶されているような博物館への春風の道

鳥取　宮原(みやはら)　玲子(れいこ)

額にかかる吐息匂えり梔子の風に過ぎ行く初夏光る

独り居の自由と寂しさ同居して秋風さやぐ緋の吾亦紅

*

えごのきの春は愉しげそよ風に蕾揺れゐる鈴振るごとく

山梨　村田三枝子(むらたみえこ)

掘りおこす花壇の土は温みもち植ゑゆく苗をやさしく包む

わが庭の花それぞれに思ひあり白雲木の白き花散る

たがいなく春に向きゆく夜ならん耳すますほどの雨音すなり
富山　村山千栄子(むらやまちえこ)

斜交(はすかい)に飛ぶ小鳥らの影映す春めく廊の障子あけゆく

疫病に春の祭も止むるとぞ去年のはやしの響けるものを

＊

暑き夜に覚むればいつしか思わるる杳き日のこと甘美にはならず
埼玉　本木巧(もときたくみ)

真夜に来るかすかなる風頬をうつ撫ずるごとくに妖女の手とも

蝉の声散乱として鳴りひびく拒むものなく夏の昼下り

＊

朝風に風船かずらの青き実が揺れつつ抱く個々なる時間
岡山　本近和子(もとちかかずこ)

風の色の目には見えねど木々渡りふれくる風に父母の手おもう

虫時雨に心うばわれ聞きおれば山は日暮れて深きむらさき

鶺鴒(せきれい)のあさなゆふなに訪ひ来なり何(な)ぞ言伝(ことづ)てむに庭石叩く
佐賀　森安子(もりやすこ)

帰るさにしぐれ降りゐて鵲(かち)の啼く　楓(かへるで)ちらす冬ざれの庭

黄梅の花ほつほつと枝垂るるにつどふ小鳥ら日溜りに戯る

＊

幾たびも災害うくる東寺なれど紅葉あかあか堂塔つつむ
滋賀　森田ひさゑ(もりた)

堂塔のもすそとなりてもみぢ葉は東寺をつつみて赤赤ともゆ

深みゆく闇に消えゆくもみぢ葉の陰影なして堂塔つつむ

＊

カーナビが道なき道を走るときまつ毛パーマの匂いから海
神奈川　森山緋紗(もりやまひさ)

夏休み初日に探す文庫本帯の少女に触れる百の手

飛行機の真白い腹を見送ってダッシュボードに四本の足

橋に聞く北上川の雪解水来る水の音行く水の音

今冬に降りたる雪の芯として家裏に残る氷の山は

岩手　八重嶋(やえしま)　勲(いさお)

雪解けのしづく蓄ふる田を打てば鱗のごとく光る土塊

＊

楢木立しげる合間に見事なり雲をなびかせかみなりは鳴る

朝の陽の緑揺れいる木々の間に一万年の川は流れる

東京　安富(やすとみ)　康男(やすお)

かげる陽にクヌギ林の揺れる間をひょうひょうとしてヒグラシは鳴く

＊

雪かきもままならぬ夫婦なり思はず外(と)に出(い)で天を仰ぎぬ

エニシダの木々の芽吹きの輝きて立春知らせる季の流れよ

東京　山岸(やまぎし)　和子(かずこ)

庭木々の剪定されて空広く朝日輝き暖まる窓

太陽の光ねぶれば一斉にかがやきわたる若葉の斜面(なだり)

山吹の黄のあざやかさ山裾に垂枝揺らして光播きをり

鳥取　山田(やまだ)　昌士(しょうじ)

楠若葉萌ゆる伊勢路の神奈備の最中に坐す常若(とこわか)の神

＊

羽ひろげ激しき声に威嚇する海猫は愛しき雛もつ故に

網いっぱいのウニを抱へて眼力をゆるめし君が海よりあがる

青森　山本(やまもと)　サツ

山膚を覆ひて海鳴り高かりき荒磯の波に愁ひ流さむ

＊

返り花なぜ今咲くやその沢のひそかなること我に聞かせよ

乱高下気温に花芽は戸惑いぬ我の心は穏やかならず

宮城　吉田(よしだ)　武子(たけこ)

その風に踊るさざ波眩しくて湖の辺で心安める

四季 春

朝焼けの雪原の面はとほじろし美（は）しき光は春の兆
しか
北海道 吾子（あこ）かずはる

白妙の雪の下より春つぐる水の音（ね）聞けば心は和む

夕間暮れ帰る道辺の雪解水凍るとするや面しづも
るも

*

萌え出づる柿の新芽に昨夜（よべ）よりの霙まじりの雨の
降りつぐ
群馬 阿部（あべ） 栄蔵（えいぞう）

やうやくに八分咲きたる桜並木寒の戻りの雪の降
りけり

朝よりの雨が霙に雪になり朱き山茶花の花に積も
りぬ

候鳥を迎えては送る歳月の深き黙契に通うしずけ
さ
島根 安部（あべ） 洋子（ようこ）

それぞれに起点をもちて並ぶ影夕暮れの水辺ただ
なつかしき

よろこびは春みずうみの光に似て不意に届きぬ見
えぬ方より

*

咲きみつる河津桜の下をゆく阿蘇の山々遠くけむ
りて
熊本 荒木（あらき） 精子（せいこ）

わが視力よみがへるまでかがやきて南郷谷の桜き
はまる

亡き夫偲ぶよすがの樟並木春の落葉が音たてて散
る

*

草木瓜（くさぼけ）の返り花咲く生垣にあぶがひすがらきて遊
びおり
神奈川 飯島智恵子（いいじまちえこ）

ところ得て花を咲かせよたんぽぽの白い穂絮（ほわた）を一（ひと）
息（いき）に吹く

夜叉五倍子（やしゃぶし）の房（ふさ）揺れやまぬこの丘の昔の話を始め
ましょうか

綿菓子のごとく茫たり山桜相模の渓の朝の光に

東京　石尾曠師朗

名ばかりの春風寒し運びくる花びらひとつ頬につめたく

見送れる沿道の民にみ手を振る上皇后さまの春の目差し

*

融雪も早苗植うるもひとつ国の春の一日ぞ列島長き

北海道　石田志保美

春潮の美しき日に生れしゆゑ汝が名にこめつと言ひし父はも

「平成」の最後の月は四月にて父母の知らざる傘寿となりぬ

*

吾が指に授粉なしたる栗南瓜みるみる丸く縞模様出づ

山梨　井出　京子

絹糸のごとき春雨くれなゐの睡蓮の花やはらかく打つ

時を刻み樋より落つる春の雨音の高しよまた低しとも

盛り咲く白木蓮は真っ青な空に光りつつ捧ぐるかにも

神奈川　井上　早苗

桜ばな一花一花の触れ合いて語らいにつつ咲き満つるらん

カタクリにすみれ二輪草踊子草入りまじり咲く佐渡の山道

*

やどちかきとばのみなとは夕ぐれてなぎかよろしぞ船帰りくる

大阪　植田　英明

さびき釣り教え上手な名人でてほどきよくてよく釣れるなり

みてるより釣るがたのしとひと声で竿持ちくれて釣るはめになる

*

鯡来て異人来たらずありし日の落ち着き戻り春を待ちをり

北海道　大家　勤

唯心論是とする吾は入籠づくりのやうなる常の日々を出入りす

災厄かあるは曙光かウイルスの漂ふ春の光たふとぶ

朝もやにうかぶ山々、地の面は春待つ雑草萌え初めてあれ

大分　大久保冨美子（おおくぼふみこ）

稜線を茜にそめて沈む陽は奥の奥なる峰際立たす

うす日射す午後の海沿ひの吾が頭上竿さして早や「鴻雁北（こうがんきたへかへる）」

*

苔むした桜古木にはんなりと処女のような胴吹き桜

茨城　大平（おおひら）　勇次（ゆうじ）

昭和には昭和のさくら咲いていた核家族という平和な桜

目をつぶり満開の桜見える夜は入浴剤を贅沢に入れる

*

盛る前の皿の白さを確かめて春のレタスを重ねてゆきぬ

東京　大森（おおもり）　悦子（えつこ）

超音波画像のような春の海　反射、散乱起こして止まず

桜塩に埋もれていたるシリカゲル救出されて眩しいひかり

国盗りの様思わせて水わたる復旧五年目のわが田圃にも

福岡　奥村（おくむら）　秀子（ひでこ）

水張田に夕べの灯りゆらぐ夜にわかに村の華やぎ増せり

虫喰いの春甘藍の巻きよろし剝ぎゆく毎に甘さほのかに

*

ほのぼのと骨格標本透きとほる漢方薬局の春のゆふぐれ

東京　押切（おしきり）　寛子（ひろこ）

憂き春の朝に舞ひこむ三浦屋のチラシその隅の白バラミルクバー

一枚の胸部映像あはあはとはるのあはゆき降れるがごとし

*

元号の制定に沸くけふ一日　武蔵野に生ふる桜満開

埼玉　小田部瑠美子（おたべるみこ）

空の青に心の裡をかさねつつ花に寄り添ふ人生ここに

心なぐ深き思ひに夢描くパステルカラー空の果てまで

紅色の杏の蕾のふくらみがあるかなきかの雨を抱きとむ

大阪　川上美智子

降りやまぬ絹糸の雨は槙の枝の茂みに吸はれゆつたりと落つ

キャラボクに数多の小さき雄花立ち天の大きな嚏が響く

*

ほのぼのと冬から春への移ろいはやさしき約束ごとのように来

奈良　川北　昭代

ひと雨にひと草育ち日が照ればひと草をぬく　春との約束

この風に会った気のする春なのに寒いねと母と買い物した日の

*

川中を曳航されゆく船ありて岸辺に水が膨らんでくる

東京　川田由布子

立春の首にふれゆく風のありトレンチコートの釦外せば

すこしだけ湿る川原友人と連れ立つ午後のなんとおだやか

夕暮れに眺めし桜誰がため咲くのか問えばひとひらの舞

福島　菅野　石乃

群れて鳴く雀の声に庭に出てオオイヌノフグリの咲くを見つけぬ

芽吹きたる柔らか色の山々に白き山桜もとけて愛し

*

福寿草ひと足早く顔見せて風立ち上がる春の丘より

青森　木立　徹

いっせいに歌ふがごとく木蓮の蕾は白きくちばしをもつ

一輪の桜がさくらに呼びかけてつぎつぎとみな花ひらくなり

*

紫木蓮力いっぱい咲ききりて風にはばたく飛び立つ気配

熊本　紀の　晶子

少年飛行兵の無念のみたま眠る地に住まひす我ら桜忌に祈る

敗戦も引き揚げも経て八十年桜散り次ぎ花風となる

自家採りの完熟トマトと胡瓜盛り今宵一献憂さを霽らせり　　群馬　光山半彌

耕せる土より這ひ出す蛙の子何処に行くや彼方此方跳ねる

満員の通学電車に乗り込みて我より高き背丈に埋もる

＊

糸桜色こくさがり如月にひと足早く春を呼びよせ　　静岡　後藤智子

花見月にぎはひ愛でる公園に集ひてまなぶ仲間の顔の

夢見草満開なれど花七日はかなき花の夢いづこ舞ふ

＊

これの世を初めて見たるつぶら目のように朝に開く白梅　　大阪　小西美根子

ことごとく枝払われて瘤の木となりたる公孫樹瘤より芽吹く

馬ぶどうからすの豌豆へび苺きつねの牡丹　野に在るものは

どの山も芽吹きの密度さまざまにまぶしき光とその深き影　　東京　小林洋子

ピンセット用いて蒔きし種よりのトマトが日ごとに育つは希望

次々と咲くゼラニウムそんなにもけなげでなくてよいのだ君は

＊

山小屋の屋根の赤さとぽつねんと聳ゆる峰と春はさびしい　　東京　コバライチ＊キコ

電柱に巻かれた桜のペラペラが音立てて鳴く春だ春だと

紅き雪のかたちを模して桜蕊いいと言ふまで積もりつづけて

＊

桜餅を食みて開花を宣言す指の先から春がはじまる　　福井　齊藤卓子

みどり濃き菖蒲たばねて湯に放つ新しき世の邪気払わんと

姫皮をまとい微笑む筍に光源氏となりて触れたり

もらさずにひかりの春を受けんとて花水木の苞は杯を掲げる　富山　渋谷代志枝(しぶやよしえ)

夜半(よわ)よりの卯月の雪の凍みとおり河津桜の色を奪えり

夕茜に白き立山染まりゆくを目線にせまる観覧車にみる

＊

ひなまつり三人官女がきょうもゆく三月生まれの同期の桜　埼玉　清水菜津子(しみずなつこ)

さくらとの約束来月会いましょう必ず会える季節はめぐる

いつの日か花見にゆかない春が来て花は待ってるドアの向こうで

＊

雛(ひな)飾れぬ春はさびしきベッドにて辺りの紙に雛つくらむ　東京　庄司美代子(しょうじみよこ)

男雛女雛の顔はティッシュに作りたりまるめふっくら面長にして

女雛の黒髪は封筒を切り揃へ背の辺り迄長々と黒し

風花の舞いくる日なりゆらゆらと父生誕の百年がくる　山梨　白倉一民(しらくらかずたみ)

音もなく飛行機雲が伸びてゆくぼんやり見てる弥生の空を

落葉松の林を霧が流れゆく北杜(ほくと)の春の豊かな夕べ

＊

ささくれし朝にも円きタンポポの綿毛ほぐしてそよ風の吹く　埼玉　鈴木孝子(すずきたかこ)

肩書きをなくした肩に降り積もる黄砂を飛ばせ大陸の風

宅配の紐解く指を染めてなお立ち上がりくる桜桃の風

＊

佐保姫のふれたる柳やはやはとあをみて春の川辺となりぬ　長崎　中川玉代(なかがわたまよ)

早春のひかりのなかの黄のビオラふるふる振れて忍び笑ひす

恋人を待つがに目白待ちをれば葉のゆるるさへ鳥と見紛ふ

もどかしい早春の空おさな児の歩みのような三寒
四温　　滋賀　中村（なかむら）　宣之（のぶゆき）
春あらし空へと伸びる枝揺らし冬の名残りの雲掃
き出だす
ぬばたまの夜が染みゆく猫のこえ路地裏に〈春〉
ひびき渡りて

＊

みどりごの誕生記すあらたまの春の手帳にひかり
が遊ぶ　　北海道　仁和（にわ）　優子（ゆうこ）
人嫌ひになりたる春のわたくしに優しき日をして
鹿の寄り来る
木漏れ日も風も魚影も釣るのだと君は渓流釣りに
出掛ける

＊

春を産む疼きか寒の戻り来て西山はつか三月の雪
京都　根岸（ねぎし）　桂子（けいこ）
沈丁に呼び止められし思ひして人の棲まはぬ庭ふ
りかへる
西山の緑を白く浮き出でて自が位置告ぐる桜四・
五本

椿にはそれぞれ良き名前ある「限り」とて花の白
き花弁に　　神奈川　間（はざま）　ルリ
朝早く桜並木に陽がさせば詩に納まらぬ樹木の力
空の果て役行者（えんのぎょうじゃ）について来た鬼も楽しむ大島桜

＊

快き速度にわれを運びゆく春の列車よどこにも停
まるな　　京都　畑谷（はたや）　隆子（たかこ）
たっぷりと光をためる早春の琵琶湖に沿いて鬱ま
きちらす
スプリングコートの裾をひるがえし地下へ降りゆ
く明るき地下へ

＊

スマホにて撮りたる月光われに見す孫の横顔大人
に薫る　　京都　早田（はやた）　洋子（ようこ）
いよいよにおもひまうくも若鳶の青春空に滑空の
とき
『歌言葉雑記』読み継ぎ三月のをはりを閉ぢて雪
の朝なり

目を閉じて春日(はるひ)待ちおり風の音山鳩の声大地の鼓動
埼玉　飛髙(ひだか)　敬(たかし)

君逝きて意志失いて生きる身にどーんと一発春雷が来る

衰えに抗して立てる丘の上風に流れてゆく桃の花

＊

ふるさとは桜の散りて海霧の冷たき季節スカーフ巻きぬ
岩手　松田(まつだ)　久恵(ひさえ)

風ひかり行雲ひかる浜の空季(とき)の狭間はいつも寂しゑ

てのひらに掬ひては風に放ちやる桜はなびら波にたゆたふ

＊

桜花(さくらばな)、辛夷も咲きてやわらかく芽吹く山路を光に向かう
神奈川　宮原喜美子(みやはらきみこ)

一瞬の風にのりくる蝋梅の香気にききぬ春の消息

きらきらと止まり知らず行く川の川底の春掬う指先

しみじみと今年の花を見上げをり七十七の夫と二人
千葉　森(もり)　弘子(ひろこ)

上野よりまづ九段坂まぼろしの伯父をさがせり雨の靖国

春の陽のひかりと風を身にうけて君と桜と手を繋ぎゆく

＊

水速き玉川上水の土手にして満開の紅梅苔の白梅
東京　八島(やしま)　靖夫(やすお)

梅咲ける里より里へたどる道前に後方に花びらの飛ぶ

蕗の薹三つ摘み得つわが家の三人の今日の夕餉に叶ふ

＊

「君が代」は和歌であること千年の豊かなる道おもふ三月
山梨　吉濱(よしはま)みち子(こ)

生日に手ぐる来し方おぼろなる点景として春の雪ふる

雪どけの地に角ぐみて青き芽の彩(いろ)みづみづと春に加はる

四季　夏

農鳥が一夜に消えてまた出でて令和の富士に夏の
近づく
山梨　井出和枝
夏やさい高値つづくも初生りの夫の丹精蔓より捥
ぎぬ
渡り鳥のごとく受診のわが夫に代わりて貰うクス
リ三ふくろ

*

真つ新な心とまではゆかぬとも憂きことひとつ遠
のきて　夏
岐阜　今井由美子
ふんはりと風の響きを聴けといふ麦藁帽子のつば
のひろさよ
ゆふ闇を溜めてしづけし水の面にひと刷けの風が
立たすさざ波

セミさんよ静かにしてね今テレビ平原綾香唄って
いるから
埼玉　内田美代子
久々に晴れ間ののぞいた夕方の散歩の径で初セミ
の声
庭の向こうで法師ゼミ鳴く早口は主人に似るかせ
っかちな声

*

シャボン玉のように蒲公英の絮ゆるるさみしさ連
れくる夕の鐘は
岐阜　上牧右田子
迷い子のごとひとつ花の影競り合う夏草のなかな
る昼顔
一本の黒き線長くひきており蟻の列炎天の山路に
続く

*

梅の実の色付きたるが籠にあり甘酸ゆき香を自ず
放ちて
埼玉　田口　敏子
梅雨の間の日の差す午後を道行けばそこここにし
て植木刈る家
台風に揉まれし朝の雑木々はおのが香りを強く放
てり

槍岳(やりだけ)へ燕(つばくろ)よりの尾根の道木枯しよりも寒い夏風

晴れわたる夏空突んざく鋭(とが)り山「オレが槍だ」とうそぶいており

福島　鳶(とび)　新一郎(しんいちろう)

並みよろう群山(むらやま)へいげい突っ立てる無言の槍の威厳羨(とも)しも

＊

物置きの奥にしまひし虫籠を取り出して孫の夏は来たりぬ

青森　西舘(にしだて)　礼子(れいこ)

夏休みの児等覗きゐる魚屋のたらひの中の泥鰌の群れ

大家族なつかしむ如く茅葺きの屋根に咲きゐる山百合の花

＊

はんぶんの西瓜おもたく持ちかへて鵜塚橋から河口を眺める

兵庫　西橋(にしはし)　美保(みほ)

夜濯ぎの手をとめ思ひきこの町に流されし鵜の塚ちひさきを

仏壇のりんなど鳴らしはじめからゐた子のやうにおはぎを食べる

散歩道あじさいの庭空き地のすすき外出自粛でご近所を知る

神奈川　はにかむ小僧(こぞう)

熱帯夜救いの君はいつまでも埃をかぶりスイッチ押せぬ

夏休み今年は感染対策と塩素のかおりのせぬ子どもたち

＊

平成に生えたる草をむしりおり令和元年五月さわやか

長野　原(はら)　国子(くにこ)

夫の知らぬ令和をわれは生きているいつまでという期限も知らず

傘寿祝に緋色の傘を贈られぬ　雨よ降れ降れわが誕生日

＊

山がわのプラットホームの黄のカンナ　朝の風がかすかにきている

広島　檜垣美保子(ひがきみほこ)

対岸にたちのぼる煙ひとすじを合図の狼煙とおもいたき朝

這いのぼり高きよりなだれ鉄路へとせまる葛の葉征服に似て

正岡の升(のぼ)さんが来て高濱のキヨシに野球教えける夏

東京　藤原龍一郎(ふじわらりゅういちろう)

阿片など喫せざりしがモノクロの夢に露西亜の向日葵畑

朝顔の紺、コン、コンと鳴く声はおキツネさまか日本麗し

*

冷房の部屋よりいでて先生の歌口遊めば虫和する声

静岡　三田純子(みたじゅんこ)

ゆらゆらと灯籠の灯の連なりて波にただよい向こう岸に消ゆ

夏祭り近づく町の屋台小屋提灯飾る人らのこえごえ

*

炎天の熱気の街にずぶり入る凌ぐおのれの命信じて

埼玉　御供平佶(みともへいきち)

がつしりと骨が映りてしびれなし触診もなく湿布薬出る

床(ゆか)のもの拾へぬ痛み経年の腰に突然出でてコルセット

早苗田に十センチほどのかげ揺らし令和の稲のみどり冴えたり

兵庫　保田(やすだ)ひで

風吹けば掃き寄す竹の葉　風追ひて隣の庭へ越境しゆく

子ら学校　雀は木蔭に入りゆきて児童公園昼の静寂

*

暗闇にふわりとうきくる蛍追いはかなき光に息合わせおり

宮城　山本秀子(やまもとひでこ)

盆灯を青くともして待つ心あなたの齢をこえたるわたし

ホースより吹きたる水に虹生れて虹色の水を撒く夕べなり

四季 秋

にんげんのさびしき秋を傾けてほつほつと塗る爪のうす紅

鹿児島　有村（ありむら）ミカ子（こ）

つかの間の余光にさやぐ木々の声いずこの秋の耳を飾らむ

同質の生にはあらずほととぎすの草生に揺らす淡き星の斑

＊

秋という季節に音のあるならばツリバナの実の弾けるを聴け

北海道　石井（いしい）孝子（たかこ）

雪虫の飛べるをふとし道にみる冬仕度何か急かれる思いす

放置さる自転車のカゴに銀杏の葉まだ緑色のまま溢れいる

落葉松（からまつ）の落葉踏みしめ歩く道急いで行くは惜しき道なり

長野　市川（いちかわ）光男（みつお）

高遠（たかとお）のもみじも散りて静かなり石碑は高く空にそびえる

仙丈（せんじょう）も木曽駒ケ岳も雪かぶり天竜川を白鳥（しらとり）が飛ぶ

＊

ほとけの里国東を行きし家族旅行　朧おぼろの記憶をたどる

福岡　稲光（いなみつ）千秋（ちあき）

富貴寺の僧侶案内の壁面になびく羽衣天女いくたり

散り敷ける紅葉、黄葉の絨毯に富貴寺大堂ゆったり御座候

＊

夜の更けて名月皓皓と空にありかぐやが帰る楽空耳に聞く

東京　井上（いのうえ）津八子（つやこ）

久に晴れ雲の大路のひろがれり北から花鶏（アトリ）弾み飛び来る

しまりなく大口開ける大壺に芒挿しやれば口もときりり

管物（くだもの）と言う菊もあり輪台に花首あずけて一秋（ひとあき）咲かす

一秋を咲かせる為の菊作り見応えあるは手数（てかず）の違い

長野　岩浅（いわあさ）　章（あきら）

見事だと歩みを止めて誉めてゆく誉められて菊は美しく咲く

＊

喚声をあげて芋掘る児ら去りし畑には蜻蛉群れて飛び交う

開け放す厨の窓辺風香り今日より秋と告げるがごとく

埼玉　宇田川（うだがわ）ツネ

二度三度振り向き帰る孫の背に夕日照り映え遠ざかり行く

＊

上がるだけで喜ばれゐる噴水の水の落下にけふは虹たつ

茨城　小田倉（おだくら）玲子（れいこ）

ひと本の水引草が床の間の空間につくる秋の点線

自販機におしる粉缶の加へられ暖色系の秋がきてゐる

やわらかな毬はおくるみ秋の実は傍目（おかめ）どんぐりなるを秘めつつ

長野　神池（かみいけ）あずさ

サッカークラブの若きコーチを先頭に息急く秋の風の子どもら

十五夜の月の光に透きとおるセロ弾きゴーシュの絃冴え冴えし

＊

雨のあと山に霧立ち神の代の遥か思はる改元の朝

うろこ雲空に広がる夕近く娘は伝へくる田に吹く風を

栃木　神谷（かみや）　由里（ゆり）

庭に咲く小菊送るも幾とせか新川和江先生の笑顔思ひて

＊

秋の日のけやきの下の自転車の銀のスポーク放射のかたち

京都　近藤（こんどう）かすみ

ひろびろと砂利道あればおのづから轍さだまる京都御苑に

回しつつトンボ鉛筆削りては芯のにほひにしばし耽りぬ

田園に秋風そよぎ稲の穂は朝陽を浴びて黄金に輝く

妻と来て榛名湖畔にたたずみて秋風受けて昔しのべり

晩秋の残る紅葉彩あせて使命はたして空に舞い散る

埼玉　佐久間（さくま）　優（まさる）

＊

乾く落葉ふみつつ向かう崇徳御陵に真葛（さねかずら）の実あかあかと照る

白峯の頓証寺の脇に坐りいる西行の像年年やせゆく

しんしんと闇ふかまりぬ視界なき森の中より風のささめく

香川　角（すみ）　広子（ひろこ）

＊

久びさに訪ふ故郷は過疎すすみ家毎に柿の熟るるままなり

住む人の絶えて久しき生家あり焦がるる里は天のまほろば

散り敷きてなほ紅深きもみぢ葉に深秋のひかりやはらかに差す

岐阜　高瀬（たかせ）寿美江（すみえ）

事もなく過ぎし夕べに仰ぐなり風越おろし秋告げて吹く

しじみ蝶韮白花にもつれ舞う解けざる謎を引きずりており

台風に傾きている鶏に動かずにおり老い蟷螂は

長野　田口（たぐち）　泰子（やすこ）

＊

籠り居の狭（せ）き視界にも秋が来て色なき風に乗る赤とんぼ

桃を賜び梨買ひぶだうの紺が着き身辺足りて残る暑さや

雲を出でて雲に入る間を中天の月庭石に金の箔置く

愛知　竹村紀年子（たけむらきねこ）

＊

仏殿と少し距離おく大銀杏ななめの秋日にほむらを立たす

黄の絨毯成すほどならず三抱への幹を広らに巻く同心円

銀杏の黄仰ぐ信徒の湯茶どころ江戸期の大釜でんと据われる

京都　田中（たなか）　成彦（しげひこ）

わづかなる風にも揺れつつ芒穂(すすきほ)は己れを見せをりその存在を

富山　田中(たなか)　譲(ゆずる)

幾たびも風吹けば幾たびも揺るる芒今日幾たびを揺れしか芒

芒原渡りゆく風は昨日とは違ふ向きを見せて吹きゆく

*

湿原は神の田圃か麦草のなびくなかゆく女男(めを)の見えつつ

長野　茅野(ちの)　信二(しんじ)

湿原は黄褐色にはや変はりしづけき空の光ぞしづむ

池塘には谷地坊主あまた赤み帯び夕つ陽のなか影を濃くする

*

けふひと日こらへ怺へて散り際の花を保てる秋明菊は

秋田　塚本(つかもと)　瑠子(りゅうこ)

道すぢにたまたま花の種子もらひそこより歩みは双手をかばふ

昨日よりけふかがやきて桜樹は冬の備へにもみぢを払ふ

数知れぬ銀杏の実を擁したる大樹の重さははかりがたしも

埼玉　長嶋(ながしま)　浩子(ひろこ)

ゆふぞらに定まる柿のふかきいろ存念のいろとたれの言ひたる

尖りたる針などしまはむいままさに罅入りさうに張れる碧天

*

ひと本を見るにやさしき秋の花黄の群落となれば恐るる

石川　西出(にしで)　可俶(かしゅく)

花のなき薔薇の棘そと袖を引く何ぞ忘れてゐむやたそがれ

生れてよりこの地に生きて望郷の想ひを知らずコスモス揺るる

*

ひとくきの水引の紅あえかなり獣道にて誰を待つらむ

神奈川　濱田美枝子(はまだみえこ)

曼珠沙華髪に一輪ひとり舞ふ獣道にて私は少女(をとめ)

生も死も混沌のうちに鎮まれり曼珠沙華咲く獣道にて

たんぽぽもえのころ草も赤茶けて隣の空地に生き延ぶるもの
石川　福井(ふくい)　泰子(やすこ)

行く道を野菊すすき穂傾ぎつつ秋の営み仕舞いてゆきぬ

生垣の隙間を出でしくちなしの黄色朱色に実を結びたり

*

今朝の顔ドウダン紅く華やぎてかじかむ手足伸び伸びさせる
静岡　益子(ますこ)　房子(ふさこ)

山裾の木陰に群れて彼岸花六片の反り華麗を確かむ

嵐去り十三夜照る夜空なり被災地ニュースに心の痛む

*

何と無く団栗拾ふ幼児期の癖引き摺りて老いゆく令和
和歌山　松山(まつやま)　康子(やすこ)

諍ひて思ひ素直に言へぬまま松ぼつくりを蹴りて前向く

仁王門潜りてよりは紅葉散る幽玄の世をさ迷ふ如し

もつれ飛ぶ黄蝶ふたひら思ひきりいのち生きむよ秋いま深し
東京　水谷(みずたに)　文子(ふみこ)

わたくしにふさふ死の時あるらしと信ずたとへば木犀の香に

渓流の瀬音とどろき露天湯にひとりとつぷり月光の中

*

入道雲が筋雲になり高々と背伸びをする　風は緩やかな三拍子
愛媛　三好(みよし)　春冥(しゅんめい)

秋空の五線譜に絡まる四分休符　帰りを急ぐ旅じやない

繰り返し記号に気付かず曲が終わった　指揮者は夕焼けに消えて

*

木犀の金の小花のかをる夜　過去も現も闇にとけゆく
沖縄　屋部(やぶ)　公子(きみこ)

銀合歓(ぎんねむ)の茂みよりたつ秋あかね朝の陽光(ひかり)を微塵に散らす

風に押され転がる枯葉カサコソと秋を呟く首里(しゅり)石畳

雨のたびわづかに太る大根が土より首根をせりあげてくる

岡山　山口（やまぐち）智子（さとこ）

背戸山の櫟楡の木黄葉し風なき真昼葉を降らすなり

ペダルから両足はなし少年は岡の麓へ黄葉の中

*

時空超え「令和」となりし故郷（ふるさと）を画聖等伯いかに描（えが）かむ

石川　山崎国枝子（やまざきくにえこ）

穏やかな海よりの風　等伯の像に供えむ桔梗みずみずし

胸底のいたみに触れずあいの風の少し涼しくなりしと言えり

*

ほのぼのと伝統はあり故郷（ふるさと）は伝説多し想ふ秋の日

香川　横山代枝乃（よこやまよしの）

穏やかに秋日差す下七宝山とふめでたき名持つ故郷（ふるさと）の山

南（みんなみ）の山の彼方は財田（たからだ）にて弟橘媛（おとたちばなひめ）生（あ）れしとふ里

四季　冬

遠景に燻り続くる悲しみを暈して蒼を重ねいる湖（うみ）

負い目持つ心の形（なり）に鈍（にび）深む池の端緒に映れる雲は

茨城　秋葉（あきば）　静枝（しずえ）

青錆釉（あおさび）の一輪挿しに黒味帯ぶ薔薇は如何なる心持続す

＊

雪かむり遠山近く見ゆる朝ひかる御嶽　飛騨の山なみ

岐阜　伊藤（いとう）　麗子（れいこ）

伊吹嶺に初雪光る大空に二羽の白鷺のんびりと舞う

立春を過ぎて初雪ふり積もり綿帽子のごと紅梅つつむ

一夜にて冬木となりし老桜のげにいさぎよき落飾のさま

和歌山　榎（えのき）　幸子（さちこ）

散り溜る雑木落葉を転がして凩童子いたく騒がし

人も無げに枝移りする尉鶲かたはらに佇つわれは冬木か

＊

シベリアに冬将軍がスタンバイしているという明日は立冬

宮城　岡本（おかもと）　弘子（ひろこ）

加湿器の音止み静かな冬の午後光の中にアヴェマリア聴く

窓際の小さきサボテン冬の陽に不毛な刺を光らせ眠る

＊

卓上のレモン切り分けレモンの香紅茶に放つ雪となる朝

北海道　沖出（おきで）　利江（りえ）

藍ふかき冬ばれの空　吹く風に「リベルタンゴ」の激しさ思う

きさらぎの空にひろがる瑠璃の青こころ澄むかと問いかけてくる

久久に見遣る里山霜枯れて脳裏に浮かむ幼日恋し
も

大分　小俣（おまた）　悦子（えつこ）

春は花秋は木の実に競いしも友みったりはとうに
黄泉人

年長けて年年歳歳里山の遠くに思ほゆおもいで連
れて

*

白鳥の飛来地ちかき初任地をはるけく憶う冬の朝（あした）
は

秋田　加藤（かとう）　隆枝（たかえ）

ひと冬に一度くらいは猛吹雪すさぶに立ちて叫び
てみたし

暖冬の暮らしやすさを言いながら何かが足らぬこ
の冬過ぎる

*

造ってみ誰が生けるか水仙のまっしろな花皆の心
を一つ

徳島　河原（かわはら）　弘明（ひろあき）

八月のみかんの香りゆずのもとなお光のもと雲の
あかりで

雲がとぶビユービユーとなって橋の上新幹線の心
の思い

失いしもの裡にひそめて大空に両手を伸ばし深呼
吸せり

静岡　酒井（さかい）　春江（はるえ）

風に舞う師走の雨がすっぴんのわが頬ぬらす夕暮
れの道

光り初めし下弦の月に両の手を伸ばして掬う子ど
ものごとく

*

八色原に吹く風雪を逆まきて天地（あめつち）の際混沌となる

東京　多賀（たが）　洋子（ようこ）

地吹雪は凍りつきたる根雪まで吹きはぎてゆく意
志ある如く

黒衿の綿（わた）布団二枚かけて寝る雨戸を叩く吹雪の夜
は

*

北風に背中を押され坂道を登る私は登山家のよう

神奈川　竹氏（たけうじ）　祐子（ゆうこ）

朝五時の頬につき刺す北風に目覚めて歩く今歩き
出す

霜柱ひんやり沁みる足裏でザックザックザクザク
ザク

わが郷の冬の棚田の水かがみ夕光（ゆふひ）に映えつ山水のごと

宮城　遠山（とおやま）　勝雄（かつお）

み冬づく山の家居に灯をともし寒木たふし炭焼くおとう

里山の石（いは）より垂るる清水を年あらたまり若水にくむ

＊

砂浜につぎつぎ重なる貝殻は海のため息丸く小さく

富山　仲井真（なかいま）　理子（りこ）

できるなら人を傷つけないやうな丸くて白い吐息を吐かむ

幾つもの言葉をぐつと呑み込みて冬波は引く海の奥へと

＊

月百箇浮かべし如き柚子湯なり憂ひ消えゆけ百福の来よ

東京　永田（ながた）　吉文（よしふみ）

冬月を抓んで食べてゐるらしい西行か否われの分身

月からの声を額に受けとめて雪原ゆくは鬼面の吾か

ことばにはなし得ぬままにゆきしならむさながらにして雪のふる音

広島　松永（まつなが）　智子（さとこ）

なにもなくなにもなくして夜ふかく不意なり障子にあはきかげさす

あかときの雲みてあれば窓ちかく一羽のカラス鳴かず飛び去る

＊

山裾に逃げる瓜坊親子連れ改元師走西表の路

沖縄　宮城（みやぎ）　範子（のりこ）

島影の稜線仄か歳晩の帰省の船路は凪ぎて穏やか

元朝の村に流るる「鷲の鳥節（わしのとりぶし）」くちずさみつつ平穏祈る

＊

桐の花あまた咲きゐし大木はいま潔く冬木とぞなる

三重　藪（やぶ）　弘子（ひろこ）

大根のやうな人参と言はれたり暖冬ゆゑに育ちすぎれば

蕾持つなばなを摘みて夕餉の菜（さい）からし和へなど今日は作りつ

冬囲ひのむろのなかより持ち来しとふ太白葱の息をしてゐる
寒椿咲きましたよとは亡き妻のそのこゑにして眠りより覚む
白きもの飛びゐしと見れば雪虫にてわが里山に冬が来てゐる

宮城　大和（やまと）　昭彦（てるひこ）

＊

うす雲をまず往かせつつ中天の月はゆっくり日付をこえる
茶の花の苔にこぼるる二つ三つ遂げず終らんことのあるなり
不揃いの高層ビルの建つ街のさわがし風も人のことばも

大阪　山元（やまもと）りゆ子（こ）

＊

ひんがしの桜大樹の間（あわい）より平成最後の初日出で来る
待ち兼ねし今を盛りの「才の藤」紫雲の華の芳香に酔う
極寒の霜に萎えたる冬野菜朝の陽光（ひかり）に直ぐ立つ生命

京都　吉見（よしみ）　政子（まさこ）

2 動物

自分より大きな紙を運ぼうと闘っている文鳥愛し

一分間に三回だけしか動かないカピバラ映る動画に和む

近づいて来て存在を主張するハシビロコウの風圧やばい

福井　足立(あだち)　尚計(しょうけい)

＊

ほつほつと梅咲き初むる道の先猫の尻尾のゆるりと消ゆる

レンゲ咲き雲雀さえずる野の道は草笛の音も直線にゆく

学校に通いし道も獣らの領域となり消える山里

奈良　井田(いだ)　光美(てるみ)

＊

だしぬけの風に乱れて噴水の音荒くして緋鯉らの散る

夕暮れの池に青鷺の捉へたる緋鯉跳ねつつ水しぶき上ぐ

野良猫や鴉と共に墓の供物(くもつ)あさる狸の足に罠付く

新潟　井上(いのうえ)　槇子(まきこ)

放棄さるる谷津田の小さき溜池に羽色あざらけし番いの鴛鴦(おしどり)

那須颪川原吹き抜け魚狙うミサゴ一瞬弄ばるる

子を産みて老いに近づくわが一世鳶はピーヒョロ頷き返す

栃木　上杉(うえすぎ)　里子(さとこ)

＊

一枚の布を洗ひて乾す朝(あした)　蜻蛉の赤の色を眩しむ

映像の官邸前の生垣を横切りて飛ぶムラサキシジミ

蟷螂の複眼に吾囚はれて舗装路にしばし対峙して立つ

神奈川　上田木(うえだ)　綿子(ゆうこ)

＊

五月闇の山に来鳴きしふくろうのこの幾年か聞かずなりたり

裏山に鳴くふくろうにおびえたる幼日の夜のありありうかぶ

ほととぎす遠山に鳴く声聞けば元気でいたかと畑に手止めぬ

静岡　大久保(おおくぼ)　正子(まさこ)

ぴつたりとどの家の窓も閉まる夏どこかにゐさうだアリスとうさぎ　茨城　大塚(おおつか)洋子(ようこ)

デパートの二階の本屋に黒揚羽しなやかに来て通路をめぐる

夜深き庭を横切る猫なるか湯船に聞きぬ小さき鈴の音

＊

散りゆく葉を餌ととらえたる蜘蛛の糸ぬしは何処に雲隠れして　東京　岡﨑(おかざき)蓉子(ようこ)

一筋の蜘蛛の糸下る木の下に芥川の文に思いはせつつ

雪の便り背負い来にける雪虫よ落葉の庭をふうわりふわり

＊

明け早やも鶫は来てつつましく白梅の花の蜜吸ひてゆく　長野　春日(かすが)ゐよ

クロツカスの花を食ひ荒らす鶫が梅の花一つだに傷めず蜜吸ふ

早朝の空気を切り裂く鵯のこゑ雛を鴉の餌食にされて

石菖の葉群に潜み存らふるバッタが飛びぬ春の彼岸を　茨城　加藤(かとう)要(かなめ)

生まるるやクラゲが海月の餌(ゑ)となるを観る園児らの目見のきらめく

一緒くたにさるるを避くや超「ミヤチ」の技を続くるテナガザルA

＊

鉛直となりて刃となる魚か鱗まとはず海を切りゆく　神奈川　川田(かわた)茂(しげる)

群青を誇示しておよぐ䱽(ほつけ)の子長ければ鱗の色をくすます

男の子子の尻子玉抜くは河童とか天狗はどぢやうの片目をぬすむ

＊

藍深き瀞(とろ)に沈める倒木に寄りゆく鴨の水脈(みを)のきらめく　群馬　神澤(かんざわ)静枝(しずえ)

穂高川の流れに沿ひてわさび田の続く農場鳶の影引く

黒文字の小花のゆるるさ庭辺を生(あ)れしばかりのもんしろ蝶舞ふ

福島　北郷光子（きたごう てるこ）

新盆の支度あれこれに取り紛れ猫の居らぬに気付かず居たる

日暮れ時もしや戻りて来るかも…とドアを細めに開けて待つ日々

動物は己の終りを悟るのか不審な挙動のそう言えばありしよ

*

福島　木下信（きのした まこと）

雲低く雪の近きか寒ざむと今朝は雪虫庭に出で來ぬ

二つ三つふはりふはりと雪虫の飛びていとほし吹く風なくに

雪虫の生きるを知らず昨日みし姿は今朝はひとつだになし

*

新潟　黒川千尋（くろかわ ちひろ）

巣に掛かる大蚊（ががんぼ）仕留むる早技の蜘蛛の生き様つくづくと見る

椋鳥に稔りを知らすセンサーの有るかの如く今年も群るる

買ひ置きの冷却マットに目もくれず夏の定位置三和土と犬猫

愛知　桑田忠（くわた ただし）

あしき夢食らふ獏をりわづらはしき白昼夢見るわれを助ける

藤棚に蜜を求めて熊蜂はぶんぶんぶんと羽音を立てる

あきづ飛ぶ稲田のみのり日々に増しわれはバスから眺めてゐたり

*

滋賀　小西久二郎（こにし きゅうじろう）

ひたひたと寄する細波（さざなみ）幾万の稚魚は何処に潜みてをらむ

遥かなる魞には何の魚入るや　鯉・鮒・鱒に鯰もゐむや

世も変はり川も湖（うみ）すら変はりしか姿消したる魚の多きも

*

奈良　駒沢恵美子（こまざわ えみこ）

横切れる亀を避けては行く車恙無きかと振り返りみる

青蛙二匹飛び出す除草剤何処か行くまで場所変えやりて

桃色の撫子の花に良く似合う白き蝶々が集まるお昼

ひもすがら岸辺に立ちて立ちつくす青鷺の愉悦をわれは知らずも

東京　桜井（さくらい）京子（きょうこ）

連休は水族館に行きしとぞ花夏（はなか）の見たるジンベエザメよ

水の面はまもなく雨になるだらうすういとアメンボ過りゆきたり

*

6センチ2グラムのナンキョクオキアミの生態系を支えていたり

神奈川　桜井（さくらい）園子（そのこ）

エゴの実に蒿苣鬚長象虫（エゴヒゲナガゾウムシ）実の中に産卵なすを雄の見守る

古稀過ぎて居酒屋に食む生姜焼樋熊（ひぐま）の肉の噛みきり難し

*

わたりゆく鳥の心よ　心あれど犬は自分の旅には出ない

東京　佐佐木（ささき）幸綱（ゆきつな）

レトリバーと生（あ）れたるからに人間の靴を咥えて悠然と来る

舌に硬きライ麦パンを舌のながーいテオと分け合う日曜の朝

珍しく部屋に寄り添ふ家猫ら　万年山（はね）の稜線初冠雪か

大分　佐藤（さとう）正精（まさあき）

いつからか台風十号物々し猫らも寄り添ひ陰にひそみき

この深夜わが家を揺るがせ出入りする愛猫ピーにミー、メメ・かあちゃん

*

散歩中平らな道でつまづいてつられて愛犬つまづいて共に10年歩いてきたね

愛知　澤村（さわむら）敦子（あつこ）

愚痴を言う私の口を真剣に見つめる犬に日々助けられ

春一番どうか今だけそよ風に産まれたての蝶の食事中だけ

*

台風の去りしポストに雨がえる木の葉と共に自然を愁う

愛知　澤村八千代（さわむらやちよ）

夕影を脊に紫の雲走りアニマル達のパレード続く

あげ羽蝶わが庭に生（あ）れこの夏の生命（いのち）をつなぐ輪廻転生

カーナビで探すに遠く夕暮れぬ千の白鳥舞い降りるとう

千葉　芝(しば)　敏子(としこ)

たっぷりと水を湛えた田に待てば黄の雲間より白鳥来たる

温(ぬく)き日のあまた帰らぬ白鳥を田の辺に待ちて人は餌を撒く

*

ダム湖畔静もる道の枝かげにカラスは眺むダンプカー来るを

静岡　白柳(しらやなぎ)　玖巳子(くみこ)

堰堤のみちに胡桃のつぶら実を落し見下すカラスの仕わざ

踏まれたる胡桃の割れ実銜(くは)へ去りカラスはダンプカーと掛け合ひのごと

*

ようやくに眠りに落ちんその刹那一匹の蚊のたてるソプラノ

東京　新藤(しんどう)　雅章(まさあき)

鮎泳ぐ墨絵に替えた日曜日まず床の間に初夏の風吹く

すこしずつ育ちはじめた稲の間を紅い腹みせ井守はおよぐ

菜園のいちごを啄む鶫(つぐみ)よりモリスのデザイン「いちご泥棒」

静岡　鈴木(すずき)　恭子(きょうこ)

上品なモリスのカーテン「いちご泥棒」日にいくたびを眺むる幸せ

レースより庭の緑が透けて見え時々野鳥の飛びかふ調和

*

学校の工事にテリトリー明け渡しハクセキレイが姿を消しぬ

東京　高橋(たかはし)　登喜(とき)

ネズミモチびっしり囲う垣のなか鳴き合う寒の小雀(こがら)の家族

木々ぬらす今日降る雨をよろこびてヒヨは鳴きつつ波型に飛ぶ

*

さつま芋実る秋をば待たずして猪の餌となりしわが畑

岡山　辻岡(つじおか)　幸子(さちこ)

猪に芋も野菜も荒らされて畑を見るたびショックを受ける

猪の悪行もエスカレートして負けるものかと竹垣作る

十二年間産み続けたる母牛の鼻先に積む米や稲わら
あさつては処理場へ往く母牛に「ご褒美だよ」と牧草たつぷり
農学生の九十度よりも深き礼足下の土が涙に濡れる

宮城　永岡ひより

*

湖畔より散歩の犬の帰り来ぬ夢のなかなるわが傍らに
水底に沈んでいたる魚たちが浮上してくる満月となる
かたわらの犬つと立ちて外を見る窓の向こうの夏樹の上を

神奈川　長澤ちづ

*

庭の木に刺せる林檎を啄むは昨日にあらぬ今日のひよどり
若夏の朝一番のひよどりの鋭き一声窓をゆるがす
蹲踞の氷も解けて如月は鵯の水飲み鵯の水浴び

岐阜　中島澈

郭公の迎へ呉るるか声近し山靴の紐結びつつ聞く
産沼の岸辺に白き泡の玉草にも産むか森青蛙
存外の野太き声に鳴き交はす森青蛙姿は見せず

埼玉　中村美代子

*

飼ひ主の逝きて半年虎猫は痩せたる体に触れても逃げず
餌持ちゆく吾を裏畑に待ちゐしか呼ばずとも今朝は走り来る猫
スーパーに今日買ひし猫と犬の餌吾の食費より高くつきたり

宮城　新沼せつ子

*

木の橋を駆けくる子ら避け一斉に空へ飛び立つ初鳩の音
二重橋身じろぎもせず警備せる警察犬の眉間の光
植込みの木梢にひそむ蟷螂は番兵のごと身じろぎもせず

沖縄　野田勝栄

ふるさとを追われし旅の途だろうか　猛禽類が眠
る物干し
大阪　東野登美子（ひがしのとみこ）
生きてゆくひとつのわけにはなっている物干しに
来る鳥に会うこと
「かわいいねすずめ」と言えば空（くう）を見て「むかし、
食べた」と母は呟く

＊

何気なくのぞきし池に白鳥の親子を見たり土曜毎
通ふ
茨城　樋川（ひかわ）　道子（みちこ）
見るたびに大きくはなる雛たちは白きが二羽なり
黒きが五羽か
まだ羽根の色も変らぬ白鳥の七羽のひなを毎週見
に行く

＊

夕映の残る川面をとび立ちて白き魚空中につかの
まの旅
広島　松村（まつむら）　常子（つねこ）
楠繁み雨清きとき生れけむ青条揚羽土低くとぶ
墓所一面松葉海蘭咲き満てるうすべにの浮く亡夫
よ見ませ

どしゃ降りを犬は憑かれたがに走り修業のごとく
吾は引かれる
埼玉　三上眞知子（みかみまちこ）
ここ急に老いの目立ちしわが犬の頭を撫でやれば
蝉の声降る
老犬はつと立ち止まりひくひくと初秋の風の匂を
嗅ぎいる

＊

鳶まさにタッチ・アンド・ゴー釣人の背後の土に
何か攫へる
北海道　宮川（みやがわ）　桂子（けいこ）
砂原に立つ流木の枝にゐて海を向く鷲空あふぐ鷲
砂山の晴れざる空に鳶群の昇らむとせる螺旋くろ
ぐろ

＊

百合鴎いち羽にはかに飛び立ちて近づく鳥追ひ払
ひをり
三重　村松（むらまつ）とし子（こ）
精米を終へて開けたる戸の前にふくら雀の並びて
ゐたり
鶯の声初に聞く教室にヨガのポーズの確と決まり
ぬ

野に早く金管楽器を奏でるや空も賑はしヒバリのホバリング　　北海道　村山幹治

森林に大筒の声を響かせるボゥボゥボゥとツツドリの求愛

荒波をハヤブサを避けアオバトの命海水のミネラル摂ると

＊

「かわかわ」と子がかわいいと鳴く鴉夕日に染まる秋の山里　　和歌山　森田瑠璃子

啄木鳥の銀杏の幹に残したるまろき巣穴の主いま何処

手を出せば届かんばかり木の枝に暑さいとおし鳩卵抱く

＊

やもりの子夜毎ガラスに張り付きてパァする指に我はチョキせり　　和歌山　山塚三惠

我の血を満杯に吸い飛べぬ蚊を叩き潰せり鬼のごとくに

久々の雨に水浴びする小鳥飛び跳ね踊る屋根のステージ

人肌をしきりに乞うる病みし猫　寝やらず添うと日光る夜明け　　東京　横手直美

最期まで感謝のごとく喉鳴らし猫息絶えぬ双子座見上ぐ

猫死にて一年過ぎぬ古里に骨を埋めやり骨壺残る

＊

ホーホケキョの鳴き声透る庭に出で見えざる鶯褒めて草取る　　富山　吉國姃子

ひもすがら「てっぺんかけたか」問う鳥に「かけたよ」のどかにぜんまいを摘む

熊の受難知るかハシブト秋耕の田に群れている穏しきその目

＊

フリスビーを追うラブラドール山頂に躍動の顔はじけるまひる　　高知　依光邦憲

いっせいにマガモとびたち国分川の土手に草焼く炎駈け出す

県道のかたえ軍馬の墓はあり青森に生れ土佐にねむりて

己が身を片蔭にして子を守る病める野馬のしづかな瞳

襲ひ来る敵に瞬時に我が子呑み、隠す魚の知恵の深さよ

東京　渡邉（わたなべ）　喬子（きょうこ）

庭のべに燕のつがひ飛び交ひて餌待つ雛に雨の中へと

＊

その人が其処にゐるとふよろこびを羽を展げて語る孔雀よ

あでやかに羽をひろぐる孔雀ゐてうしろからのみ見て来しやうな

蟷螂の斧にひとしき戦ひを一つするなり十一月には

秋田　渡部（わたなべ）　崇子（たかこ）

3

植物

枝先に少し花付け雪やなぎ春一番にふるふるふる
る

福井　縣洋子

咲きほこる花のトンネルくぐりゆけばふつと彼岸
に近づくやうな

暮れ方に香りゆたかに浮かびくる八重くちなしの
白きはなびら

*

佐保姫の袖ひるがえし山踏むや朝の霞に萌ゆる早
蕨

長崎　稲富啓子

群荻は月の光をまといいて苫屋の軒に夜露こぼし
ぬ

デジタルの闇に争う蔦の葉かビルを丸ごと覆い尽
しぬ

*

路地奥のふいに明るむひとところ板塀越えて木付
子の咲けり

埼玉　今西節子

くれないの馬酔木の花の続く道三月の空青く晴れ
たり

散歩の足少し伸ばして見にゆかんミモザ大樹のふ
さやかなるを

くれないの花ふふむ桃の束ほどく店主の膝にこぼ
るる蕾

神奈川　薄井由子

窓下の小さき鉢にひらきたるアネモネ二輪冬日に
赤し

沈丁花は花開きてより薫るとうその香匂い来垣の
内より

*

現世の余剰を生きる身を染めて曼珠沙華照る道の
辺を行く

和歌山　打越眞知子

鴇色はときめきの色秋明菊咲きて微笑む妣に逢う
野道

淋しさに似る花枇杷に時雨降り今日も私は一人を
生きる

*

咲きてさみし散りてさみしきほととぎす渋き紫垣
根に凭れて

東京　及川秀子

花ありて彼岸の人との会話なるあの時かの時戻ら
ぬときの

青柿の落つる音かも夜の耳音なき音を聴きて　さ
みしむ

天空（てんくう）にしだれの桜さき満ちて杉木立雄々し山路いろどる

奈良　岡野（おかの）　淳子（じゅんこ）

いち木の桜のふぶく屋敷あと身は冷えびえと畦道に立つ

散り吹雪くさくら花びら空に舞ひいづこに着くか地を走りゆく

＊

さすがプロ鋏の音のリズム良さ庭木それぞれ姿勢を正す

和歌山　小田（おだ）　実（みのる）

桃の木にまとふ葛のその先は風に揺れつつ空を指しをり

覆はれし葛を取りて剪定のあとの山茶花一輪の冴ゆ

＊

マムシグサ左右の藪に口開けてあまた咲きおり野幌の森

北海道　織本（おりもと）　英子（えいこ）

仏炎苞を震わせ語るなにごとか聴きつつ歩けば野に迷いたり

角折りて丸まりたれば穴の中に潜れるだろうかわれのこころも

絶滅と聞きて久しき翁草茂吉生家に絮毛とばすは

東京　春日真木子（かすがまきこ）

万葉の東歌では「ねつこ草」共寝の一夜を恋しむあはれ

翁草その一名（いちみやう）の根付き草「ねつこ」はやさしきみちのく訛り

＊

舶来の可憐な花咲く花水木の並木通るときハミングのでる

岡山　茅野（かやの）　和子（かずこ）

川土手に合歓に今年も花が咲き花を揺らせて自転車が行く

萩、コスモス日々新たなる花の見ゆ倉敷川に沿ふ野道ゆけば

＊

主に似てそそっかしき蝋梅が今を盛りと真冬に咲けり

大阪　河田（かわた）　幸子（ゆきこ）

独り居の庭の水仙芽を出して春よ来い早く来いと呼んでいる

月見草ひまわりよりも美しと野球談義の若き日なつかし

若武者の出陣に似て初初し辛夷の花の咲き揃ひたり

神奈川　川田（かわだ）禎子（ていこ）

出陣の若武者振りか枝えだに咲きつぐ辛夷のうすきむらさき

花びらに斜光するどし晴れやかな剣うちあふ音とし聴けり

＊

雑草は車に轢かれてあへぎつつ立ち上がりたり不死鳥のごとく

岩手　菊池（きくち）哲也（てつや）

雑草が雪かづきつつ消えてゆく春の再会我に約して

雑草の魂持ちて這ひ上がれ　心の底に叫ぶ声しぬ

＊

駆け足でやってきたりしこの秋に追いつけぬまま富有柿ちぎる

香川　國重（くにしげ）仁重（ひとえ）

漂うて枝枝にとまる蝶のごとふうっとさきだすサクランボの花

早起きのゆっくりほどける朝顔をひとつふたつと指差しかぞえる

拳ほどの不恰好なる木瓜の実のごろたんと落つあら、いいにほひ

千葉　久保田（くぼた）清萌（せいほう）

すぢ雲の浮かぶ青空指しにつつ出揃ひにけりこの新松子（しんちぢり）

為すべきは為し尽しけむ枯尾花ゆふひをとらへ須臾（しゅゆ）に華やぐ

＊

枯るる草覆へるまるば縷紅草命のはつかあとさきの朱（あけ）

山梨　久保田（くぼた）壽子（としこ）

清明の空を覆へる御衣黄の蕾のみどり開く時待つ

満天星の小さき白花塀の外に零れて人亡き庭の春逝く

＊

鳥になる夢を舞ひゐる花鷺と思ひつつ撮るその純白を

広島　桑田（くわだ）瑳代子（さよこ）

明日はま白き鳥にならむか花鷺に私の耳に触れて過ぐる風

飛べぬまま枯れ朽つるものを口惜しむ花にも鳥にもなれぬ私

雪とけし雑木林に落ちてゐる花梨十個ほど黄に匂ひ立つ
今日植ゑしアスパラガスを目覚めさす春の雨降るやはらかき音
青嵐に大きく揺るる栗の木の真盛りの花耐へてこぼれず
新潟　桑原昌子

*

白梅と紅梅が一樹にかをりをり北国の春令和を言祝ぐ
植木屋は枝を伐るとも其の儘にといま一樹に紅白の梅
山際は碧瑠璃の空異界めくつつじ炎ゆる野にうからと座る
北海道　小島美智子

*

これは根か見まごうばかりの楠の枝葉ざっくり数多転がる
幹のみを残して切られし楠の切り口ムンクの叫び上げたり
枝も葉も切り落とされし楠の立春越えて小さき新芽
埼玉　齋藤秀雄

古びたる火鉢に菫うえたるを門辺に置きて祖父母をしのぶ
門に咲くあじさい雨に潤いて紫開きうす紅ひらく
牛の背の朝刈りしたる草束に山百合の花ゆれておりたり
宮城　齋藤美和子

*

冬立つ日ひつそりと赤き藪柑子　木洩れ日のもと明るみてあり
ミルク色の小花は丸く密にしてヤツデかがやく小春の午に
葉をなべて散り落したるななかまどルビーのごとき珠実　照り映ゆ
宮城　佐々木絹子

*

原因は少雨の故か山畑の薯に南瓜に玉実少なし
水不足と関りなきか黒々と細か枝に生る自慢のカシス
収穫祭妻は妹に声を掛け三人で摘みゆく青森カシス
青森　鹿内伸也

五十年の並木の桜か染井吉野(えどえんしす)幹太ぶとと左螺旋に

地割れする歩道の凹凸桜の並木今年も伐られし太き幾本(いくもと)

空襲は四月の夜なりき逃げまどひし桜通りか花覚えなく

千葉　下村百合江(しもむらゆりえ)

＊

白菜の種は芽の出ずあくまでも蒔きたる土のわれに背をむく

半年の食をささへしレタス畑たがやしてもとの土にもどせり

枯れ花を残ししままにあぢさゐの今年の花弁ひらきそめたり

長崎　城(じょう)　幸子(さちこ)

＊

だいだいを書棚に並べ七、八つ擂茶(るいざ)のがらに納まり静か

チューリップの開かんとするふくらみは祈るかたちに光を包む

玄関に生けし花菖蒲濃くうすく継ぎてし咲けば空気動きぬ

山口　末武(すえたけ)　陽子(ようこ)

蠟梅の蕾に積みて落ちる雪ひとりリズムをきざむ明るさ

万葉のあの日のままをさねかずら「かのこ」の記憶が影を濃くする

枯れ葉しく庭にハナニラの光緑(らいとぐりーん)襷をつないだ選手らの魂(たま)の色

広島　末森(すえもり)　知子(ともこ)

＊

水無月のわが庭に咲く紫陽花の真白の花を愛しみて見る

供花せむと紫陽花を切る葉のうらに小さきちひさき「ででむし」のゐる

閼伽水に紛れ入りたる「ででむし」をそつと抓みて紫陽花の葉に

神奈川　杉本(すぎもと)　照世(てるよ)

＊

あれこれと迷ひて蝶の選びしは我の植ゑたるそら豆の花

何見ても想ひは母につながりぬ南天の実の赤く色づく

亡き母を想ふは心の衰へか今朝はしきりに山茶花散りぬ

愛知　鈴木(すずき)　昌宏(まさひろ)

麦秋の風吹くもなか小躍(こをど)りに藤の木の道愛犬は添ふ
和歌山　高岡(たかおか)　淳子(じゅんこ)

自転車のかごに覗きてセロリ揺る穏和なる日のわれにもありき

父母眠る共同墓地の大楠はいつ来てもおんおんと騒めく

*

薄紅の小(ち)さき花なる四季桜　雪に折れしと亡き義(ち)父に聞きぬ
埼玉　田中恵美子(たなかえみこ)

初咲きの一重の牡丹を供うれば香り籠れり夜の仏間に

灼熱の庭に咲き継ぐ小鬼百合くるくると花弁(かべん)まるまりており

*

道端の草にも変化現れて馴染なきもの増えつつありぬ
埼玉　谷口(たにぐち)　ヨシ

見慣れたるはこべかたばみ母子草いつの間にやら姿の見えぬ

変りゆく中にどくだみ平然とあちらこちらに根を張りており

たちあふひはひとひひとひを聴(ゆる)すごと咲きあぐる花よ梅雨空のもと
千葉　谷光(たにみつ)　順晏(じゅんあん)

真つ青な雲のうへなるまつさをが落ちきて夏のへブンリーブルー

雑草(あらくさ)のなかに入りて草を引くわたしが誰だかわからぬほどに

*

川ならば花の筏となるべきを風に押されて道走る花
千葉　千葉(ちば)さく子(こ)

まだ先がある筈だからそれだから倒れしマーガレットの叢抱き起こす

ものかげに伸びて実をつけ物申す君紅なりや吾も紅なり

*

雨のふる気配ただよふ空の下三椏のつぼみ黄に開きそむ
千葉　戸田(とだ)　佳子(よしこ)

長き梅雨やうやく明けて花終へし泰山木が厳かにたつ

台風に花の散りたる百日紅三日経てまた乏しくさきぬ

バンジローの中身はピンク久びさに丸く実りて収穫うれし

知らぬ間にむくげ一輪咲き初めて葉に淡紅の花の色映ゆ

まだら蝶日々ランタナに遊ぶのは好みの花らし愛しく思ふ

沖縄　利根（とね）直子（なおこ）

*

道の辺に咲きゐしと息子の手のなかに根の付きしままの薊ひともと

萎れゆくけはひもあらず「報復」とふ異端児めきしあざみの花ことば

失恋の大地の女神汝が悲をあらはさむとや具象のあざみ

北海道　富岡（とみおか）恵子（けいこ）

*

何年か前の雪折れの様残る皐月が咲けり垣の一角

学校の銀杏大樹の降り零す落葉に埋もるるごとき日々（にちにち）

去年まで此処に咲きゐし皇帝ダリア花の幻仰ぎて通る

神奈川　長岡（ながおか）弘子（ひろこ）

白ほめく桜の下に没りつ日を入るまで見つめ無言のふたり

向かひ家の父と子の湯の賑はひに目を閉ぢて酔ふ野路菊の香に

卓上にぽろりこぼれし獅子咲きの椿は生きるぬれぬれと赤

兵庫　中畔（なかぐろ）きよ子（こ）

*

寒明けの光の中のあをき影ユリノキ大樹の秀のあたり踏む

黝々と枝八方に張る冬木樹齢百四十年ユリノキの矜恃

博物館出でくれば風　束の間を遥けき時代に心あそばせ

神奈川　長﨑（ながさき）厚子（あつこ）

*

百五十年の椿の由来を語りつつ御坊は時々幹をなでおり

細き道混み合う甍の寺庭に咲き継ぐ名高き椿訪ねん

雛鶴を絶やさぬように挿し木して御坊は配（わ）けるを喜びとなす

石川　中西名菜子（なかにしななこ）

空豆の花の大きな黒い目に見らるるやうな畑の辺を過ぐ

六月の夕べの庭に浮きいでて紫陽花の青き大輪の花

白山菊・吾亦紅また鵯花峠の道に咲く秋の花

岡山　新路（にいろ）　福子（ふくこ）

＊

あくまでも清くあれかし白百合の色あざやかな雄蕊を切りぬ

もろともにいとしみ合わん山桜ひっそり咲いて私も独り

いとどしく虫の音しげき浅茅生は銀座通りのビルの屋上

東京　長谷川紫穂（はせがわしほ）

＊

転居先定かならざる老人の庭の太神楽（だいかぐら）数多蕃める

原産地メキシコといふ秋桜宇宙なる名すらもつ愛しき花

そよ風も花の香も無き病室の窓ゆ望まるビル群の景

神奈川　林（はやし）　静峰（せいほう）

家裏の神社の大木伐られおり耳をつんざくモーター響く

伐られたる幹の真中を貫ける洞腰を折り見つめいるなり

六本の大木を倒し人気なき神殿に射す夕日マゼンタ

福岡　姫山（ひめやま）　さち

＊

いつか読むいつかはいまだ遠きにあり狗尾草はうなづいてゐる

分葱といふ言葉を思ひ出さざれば一文字と書き日記を閉ぢる

量り売り芋焼酎は揺れてをり草紅葉をゆくリュックのなかに

奈良　藤川（ふじかわ）　弘子（ひろこ）

＊

うりずんの季（とき）さはやかに若夏へバトンを渡す島は花盛り

意志あるごと若葉萌えたつ狭庭辺の春はもえぎの光をはじく

あまやかな花の記憶の絡みあふ定家葛の蔓めざめゆく

沖縄　普天間喜代子（ふてんまきよこ）

無花果の団扇のやうな葉が落ちて枝に色づく実が覗くなり

千葉　松本静泉

捥ぎ取りし無花果の実は牛乳のやうな汁したたらす

無花果の熟れし実うまし枝より捥ぎその場で食べる味は格別

*

秋の陽にゆるりと咲くは深山ホトトギス水引草の紅のかたへに

大分　松本千登世

ツルボ咲きホトトギス咲き庭は秋裏山なべて雑木林になりぬ

三葉アケビ大き実を下げ網にあり今年はカラスもやつては来ぬか

*

ゆくりなく深紅のバラは食卓に鮮やかなりし真水を吸ひて

茨城　松本良子

台風でかたむきし柚の大木は果実鈴なり黄を放ちゐる

夫と吾れ住みゐる庭に今年また高砂百合とふ花の咲きたり

梅の苗富士の裾野に植ゑられし農夫の心今に花咲く

東京　宮島章吉

紅梅のしだれる枝に咲く花はま白き富士のふもとの村に

紅白の大輪の花美を競ふ上野の杜のボタンの苑に

*

山の桜さはさはは息つかばとなりの少女のランドセルは青

大分　宮武千津子

やまぼふしの白を出でこししろき蝶二頭が消ゆるはつなつの森

雪の夜はこほしき家よ庭隅に針やはらかに銀合歓の毬

*

無人なる荒れし庭にも季は巡り今年も掲げし火炎木の花

沖縄　銘苅真弓

花は知らず今年ばかりの花なるを曇天を焦がす燃ゆる朱の色

廃屋とともに消えたる火炎木更地の土の匂う雨あがり

咲くことのジンクスなべて不吉なれどこの世納めに竹の花観る

東京　森谷(もりたに)　勝子(かつこ)

竹藪に夢物語生れし世も咲きしか竹のまさびしき花

みづからの摂理にいのち果つるとぞ今生の花咲かせたる竹

＊

投票を終へて帰りは回り道ピンクの芙蓉の大輪に遇ふ

埼玉　矢野(やの)　和子(かずこ)

久びさに通る道辺のひとところ半夏生の花群がり咲けり

巻ひげをフェンスに絡ませ繁りたり風船かづらは風に揺れつつ

＊

恥ぢらへる乙女のやうに葉隠れに花を咲かせてやぶ椿の花

長崎　山口(やまぐち)　輝美(てるみ)

幸多き家族のやうに南天の赤き実数多が冬日弾きぬ

氷雨降る山間の家もやの中アロエの花の朱朱燃ゆる

暖冬にせかさるるごと蕗の薹古葉をまとひて萌黄の覗く

石川　山本美保子(やまもとみほこ)

わが畑のブロッコリーの芽のひとつ折れて予期せぬ嵐の被害

土に這ひ風に騒げる庭の菊乱れて咲くをわれの好めり

＊

萬徳寺のもみぢはらはら散る庭に小さきながらも山茶花の咲く

福井　山本(やまもと)　保子(やすこ)

縁に座し取材を受くる法印様さざんくわを語る刻は静かに

初に聞きし「さざんか時雨」の言の葉を友へのたよりに記してみたり

＊

公園に咲く彼岸花一、二本夕べの風に揺れているなり

東京　山本(やまもと)　雪子(ゆきこ)

あかあかと秋の彼岸に咲く花のありて白きを見ることのなし

わが家から程よき所(とこ)にある公園バスひと駅に息抜きをする

黒土を押し上げ芽差す延齢草ここにして春われの身に添ふ

ゆるびゆく我が輪郭を引き締めむ　一人静の花たちあがる

ヒマラヤの妖精かともメコノプシスけふの余白を満たしてくれる

北海道　湯浅（ゆあさ）　純子（じゅんこ）

4

生活

遠足の児童の信号待ちを見る青信号で過ぎる車窓に

群馬　相川（あいかわ）　和子（かずこ）

高校の四年と未来の歳月を思いしかの日勇気の湧きぬ

四年間住みし古屋に十二匹ねずみ捕らえし芋の天ぷら

*

コーヒーと店の空気に包まれて心の隙間埋められてゆく

長野　青木（あおき）　節子（せつこ）

それぞれの思ひを持ちてカウンターの椅子に座りぬ　今充電中

元日の穂高の峰に光差す朝の冷気を深々と吸ふ

*

我儘な生地を相手に午前五時欠伸しながらパンを焼きをり

青森　青野（あおの）　由美（ゆみ）

われを呼ぶこゑも途絶えて吾子達はあしたの夢の眠りに入りぬ

一日終へあまたの雑事を報告す微笑み聞きゐる頭上のシャンデリア

公園や駅や歩道橋の下に住んでる人も東京の人

東京　赤片（あかびら）　亜美（あみ）

ひきこもる部屋を子宮と言い泣いたきみの胎動は激しかった

まん丸い月じゃなくても綺麗だと思える人になってから死ぬ

*

棚経を終えて尼僧の去りし部屋〈オーデコロン〉の香りが残る

和歌山　赤松（あかまつ）　伴子（ともこ）

注文はタブレットとうレストラン老いし二人に焦りがつのる

大祖（おおおや）もみませな夫の丹精の梅六十本に梅の実撓わ

*

ゆっくりと横断歩道を渡ります和服の私モデルのように

長崎　秋田（あきた）　光子（みつこ）

〈思うほど良くないような悩むほど悪くなさそう〉と今日の運勢

青信号で渡れというけど緑だね緑なのにさ青リンゴってね

降りたるは灯れる街へ散りゆきて夜のホームに一人残さる
山梨　秋山かね子

エプロンの紐引き締めて熱ひきしあしたを厨に包丁を研ぐ

田を埋めてれんげの咲ける絵に替へて独り住まひの部屋を春にす

*

ゆつくりと未のときを進みゆく二両電車は光切りつつ
石川　浅野真智子

ハンドルに五月の光弾きつつ自転車の並む駅前広場

ひかり差す珈琲店の窓際にパソコンに向く静かなる面

*

甲子園の夢抱く子の応援席に陣取り声援送る
大分　安部あけ美

秋祭り山車に乗る我子見るなり祭りの列に囃子賑やか

子に送るぶどうの色づき待ちながら野菜あれこれ揃える夕べ

チューリップの球根そここに埋めたり目覚しいくつもかけおくごとく
東京　安部真理子

空色のトラックは移動式本屋さん港町の辻にけふは来てゐる

枯芝にわが影ながく足ふとしガリバーとなりてわしわしとゆく

*

週一度腰を屈めて爪を切る手足の欠片ぽろぽろ落ちて
東京　阿部　洋子

舅姑と父母も夫をも見送りてひたすら生きて作歌楽しむ

走れない出来ないことも多多増えてゆくりと歩む土と親しみ

*

宿木を知らぬ若きが声張りて「面白いもん、見いーつけた」と指す
奈良　英保　志郎

たちまちに無を知らしむる「ゐない、ゐない、ばあ」おほふ両手に恐怖もかくす

蜘蛛の子を散らすと言へどそれほどに沢山のクモ見たこともなく

山田堰の工法用ゐてアフガンの灌漑工事をなしし同胞(はらから)

福岡　天児都(あまこくに)

江戸時代の治水の工法用ゐたるアフガンの地に緑蘇る

大地潤す水ありて緑育ちゆく緑の中で人育ちゆく

＊

妹の息子は「令」の付く名前祖父のつけしと笑顔にかへす

山梨　荒木清子(あらききよこ)

甥の名の「令(のり)」は名前の下につきいま医者となり病院を負ふ

この頃のテレビ番組食盛んこれ良し悪しとテレビに学ぶ

＊

路地裏を過ぎつつ今日も万富屋饅頭店に人影あらず

石川　荒木る美(あらきるみ)

雑踏のにごりのなかを歩み来て吸いこまれたり切符とわれと

ほのぼのと米研ぎながら川べりの夜を流るる蛍おもえり

蛇の髭に土の大根転がして今夜はけんちん雪の来るらし

茨城　安蔵(あんぞう)みつよ

常ならぬ渋滞続く氾濫の日よりはここが迂回路となり

病院に友を見舞へば娘の街へ明日移るとふ娘に従ひて

＊

梅の香に包まれているわが庭にうぐいすの声　うらの山より

栃木　安藤勝江(あんどうかつえ)

桜咲くこの庭が好きと母は言い三とせわが家に通いくれにき

葉桜のトンネル抜ければふるさとの涼風やさしわれを包みぬ

＊

精神の安定剤を飲むように食後にケーキひとつたいらぐ

奈良　伊狩順子(いかりじゅんこ)

飛行機が大きく見えるそれだけでこの町にふと住んでみたくなる

本心は言わないほうがいい事はわかってるつもり赤きざくろの実

椋鳩十記念館写真の目差しにわれ十歳となりて見上ぐる

埼玉　石田照子

腰を屈めわが目を見つめ物言はれし鳩十先生の声の聞こゆる

常念の峯昇りゆく霧の中六月の緑もり上がりゐる

*

耕されゆく畑土の微粒子は眠りより覚め春の日を浴ぶ

和歌山　井谷まさみち

激突の瞬時は如何に春日射す道にガラスの破片煌めく

杭一本夏の地面に叩き込み祝ふ傘寿のわが誕生日

*

言霊の幸わう国と詠みし歌　人麻呂に思いを馳せる如月の夜

鳥取　市場和子

初孫のふとした仕草と嫁ぐ子の幼き頃を重ねるひと日

伯備線にゆらりゆられてのんびりと歌会へ向かう水無月の朝

落語聞き声押しころし笑う真夜　夫の寝息を確かめながら

岐阜　伊藤かえこ

降りやまぬ雨に音量そっと上げ朗読を聞く　江戸の路地裏

階下から母の小さな咳聞こゆラジオは午前三時を告げる

*

かばかりのことと言えども生死とはかかるものかは春蟬の鳴く

静岡　伊藤純

さえずりはキビタキと決め朝あさを耳に親しむわれのキビタキ

キジバトはねぐらへ向かう夕光のかがやき果てて空くらむ頃

*

コロナコロぶつぶつ言ひつつ消しゆきぬ手帳の三、四、五はコロナ月

東京　伊藤泓子

〈幸せはどこからくる〉を再読し三読目となる外出自粛に

〈こだわりはまじめです〉とポンジュース　コロナ殺殺（ころころ）ポンジュース飲む

罫線の青き便せん手渡せり退職願ひを書くとふ夫に
一丁上がりといかぬ娘であることをつたへて実家より味噌もらひ来る
失職の夫もつ身に代官山蔦屋のコーヒー千五百円

埼玉　井上美津子

*

新藁の中にすつぽり身を沈め本を読みたる納屋なつかしき
藁灰にまぶしし種薯四キロを雨来ぬうちに植ゑ終りたり
この緑この風が好き故郷の青田の道に深呼吸する

愛媛　井上由美子

*

護岸工事の人らは帰り桃ひとつ流れきそうな夕暮にいる
さくら見に台の口川公園へこの世にあらぬ母つれてゆく
おおかたは「はい」「了解」ですむメール雨の降る夜は知らんふりして

東京　今井　千草

神だなの榊に白き花咲きて生きる活力しばし見とるる
先輩の形見の辛夷白き花舞ひ散るさまに当時を偲ぶ
墓地前の空地に菜花咲き盛り摘みとり自由の札の立ちゐる

千葉　今宮　靖雅

*

神戸市の冬のおわりに精霊のようなカイトがまだ見えている
きさらぎの眉のきれいな子どもたち風に流れてみんな菜の花
手を洗う日々の流れに足してゆくとぎれとぎれに考えごとを

兵庫　岩尾　淳子

*

成人式も過ぎたる孫達思いつつ一人静かに雛を仕舞う
出会うたび慌てて散らばる雉のひなこわくないよと声をかけれど
家事終えて一人の茶の間静けさの中に響き来ほととぎすの声

栃木　岩下つや子

ミキサーに春の果実を砕きゆく何に追わるることも無き日に
鳥取　上田正枝

ネジいっぱい回しては聴くオルゴールとおき日の音澄みつつかなし

雪の無き冬を越しゆく寂しさよ母に会えずに帰る子のよう

*

中国語と韓国語を耳にヨタヨタと戦後育ちが道頓堀歩く
大阪　上田明

ガラケーで「もしもし今夜遅くなる」スマホの返事は「どうぞご勝手に」

春酒は幽界の君と飲みたいね迦陵頻伽の声聞きながら

*

リヤカーで引っ越しをせし若草町　金沢郊外新婚二日目
富山　上田洋一

捨つるもの選びてをればどれもこれも我が一生の小さき欠片か

免許証の返納息子らは迫りをり　一人山の湯へ車走らす

米寿とは愉しき齢と気付きたり背伸びしてとどく木の実のひかり
北海道　上田律子

些事とても成し遂げたれば快き明日ありなむとグラスを満たす

去年今年些かけぢめつけて越ゆいつとはなしに黒豆煮えて

*

杖をつくわれを気づかい先になり振りむくナナよいとおしさ増す
栃木　宇佐美ヒロ

桜咲く公園に若い親子連れ花見の宴見つつほほえむ

女性部にて桜の下に店を出し二時間なれど売るは楽しき

*

ローカルの三つの駅に馴染みつついよいよ狭まる行動範囲
群馬　内田民之

こつくりとスマホに静もる生徒らを乗せて電車は夕陽に走る

アクセント異る駅名アナウンス我の乗り降り「アカギ」「オオタ」

洗剤の「リリーの香り」にブラウスと気弱の心攪拌しをり

青森　梅村(うめむら)　久子(ひさこ)

断捨離の捗らざるに焦りつつもコーヒー一杯にしましくつろぐ

あと十年命ありや疑問なれどガステーブル換へ肉巻き作る

*

カスベ煮るはつかな湯気に蓋のなる音と共ども暮れゆく夕べ

北海道　大口(おおくち)ひろ美(み)

昨夜(よべ)のうち作るカスベを煮凝らせ有田の器に盛りしつらへる

時雨夜の卓にカスベの煮こごりと温燗(ぬるかん)添へて猪口ふたつ置く

*

淡路島のヤドカリぼやく僕だつて瀬戸大橋を渡つてみたき

和歌山　大河内(おおこうち)喜美子(きみこ)

気負ふ事競ふ事なく紫陽花の雨に打たれて大きく咲けり

有機物である胡椒は燃やせます無機物である塩は燃やせぬ

走りがきに「おいしく漬けよ」と姉のふみほどよく干された大根届く

北海道　大関(おおぜき)　法子(のりこ)

音威子府過ぎしころから急峻な山が迫りてふるさと近し

天塩川が直角にまがる地点すぎ地図に小さく佐久とある村

*

JAに電動イスにて買物に出づれば風は治療者(ヒーラー)となる

山口　大田(おおた)　綾子(あやこ)

うす紅の葛の花びら散り敷きて踏むをためらひ回り道する

時折はお皿洗ひをして呉るる夫有難し置場変はれど

*

回覧板携へて行く路地に聞く一人暮しの俎の音

宮城　大槻(おおつき)うた子(こ)

大過なく搬送終へしか救急車角を静かに曲り行きたり

身障の子の住むアパートは聖域にして一年過ぎぬ見守るのみに

古民家の井戸水汲むとかけ寄れば手押しポンプのいと重たかり

東京　大戸(おおと)紀久代(きくよ)

まっすぐにひまわり一本凛と立つ主が亡くなり荒れた畑に

立ち退きで更地となりし片隅に数えるほどの茶の花の咲く

*

二(ふた)家族帰省にあまたを抱きゐる洗濯機がうなる元日の朝

大分　大渡(おおと)キミコ

汲みにこしボトルかたへに先づは飲む「寒九の水」の清めるひと杓

「誕生」が「おくやみ」欄より多き今朝紙面を春のひかりがをどる

*

意識せず過ごしし十年と言ふべきか今宵の食を考へて今は

埼玉　大橋(おおはし)栄一(えいいち)

思ひ直し思ひ違ひの日々にして読み返しゐるこの十年を

岩の陰の小さき花の黄の花を思ひ返して今宵の眠り

四季の花あまた咲かせてくれる場所終の住処と思いたくなし

東京　大和(おおわ)久浪子(くなみこ)

失いしものの多くは忘れたき得しことのあり今の暮らしも

余剰なるものに埋まるる世の不安八十八夜の雨降りしきる

*

〈ふるさと〉とふ言葉捧げり流れ者迎へてくれし東大泉

東京　岡(おか)貴子(たかこ)

八月は螢にならむたましひを青く燃やして生きてみるべく

べつべつの終点なるか終バスに揺らるるわれと窓に映るわれ

*

「元号に二水つけたき夏見舞い」友の俳句に思わずうなる

東京　岡田(おかだ)さわ子(こ)

秋晴れに足腰かばいずっしりと重い布団を一枚干しぬ

インゲンの延びる瞬時の音を聞く目できいたのか不思議な感覚

朝なさな穏やかなれと祈るとう百十歳の短歌（うた）よむ
君よ

茨城　岡田（おかだ）　光子（てるこ）

いただきし下妻（しもつま）市銘菓「夜雨の里」包装紙解き先
ずは詩を読む

「カッタ　カッタ」初日さす土手歩み来て社（やしろ）に立
てばおのず直立

＊

熊本　岡田（おかだ）　万樹（まき）

ひとりごと言ひて自ら返事する寂しい日なりきつ
ね雨ふる

照り陰り雨も降つたと一生をたとへし母のきつね
雨ふる

徴兵制なき国日本ヒップボーンジーパンをはく青
年がゆく

＊

埼玉　岡部（おかべ）　とみ

赤のまま野菊も咲ける野の道を後ろ手しつつ今日
も歩み来

道の辺の赤のまんまを摘みし友今は施設にいかに
在すや

ゆつたりと野辺歩み来て縁にかけ裾の草の実一つ
づつ取る

栃木　岡村（おかむら）　稔子（としこ）

親友の廣き屋敷を借り受けてけふは朝より会の支
度に

一秒時（いちべうじ）重なりて今日友に逢ふ傘寿迎へし彼の乙女
らと

われ持ちぬ金平牛蒡土産にと夫の手作り山盛りに
して

＊

宮城　岡本（おかもと）　勝（まさる）

おやすみの抱擁（ハグ）して妻と寝室と書斎に分かれ朝ま
でひとり

ミラノ風カツレツのやうな極薄の夏掛布団に梅雨
寒過（す）ぐす

ダヴィンチもレンブラントも描けまい複雑怪奇な
俺の肖像

＊

千葉　奥田（おくだ）　富子（とみこ）

五十肩疼く夜半の気晴しと朗読作品ひとりの舞台

茶店の女将旅の女に竹職人小演劇の如く立ちたり

吾が声を遠くに聞きてうつうつといつか寝付きて
目覚むれば朝

如月の公園に咲く白梅の下に茶を飲み春を喜ぶ

鳥取　奥平（おくひら）　沙風（さふう）

暑き夜は体に冷たき風を当てエアコンタイムでいつしか眠る

秋風が揺らす木の葉の色付きて心落着く桜重ねて

＊

左から右へ流れていくばかり電光掲示のような水無月

愛知　小塩（おしお）　卓哉（たくや）

アメリカの映画みたいな夢の後尾張名古屋の渋滞にいる

一晩中起きているのかコホンとう咳聞こえたり娘の部屋に

＊

疑いの肝硬変のエコー受く異常のなくて酒買い帰る

秋田　小田嶋（おだしま）　昭一（しょういち）

水多き横手川面と紅葉見つ胃カメラ飲む間おちつかずいる

食道の早期癌よと言われたり普段着のまま荷物持ち行く

雨上がるふたりの視界まみどりに続くあたりを伸びるくさぐさ

愛知　落合（おちあい）　花子（はなこ）

歩み遅きあなたを待つ間に重くなる浮遊していた雲の連なり

途中にて伏せおく雑誌の頂に長き陽残して夕餉の支度

＊

大人びた物言いをする女の孫に負けてはならじ七十路われは

佐賀　梶山（かじやま）　久美（くみ）

台風のそれたる空に夕月のかかりて励むわが厨ごと

わが生家は駐車場にとなり果てて思い出あまた地下に埋もれつ

＊

あらたまの満月あふぐ族らにおのもおのもの喉仏あり

東京　春日（かすが）いづみ

天（そら）の果て轆轤をまはす神の手の早まりてくる小草（をぐさ）生月（おひづき）

後の世の地上の姿に吾もまた責めを負ふ者　眼（まなこ）を洗ふ

親友の墓地番号を記憶さす日露戦争の二〇三高地は

茨城　片岡(かたおか)　明(あきら)

楽しみを待ちて竹垣作りしが暖冬起因か笛の音聞けず

貫いたる新米一握り饌米となして供える神棚の左右

*

乗鞍を槍を穂高を独占し上野平(うはのだひら)に車走らす

岐阜　片岡(かたおか)　和代(かずよ)

人一人通れるほどの路地にある小さき看板「ぎんなん横丁」

たたなづく飛騨の山々色づきて傾き走るライダーの見ゆ

*

薄暗き物置の隅じゃがいもは数多芽出しし春遠きいま

福島　加藤(かとう)　廣輝(こうき)

太く短き薄紫の芽に埋もる物置のじゃがいも重なり合いて

我が丹精のじゃがいもなれば心こめ芽かきしており時長くかけ

何時しかに時は流れて我ひとりこの家に在りて今宵も灯す

岐阜　加藤冨美恵(かとうふみえ)

気を長く持てと言われしリハビリのいつまで続く95歳

足音を待ちて小声で時聞きぬ夜明けが近いと看護師の言う

*

この部屋が終の住処か八畳の仲間はすべて知らぬ人々

群馬　金山(かなやま)　太郎(たろう)

もう咲いた蕾を持った梅の花花瓶に挿せば春の匂ひす

あちこちと寺や神社を詣でしか帰りぎはにはかならずお札置きゐつ

*

やわらかく甘みのありて紋甲烏賊(もんごいか)今宵のビールに半身を求む

埼玉　金子(かねこ)　正男(まさお)

庭草を引きて得るもの手のひらに量感のあり秋茗荷四つ

宵庭に青く閃く稲光り間髪入れず雷(らい)のとどろく

新緑に囲まれ夫と暮らす家に時折番の雉鳩来鳴く

ゆつたりと雨戸を繰れば真紅なるバラ一輪が高く咲きをり

八十を過ぎし我が住むこの街は同級生等の笑顔に逢へる

福井　加納(かのう)　暢子(のぶこ)

＊

金(キン)と金(コン)まちがはぬやう呼ぶための名簿手にせしころ甦る

四万十の岸辺を覆ふ竹林は鮎の匂ひす母を見舞へば

白黒の線路描きて旅程練る夫の部屋をあへて直さず

岩手　鎌田(かまだ)　昌子(まさこ)

＊

扇風機がリズム保ちて回る部屋平成の夏も令和の夏も

新しきサンダル履きて坂くだるときの足裏にはずむ肉球

会いたさは淋しさを越ゆきさらぎの月がしんしん満ちゆく気配

長崎　上川原(かみかわはら)　緑(みどり)

使うことのなくなりし夫のネクタイで冬の毛布を丸めて縛る

引き出しに懐かし父の議員手帳古りて黄ばむを手にとりて見る

重機にてこわされゆきしわが生家ちゃぶ台ひとつがぽつんと転がる

岐阜　上久保(かみくぼ)みどり

＊

寒山寺境内に群るる輪の中に「楓橋夜泊」を吟ずる日本人(をとこ)

ジギタリス咲きのぼりつつ振り向くは去りて在りあるそのうしろかげ

壇上の池上(いけがみ)彰さんの横顔を見に極月の長きコンコース

栃木　上島(かみしま)　妙子(たえこ)

＊

お茶の会に友の作りし花寄せと茶菓子用意し人来るを待つ

見習うべきパワー全開の八十歳まだこれからと笑顔もすてき

目立たねど心の和む人がいるそんな貴女に出会えた幸せ

栃木　神谷(かみや)ユリ子(こ)

桃着くと子のメールあり台風の夜にも運びくるる人ゐて

山梨　亀田美千子

力込め高く響かせ「歓喜の歌」唄へば額に汗の滲み来

走り来し疲れ癒さむトラックが並ぶ夜明けのサービスエリア

*

豊富なる現代の食感謝せるも　粗食重ねし戦時を思う

新潟　鴨居幸子

プラゴミの汚染広がる環境に　変えねばならぬ消費者意識

変りゆく時代の波に育つ子等に失いたくなき人の真心

*

ケアハウスに来客のありこの朝もみぢの一葉ベランダに迎ふ

長野　河井房子

ケアハウスの窓辺に仰ぐ大歳の月は上弦裡まで照らす

折り紙をハウスの朝夕たたみゐる寂しき刻を虚しき刻を

いくつかのフェイクニュースを鏤めて老人会のサロン賑はふ

神奈川　河北笑子

誰もゐぬ家に帰りて戦争を知る少数派靴揃へをり

こぼれたる記憶のやうにすぎ雲の間に沈む夕日が赤し

*

一片の牛肉うまし殺むるも料るもすべて人に委ねて

山梨　川﨑勝信

千数百人の世論調査が国民の意識とけふもわれら導く

妻の焼くパンの匂ひが家中に満つるこの時いつまでもあれ

*

道の辺の畑は社交場村人の通りすがりに近況報告

茨城　川田泰子

先は見ぬ今日のすべきを為すのみと一人暮らしは農を営む

犬猫を相手に話すばかりとふ農婦としまらく道辺に語らふ

ばあちゃん家(ち)の匂いが好きと塾帰りどさっとカバンをおろし寝転ぶ　　山口　河野美津子(かわのみつこ)

朝七時雨が降るから送るよと診療時間を尋ねくる子

銀杏もからたちの実も色づきて秋までひきずるリハビリの道

*

もう此処に遊びにこない雉子おもう広場のそばに民家の建ちて　　埼玉　神田絢子(かんだあやこ)

すらすらと本に頬よせ読みはじむ絵本コーナー双子の姉妹

人形の蛙がはねて幼児らも蛙となりてピョンと跳ねだす

*

石垣島のマンゴー包む古紙のばし「ひめゆりの塔」のコラムに見入る　　京都　菊田弘子(きくたひろこ)

公園にスマホゲームをやめぬ子ら　顔上げて見よ冬の夕映え

介護士の履くソックスに犬の貌デイ・ケアの床走り廻れり

うとうとと風邪に臥しいる夕つ方あな煩わし腹が空きくる　　宮城　菊地栄子(きくちえいこ)

誰人もかまってはくれぬ重き腰自ら強いて立たすほかなし

叶わぬはデンドロビウムの紫紺色ふさうは淡き捩花の紅

*

亡き夫は「待ちぼうけの唄」うたひゐむ残されて何時しか二十余年　　東京　岸田幸子(きしだゆきこ)

白寿への道にてもなほ人を恋ふ埋み火おこりて一日ときめく

縄跳のめぐる輪の中「一抜けた」と美しきうちに友は逝きたり

*

十五歳の心の風景よみがへる随意曲「故郷」を口ずさむ度　　兵庫　北村艶子(きたむらつやこ)

課題曲の「希望のささやき」唄ひつつ帰る川辺に穂すすき揺れゐき

空耳にゆつくりでいいよと母のこゑ終活いまだ手つかずにゐて

野火焼きの匂ひの残る野の道を友チョコ五つ配りに歩く

栃木　木俣(きまた)　道子(みちこ)

好物の豆大福をお供へし甘党の舅(ちち)を偲ぶ命日

建設現場へ扇風機付き上衣着て女孫は日焼けの顔も厭はず

*

独り居の寂しさ募り如月の夜空見上げて星につぶやく

埼玉　木村(きむら)　良康(よしやす)

介護受く老人ホームに五年はや週五日の明け暮れ思ほゆ

九十(ここのそぢ)二つ超えゆく豆男われはハッスルし「鬼は外」連呼

*

待ち待ちし正月帰郷ふる里の友らと集ふ「湯の町別府」

福岡　工藤(くどう)　勝代(かつよ)

湯の煙山手に幾条(いくでう)流れをり湯の香漂ふ坂道のぼる

棚湯(たなゆ)より遥かに見下ろす別府湾日の出を迎へ両手を合はす

宿題と遊び道具を携えて活気の満ち来る夏のひと時

沖縄　國吉(くによし)　文子(ふみこ)

古希を過ぎ「老いては子に」と諺は脳(なずき)の隅を時に揺さ振る

生活の動線見直し模様替えこれからの労力年齢(とし)に委ねる

*

夫作る味噌汁の味ややに濃しわからぬようにお湯をつぎ足す

埼玉　窪田(くぼた)　幸代(さちよ)

空腹を満たすためだけ夕餉とる続く残業並ぶ出来合

時間かけコロッケ作る日曜日会話の弾む夕餉の時間

*

口遊むささのはさらさら七夕の夕べ心は幼なにかえる

栃木　久米(くめ)　久枝(ひさえ)

ひとすじに仕事やりきて七十九歳夫は茶の間に小鳥の声きく

ふきのとう春待ちきれず芽を出して生命のふくらみほのかに香る

大寒の衣類を脱げば嵩たかしこれだけをよく着てゐたものよ
　兵庫　久米川孝子（くめがわこうこ）

独り居の居間に設けしぬくぬくの炬燵はどこより入るも自由

出番なく2Bの鉛筆ぼやきゐん　久米川孝子はよう歌詠め

*

久方の日本近代文学館大学四年時のエピグラフはなく
　東京　黒岩剛仁（くろいわたけよし）

ゴールデンウィークらしき夕飯に令和の赤飯シウマイ弁当

定期券期限来たれば考えて三か月だけ延長したり

*

お使いの幼子におだちんの飴ふたつ柔き両手でしっかり握る
　福島　桑原記代（くわはらきよ）

奥さんの手作り蒟蒻ご主人は美味しと口添えわれに馳走す

初詣で初撞き初春寿ぎて揚々帰る男ありたり

燃え盛る竈の薪は音をなし蒸籠の米は餅搗くを待つ
　東京　小岩充親（こいわみつちか）

蒸籠より湯気噴きあがるを老い人ら餅つくを待つはやる心に

一臼を搗くにたちまち息あがりあと二臼にたじろぐ吾が

*

晴れた日は狩人となりペダル蹴り北埼巡る一人吟行
　埼玉　高野和紀（こうのかずのり）

何回もパンクを重ね修理したチューブは息を吸ってくれない

押し込んで乗らなくなった自転車のサドルをなぞる指先は愛

*

ベランダに風に煽られ波立つるシーツの動きはオーロラのそれ
　京都　甲元洋子（こうもとようこ）

だんじりの速さで祇園の山鉾が巡行するかも一億年後

この夕日が今ミラノでは朝の光バルセロナでもマルセイユでも

草スキー丘の上より滑り降る子らの歓声朗らかに立つ
改修の温泉の入り口移されて手塚治虫の火の鳥くぐる
台風で延びし花火を打ち上げるイブの日河原は屋台の並ぶ

愛媛　子川(こがわ)　明治(あきはる)

＊

トンネルを抜けて日浦(ひうら)の磯に立ち湧水(ゆうすい)しずかに満ちる朝靄
刈り取ったイエルバブエナ水に挿し伸びる根をただじっと見ている
今日の別れは明日の別れできらきらとこの日々は泡になるかしら否

北海道　越田(こしだ)　有(あり)

＊

約束をひとつしてゐる夕方の春の古書肆の書架は寂しも
にはか雨しかたないなと笑ひあひあなたの細き傘に入りぬ
いつか人語を奪はれる日を思ひつつ君と短き挨拶をする

宮城　越田(こしだ)　勇俊(ゆうしゅん)

白桃の蔵(しま)ひたる大き種ひとつ三蔵法師がぽつんとゐるよ
秋の夜を点滅してゆくひかりありいくつの別れを運ぶ一機か
生きたればおもふ　おはじき、青き罌粟、そして頻伽の天上のこゑ

神奈川　小島(こじま)　熱子(あつこ)

＊

照準を定めし的は陽炎のかなたにありて揺れゐてやまず
下水道とのふ里の夕風は蚊遣りいらずのそよと吹きくる
吾が庭のあけびに今年九つの実のさがりゐて日々をたのしむ

福井　児玉(こだま)　普定(ふじょう)

＊

柔らかく濯(すす)ぎに耐へし寝巻きなり夫の好みを年老いて知る
今は亡き友の漬けたる大根を夕餉に食みて深く味はふ
ＡＩのやさしき声に誘はれて遊んで貰ひ教へて貰ふ

大分　後藤(ごとう)　映子(ようこ)

万葉講座ともに通いし三人(みたり)逝き平成最後の彼岸近づく

東京　小西美智子(こにしみちこ)

あお空に羽撃かんとすしろじろと平成なごりの富士の農鳥

ハチ公の逸話は哀し大戦に銅像までも供出されて

＊

植木市に求め植えくれしもみじの木燃ゆるごと映ゆ友に見せたし

山形　小林(こばやし)あき

暑き日の続きし今年うかららと盆の十六日つつがなく過ぐ

雪白き瀧山(りゅうざん)仰ぎ思い出づ友と滑りし若き日のこと

＊

幼日の貧乏比べは今日もまた決着付かずにお預けとなる

千葉　小峯葉子(こみねようこ)

花火音の鼓動と重なり血潮へと載りし愉快が指まで届く

吾は自立を夫は共感求めつつ毎木曜夜の厨に並ぶ

ブローチを付けて行こうかいらないか外出前に時折り迷う

新潟　近藤栄子(こんどうえいこ)

正信偈の会に誘われ参加せん僧侶の指示に心引き締む

目をかばい耳を補聴し新しき令和を生きん八十路に向けて

＊

ともなへる影さへやさしいちめんの曇り手にとるごとき近さよ

福島　近藤千恵(こんどうちえ)

ひさかたの夕べ晴れたるこころにて水たまりありあかねのいろの

足もとのみみつつゆくわれ挨拶をうくればすぐにもよろめくものを

＊

「母さんの飲んでるお茶欲し」ケイタイに豪に住む子のこゑ届きたり

福井　近藤淑子(こんどうよしこ)

照射痕のうづきに耐へて臥す午後の窓にするどき稲妻はしる

腎切除乳房をとり凌ぎゐるわが宇宙葬など想ひ浮かべて

寒暖と艱難ののち鳴るチャイムお待ち遠さまでした、春です　栃木　齋藤（さいとう）嘉子（よしこ）

北関東の春はからから巣立つ日は朝から水を多めに飲んで

梅の送辞桜の答辞うららかに平成最後の春ど真ん中

＊

鮮魚店閉じられ人のまた減りし静かな町を夕陽が照らす　富山　佐伯（さえき）悦子（えつこ）

銀座四丁目いつもの人波だれもかも見たことあるよな知ってるような

饒舌になりゆく席を抜け出して夜の鏡の我を見つめる

＊

雨降れば風吹けばとて思ふかなふるさとの家なつかしき兄妹　神奈川　坂口（さかぐち）圭子（けいこ）

天国でも護摩をたいてくれますか体調が良くなる様お願ひします

耳に三つ鼻にもピアスをかざりゐる鼻は牛の鼻輪を思ひ出す

「ちよつとちよつと」と忙しく吾を呼ぶ夫の麻痺なき腕に蚊のとまりゐる　愛知　坂倉（さかくら）公子（きみこ）

麻痺の手に来れば自身で打てるのに麻痺なき手ばかり蚊は狙ひ来る

麻痺なき手の蚊を吾に打たせ夫は言ふ「麻痺の手の血は不味いんだらう」

＊

急ぎます足に声かけバス停へみどりの風のスカート揺らす　福岡　左座（さざ）路子（みちこ）

バスの中窓際に座りふりかえるとなりの隣り母に似ている

ガラス張りのビルの一階にランチする冬至の陽ざしわれにふりくる

＊

あしあとをつけるつもりで歩かない一歩一歩をふみしめゆかむ　新潟　佐々木（ささき）伸彦（のぶひこ）

幟旗春風の中はためける祭準備の能舞台をめぐる

写し絵の父しか知らぬ生ひたちを語る君なり喜寿を迎ふる

平成の昨日と令和に変はりたるけふの生活何も変はらず

ひと月を母の故郷ハルビンに過ごしたる孫吾に「ニイハオ」

啄木の歌の数多を便箋に書きくれし君逝きてしまへり

新潟　佐藤(さとう)　愛子(あいこ)

＊

棚引ける雲の合間の夕茜　過ぎたる日々の遠き想ひに

議員会館に陳情せむと歩む舗道(みち)軋む足さへ戸惑ひてゐる

レポートのひとつをやつと書き終へて心安らぐこともあらず

神奈川　佐藤(さとう)　三郎(さぶろう)

＊

桜咲く頃に背(そびら)を向けし里面影けぶらす秋霖やまず

かた腕にをさまるほどの吾子を抱き育児休暇の初日はじむる

あかつきを待ちて飛び来し鷺一羽御幣のごとく水口に立つ

大分　佐藤(さとう)　信二(しんじ)

元気よくテレビ体操したくなり六十年過ぎし家をリフォームす

礎石には大きな石あり木の柱・木・紙・土が吾が家を支えし

フローリングは明るい色に張り終えて感受性の扉(と)もひとつふたつ開(あ)く

宮城　佐藤(さとう)　靖子(やすこ)

＊

終日(ひもすがら)家に籠りて豆などをことこと煮るも良しと思へり

事もなくひと冬すぎて庭先のチューリップの芽数へてをりぬ

ゆるゆるとほどけゆくがに春キャベツ冬の肩凝りすこしほぐれぬ

青森　佐藤(さとう)　嘉子(よしこ)

＊

暑にめげぬ凌霄花が咲きつづけ庭のくさぐさ緑濃くなる

朝毎にサラダにしても食べきれぬ庭に育てしミニトマト三株

酷暑を託つと書きし葉書を呑ませたり暑熱をためて熱きポストに

秋田　佐藤(さとう)ヨリ子(こ)

棋譜を見て石を置きゆく盤上はたちまち烏鷺(うろ)の地図を成しゆく

病みながら健やかにいる日もありてこの夏のビワ大切に剥く

すずかけの下の信号までの距離はかり秋づく風に吹かるる

富山　椎木(しいき)　英輔(えいすけ)

＊

欲二つ捨てて来にけり街上の冷え冷えとせる空気を愛す

改元の令和に湧きていまも見ゆカーチスホーク昭和の軍鼓

靄のみち走り消えしは人間の姿をしたる一朶の時間

埼玉　島崎(しまざき)　榮一(えいいち)

＊

病みあとの手応え磨きたる鍋がきらきらと弾く秋の水玉

パンジーの花群に沈み浮かび来ぬ蝶はま白き花となりしか

暇(いとま)なく働くばかりの蟻達に老後安らぐ巣のありや否

東京　志水美紀子(しみずみきこ)

過ぎし日の思い出綴り書きおりぬ良き時代あり暗き時代も

としどしをわが庭に鳴く鴬の声の待たるる季節となりぬ

日の暮れは心細けり早ばやと雨戸をしめて息子の帰りを待つ

埼玉　清水美知子(しみずみちこ)

＊

その唇(くち)がわれの時間を奪ふ間も外の面に散り敷く春の言葉は

昨夜(よべ)みたるヤコブの梯子(はしご)は夢にして描(か)くひまもなく失念したる

片隅の棚ほのぐらし手に取られ小野小町がパラパラされて

茨城　下田尾三乃(しもだおみつの)

＊

身籠らず月の終はりを迎へをり柳葉魚(ししゃも)の腹のやはらかきこと

大一番見届けた後(のち)ふたたびの蕎麦啜る音ざざ降りとなる

かなしみの堰(せき)よ踏ん張れメレンゲのゆたかにゆたかに泡立ちをれば

千葉　芍(しゃく)　薬(やく)

有難き借り手見付かり通風もいくらかましになりにけるかも

京都　白須（しらす）秀樹（ひでき）

貸す先は教師なればと意を決し母屋を空（から）にする春の夜

垂乳根の母の家屋を片付けてありし日の想いよみがえるなり

＊

はまなすと梓のお印ある茶器を選びつつ御代を待ちゐし友は

宮城　白鳥（しらとり）光代（みつよ）

平成のなごりの雪の降るなかを新元号の「令和」を聞きぬ

鶯のさへづる朝のうるはしくあらたしき御代を告げくるやうに

＊

身構えて手術説明をききながら心ぼそくも承諾をする

福岡　末光（すえみつ）敏子（としこ）

患者まつ部屋の時計と掲示板　遠の黒雲　元年の今夏

並びたるベッドで動く気配なし　こころ痛みを感じる静かさ

里の田に籾殻を焼く白煙の向かうに母の顔のうかび来

兵庫　杉岡（すぎおか）静依（しずえ）

入院の夫と見しより幾年か共に恙なしコスモス眺む

高野山の夜明けの堂に座禅する背にやはらかき警策を受く

＊

ネックレス付けしまま眠る日もありて自由を選びし一人の生活（くらし）

神奈川　鈴木（すずき）栄子（えいこ）

ごちやごちやの物片付けて一日昏れ進んでゐない我の終活

私がお嫁に行くまで生きてゐて身に沁み残る孫の一言

＊

平成の最後の弥生腰痛を老いを悟りて令和を歩まん

東京　鈴木（すずき）和子（かずこ）

年末のごみ集荷所に積まれゆく生活の跡こころの塵も

磯野家は庶民を映す近い過去我も持ちたる昭和の心

田舎暮しに使わぬスイカに銀座線はじめて乗りぬ渋谷浅草
大伴旅人のうたをレシートの裏に書き留む大根を煮つつ
この家の時計はどれも合ってない訪い来たる子がぼそりと言いぬ

茨城　鈴木（すずき）　昌江（まさえ）

＊

つつましく点す灯りを消すごとく文具店廃業の手続きをなす
われ等なきゆくすゑ視野に入れにつつ家の改修なさんと思ふ
けふもまた下校の子等の声は良しはづみつつゆく青葉の下を

千葉　鈴木（すずき）　眞澄（ますみ）

＊

天声人語写し一杯のコーヒーを飲み一日が始まる
遠来の友を待ちつつ口遊む楽しからずや　楽しからずや
裡深く留めおかむよ中村哲アフガニスタンの救世主として

神奈川　関口満津子（せきぐちまつこ）

みどりごの指の仕草の無垢と似て蚕やさしき時を紡げり
ひととせの時（とき）の機織り手にとれば絣模様は水面（みなも）のゆらぎ
浅草は冬の賑わい国籍の分けへだてなく観音の慈悲

群馬　関根（せきね）　由紀（ゆき）

＊

消印なき切手にほくそ笑みにつつゆつくり剝がす二円なれども
朝光を反し光れる春障子けふは一日佳きことあらし
春たつと内耳に澄める潮騒に誘はれゆく海辺の邑へ

沖縄　楚南（そなん）　弘子（ひろこ）

＊

朝四時に起きてテレビをつけたあと窓をあければまだ暗き街
寒き中車も走らぬ朝の街四時半からのニュースを見出（みだ）す
静かさと寒さの空気しんとして朝の四時から今日が始まる

茨城　園部眞紀子（そのべまきこ）

買う品をメモし出かける習慣もメモ持ち忘れ役立たずなり
大阪　高尾富士子(たかおふじこ)

深夜聴くラジオの声に波長合い寝不足の朝　こんな日もいい

幼子と両手つないで笑う父母桜並木を歩むM字で

＊

アルバイトに追はれゐし頃思ひつつ久々歩く銀座通りを
千葉　髙野勇一(たかのゆういち)

若き日に君と通ひしジャズ喫茶銀巴里のあと一人立ち見る

西銀座夢を抱きて宝くじ求める人は絶ゆることなく

＊

いっぱいにゴーヤチャンプルーをほおばりて今朝のいさかい飲み込んでいる
富山　髙野佳子(たかのよしこ)

ヒマラヤの薄紅(ピンク)の岩塩卓上で回せば太古の湖の香のふる

キーボード打ちつつなでる中指の小さくなりし右手のペンだこ

九十と言へば何かと褒めらるる　いい気で歌ふカモン・ベイビー
神奈川　髙橋庚子(たかはしみちこ)

いましばし生きてこの世を楽しまん戦(いくさ)なければ美(うま)しこれの世

「レイ」といふひびきうつくしせせらぎの雪間を走る音とおもへり

＊

雪国に生(あ)れて蒲団を重ねたる重き寝床に安んずるわれ
東京　高原桐(たかはらとう)

母遺す糸切り鋏を見失ひ「はさみ♪」「ハサミ♪」と歌ひてさがす

残しおく「人に愛されよ」の師の賀状あれは最後の別れのことば

＊

新元号は「令和(れいわ)」に決まる卯月一日春まだ寒きと書き置くべきや
広島　竹田京子(たけだきょうこ)

黄緑のちぢれ葉ボタン歳晩をこよなく吾の感性高む

群生の資質の持ち主沿線に土手にセイタカアワダチソウ生ゆ

初春の天与の陽ざし清らにて重ねる齢のよろこび余る

秋田　竹村(たけむら)　厚子(あつこ)

薄氷の光る路をば恐れつつ踏み踏み歩む杖を頼みに

吹雪く日は炬燵に嵌りほっこりと心のアンテナ広らに伸ばす

*

恐竜がさいごに見たる冥さなど思ひて見上ぐ冬のゆふぞら

埼玉　田中(たなか)　愛子(あいこ)

カメのやうに歩みウサギのやうに休み我は長生きするかも知れず

「ただいま」より先にくしやみが聞こえたり春のゆふぐれどきの玄関

*

雷鳴に急ぎうからと蚊帳のなか祖母の教えの「くわばらくわばら」

福岡　田中(たなか)　桂子(けいこ)

忘るまじ「鉄は国家なり」一翼を担いて久しき八幡製鐵

ラグビーの魅力に触れたるW杯少年たちの夢ひとつ増ゆ

偶然は思いも寄らぬ事を生む街角一つ違えて会えり

和歌山　谷口(たにぐち)　静香(しずか)

新しき自転車に替え漕ぎゆけば春の光は囃し立てくる

紫陽花はわが身丈ほど寄り行けばじっと話を聞いて呉れそう

*

酒一合八寸皿には海のもの南六畳の部屋のぬくとさ

岡山　谷本(たにもと)　史子(ふみこ)

祖父の酒は二合半(こなから)ほどか酔うて歌ふ薩摩の歌は思ひ出せない

「量り売り致し〼」といふ貼り紙も黄ばみて村の酒屋閉ぢたり

*

糸蜻蛉(いととんぼ)いとしむ小川母しのぶ丸木の橋を曽孫(ひまご)と訪ひぬ

鹿児島　田平新太郎(たびらしんたろう)

交はりしななめの線の綾模様娘らの和服に心ひかるる

八月は廣島を訪ひ長崎の鐘の音しのばむ夢に現に

お早うと掛ければ揃い高らかに児童ら並び礼を返し来

幼時われ祖母を訪ねて阿佐緒女を見掛けし川辺歩むは久し

祖母住みしかの宮床に遊ぶ夏阿佐緒女を見たる小川辺はここ

宮城　千葉(ちば)　實(まこと)

＊

逝く春の棚田の畦に見下ろせばキツネノボタン群れて耀う

今朝も来て裏庭に止まる赤蜻蛉声をかけつつ長靴をはく

窓に寄り小犬は外の面みつめおりもうすぐお前が駈け廻る庭

岐阜　塚田(つかだ)いせ子(こ)

＊

雁首をトンと音させ煙管置く母の一服「ききょう」のゆらぎ

席待ちのボードの名前無表情カタカナ文字は苛立ちもせず

運動会「ママの手要らず」と宣伝のグランドに届く仕出し弁当

北海道　土谷千恵子(つちやちえこ)

夕つ陽の落つるに未だ間のあるに二人の夕餉はや始めをり

風邪引きて小糠雨をぞ窓に見つつ籠る一日の安らぎも良し

常日頃ペダル漕ぎつつ来る道を歩めば脇に大根畑知る

神奈川　土屋美恵子(つちやみえこ)

＊

炎天を大樹のもとに涼とりて動かぬ樹々の来し方想ふ

できたこと出来なくなりし淋しさか爪を切つてと低き母の声

転びては骨にひび入る脆き母にリハビリ始む入院の日より

福井　坪田(つぼた)まゆみ

＊

不規則に杉を断つ音くだり来て朝刊の太き活字がゆがむ

ひと度の集荷に合はせ割れやすき爪の支へに桝目を埋むる

新聞に爪落としつつ何となく足を移して活字を拾ふ

鹿児島　寺地(てらち)　悟(さとる)

平成の三十年間ふりかえる五回の引越し出会いと別れ

神奈川　照井（てるい）夕草（ゆぐさ）

就職もひとり暮らしも結婚も経験できた平成時代

驚きの生前退位を決意せる陛下の姿と重なる父母

＊

雪のなか掘りし白菜のおいしさよ亥年の母とキムチ漬けこむ

福井　内藤（ないとう）丈子（たけこ）

シベリアの空わたり来て白鳥は湖北の雪にしづかに憩ふ

みやこへとつづく湖西の鯖街道海のめぐみは若狭から来る

＊

孫の手を借りて幟を高く立て氏神様の迎え調う

岡山　長江（ながえ）静枝（しずえ）

三方に盛りたる新米の白美しく今にして思う田作りの労を

夕暮れの鎮守の森より聞こえくる神楽太鼓は郷愁さそう

万葉を聴く越の机辺（つきべ）に面馴るるひとり学者の「令和」おとなふ

富山　中川（なかがわ）親子（ちかこ）

事の由この地に住み住む家持の年ふかくして越の玉とそ

みぎはより押さるる砂山もろくありおのづ摑まむおふる浜葛（はまつづら）

＊

たづさへて出歩くことの多（さは）になり妻の都合はわたしの都合

栃木　永島（ながしま）道夫（みちお）

酒は煮物にビールは揚げ物に使ふゆゑ戴き物は無駄にはならず

髪うすくなりたる今も変りなく時間のかかる馴染みの床屋

＊

ジーパンのまあるい尻がとんとん歩道橋上るを羨しく見上ぐ

北海道　中田（なかた）慧子（けいこ）

進化するＩＴ社会に身を置くもわれはゆつくり昭和を生きる

気は若くをれども形（なり）は偽れず今日もバスにて労りを受く

持ち物を大風呂敷に包み持つ帰宅を願いホームの伯母は
日本で笑顔描きためイランの子紛争続く祖国に帰る
矢のごとく天に向かって背伸びする弥生の葉ぼたん冬を忘れて

福井　中出（なかで）浪江（なみえ）

＊

この径は歩きたくて歩く径母の好みし空木咲く径
一つ一つ思ひを消してゆく如くわが庭の木を切り詰めてゆく
百超ゆる灌漑用水の栓締めて今年最後の仕事終へたり

長野　中野（なかの）寛人（ひろと）

＊

九州も雨降りつづく秋彼岸一日を置いて墓参りする
水そそぎきれいに墓を浄めては花を供える会う人もなく
何時となく気付いてあれば久しくも訪いし人なき墓も多かり

大分　永松（ながまつ）康男（やすお）

朝どりの胡瓜をくるむ新聞の切抜きされてゐるコラム欄
十円玉がひとつ足りない自販機のお茶をあきらめ唾を飲みこむ
山茶花の紅白の花散る路地を来るは黒猫ただの一ぴき

佐賀　中山（なかやま）忍（しのぶ）

＊

夕映えの白鷺坂を影引いてグーはグリコの金栗四三
よいやみを白く灯してはなみずき　ほんとのことを言ってどうなる
はつなつのガラス磨いて息ひとつ　ほんとのことを言わんでどうする

東京　中山（なかやま）春美（はるみ）

＊

官房長官掲げる「令和」新元号昭和が瞬時重なりて消ゆ
命令の「令」につづきて昭和の「和」記憶の中より浮かびて並ぶ
ことほぎの吝（やぶさ）かならぬ新元号「麗しき平和をもつ日本」令・和

東京　奈良（なら）みどり

黄の色の稲穂ひろがる空の下ぽつんポツンと彼岸花咲く

神奈川　成合武光

白鷺のひと処高き田の中の畑に集ふ今日秋の空

この稲田道三十五年ジョギングすなほざりならぬ里とにならん

*

六軒に十一人の老の村山に抱かれ山に生かさる

福島　新井田美佐子

子のごとく野菜苗にも個性あり素直なるもの手を焼かすもの

吹雪く日は周りの景色色失せて墨絵の中に入りたるごとし

*

絶え間なく闇にゆらめく盃の光みちたり父の休日

北海道　西井　健治

常温を日向・人肌・ぬる・上と熱燗あげれば飛切うまし

悔い多き人生がゆゑ心から酔へる新酒に出合へぬものか

空碧くんパパにしっかりと抱きつきて新店の屋根に登りゆくなり

千葉　根本千恵子

屋根に乗り開店祝いの餅投げす「わぁーい」と言いつつ五歳児夢中

十五年五歳の孫は成人式フランチャイズ契約結びぬ

*

週末は子が帰り来て老い親の世話する姿近隣に増ゆ

長野　野村　房子

イタリアで住むことになる五歳の子別れ際チャオと言いて手をふる

終日がくすんだ空の西安から名古屋に着けば青空まぶし

*

歩きくる媼に触れし里芋の葉よりゆらりと水光り落つ

大分　橋爪あやこ

やり場なき秘めたる思ひ杉山を背向に白き湯煙のたつ

見下ろしの杉山連なる我が里を大らかに覆ふ紅帯びし雲

蝋梅の仄かに甘い香りして遺影の夫も笑みおりしがに

香川　長谷井啓子

沈丁花の香り漂う縁側に母と語りし日の遠くなりゆく

受験生の父なりし子のぽつりと心配させたな中学生の時

*

梔子の花の小路にすれちがひ微笑みて去る花盗人は

千葉　浜比佐子

深ぶかと礼し給ふに深ぶかと礼しながらに海馬叱咤す

「明日は雨」さつと雨雲引き入るる予報士今日はワンピース着て

*

別府湾に千波万波の光りゐるわれにむかひて海うさぎがとぶ

大分　濱本紀代子

ノンシヤランとおやりませとふ佳き友が母の如くにはげまし呉れき

吾が愛車電動自転車ゆづる日は撫でてなでてさよならありがと

大雨の警戒情報を見聞きして憂いつつ居る夜は眠れず

東京　林ひさ子

各々の生き方ありて夕暮れに空を眺むるこの幸福よ

冬晴れに君と二人のサイクリング記憶に残す一世の宝

*

道の辺の柿の実捥ぎて頬張れば少年の日の味甦る

東京　林宏匡

餅柿の熟れてたわわに生れる木に友と登りて捥ぎては食ひつ

食欲の満ちたらざりき少年の日々夢に見し柿に桃の実

*

部屋内の道具・置物ゴミに見ゆ断捨離せむと思ひし日より

山口　林芙美子

暇になれば縫はむ編まむと布・毛糸買ひ置きしものいま不用品

妹にも断られたり編物は目が疲れるし肩も凝るよと

ねぎごとを届けて今はすがすがし社殿を前にあと
ずさりする

大阪　春名（はるな）　重信（しげのぶ）

形象の埴輪造りし窯跡に説く人ありて我メモをと
る

常の如雨あがる朝窓の外（と）に群る生徒らの賑はは し
きこゑ

＊

双子ゆえゆっくりあやす時間なく抱きしめるのみ
暗き夜更けに

熊本　東（ひがし）　美和子（みわこ）

たまさかに蹴りし小石の音かるく春風と行く白い
スニーカー

こだわりは譲れぬ母よ枇杷の種ごろんと真白き皿
の真中に

＊

お互いにたわい無い愚痴こぼし合い笑いて終る友
との電話

新潟　引場（ひきば）　鈴子（れいこ）

ダウンロード・アイコン・アプリ片仮名に翻弄さ
れるスマホ教室

何時だって堂々めぐりの吾の回路たち切りたくて
アクセルを踏む

常磐線の終電の音聞こえくる雨催いの真夜地を這
うように

茨城　平澤（ひらさわ）　良子（よしこ）

マサイ族のように歩けるスニーカーよろめきなが
ら試し履きする

預かり物のごとき仏壇わが物と思いつつ浄む夫逝
きてより

＊

みづからの本当のこゑまだ知らず庭に虫追ふ雀の
真似す

福岡　平田（ひらた）　利栄（としえ）

前の日に確かめおきて庭先の南瓜の花に人工授粉
す

種用に残しし胡瓜いつしかにバットの太さとなり
て黄色し

＊

菊の花がほんのり香る庭先の黄菊を一輪仏花とな
して

福井　平田（ひらた）　卿子（のりこ）

年明けの市場の朝は活気ある競人（せりびと）の声響き渡れり

雪深い山里の家の昼下がり囲炉裏火かこみ語る幸
せ

園児らの姿の消えた園庭に桜花舞う涙雪なり

大阪　平野(ひらの)隆子(たかこ)

久久に南海電車に駆け入れば座席に並ぶマスクとスマホ

出掛けずに休養せよと吾子の言う我に幸いコロナウイルス

＊

境内の裏に集まる鹿たちを気にせず一羽カラスが啼いた

京都　平本(ひらもと)文(あや)

歌会で話せるのに忘年会フリーとなるととたんに黙る

降りしきる雨は時代も連れてくるどうか不安も流しておくれ

＊

此の国の一世(ひとよ)継ぎなむ元号の「令和」と決まり善(よ)事(ごと)おほかれ

新潟　廣井(ひろい)公明(ひろあき)

大戦の最中(さなか)に生まれ満州より引き揚げけりな昭和とふ御代

ふたたびの改元むかへ吾が生の熾火(おきび)煽ぎて焚き木を焼(く)べむ

寒き夜のココアがぬるくなってゆくテレビドラマはクライマックス

兵庫　福井(ふくい)恭子(きょうこ)

掃除機のコード引く手のいと軽し夫の出掛けし部屋の空間

さくら色の雨傘さして街歩く買い物楽し降る雨楽し

＊

きのふよりはやく湯のわく朝がきて桜もやうのソックスを履く

奈良　福岡勢津子(ふくおかせつこ)

それぞれが時たがへつつ読みをへしわが家の一紙夫の傍へに

曲がりしも錆びたるものも混じりをり棚に置かるる義父の釘箱

＊

海見ゆる明神前といふところあり移り住む銭神沢下

岩手　藤井(ふじい)永子(のりこ)

銭神の山に守られゐるといふ占ひ師の言(げん)ながく忘れず

生れしより神といふ名のつく字に永く住みゐる縁(えにし)を思ふ

悠悠と小田川横断こひのぼり平成令和を跨ぎて泳ぐ
赤羽根のカフェのスタッフに加はりて新入社員のごとくに出で来
夫と子の墓処へつづく坂登る令和元年五月眩しも

岡山　藤井（ふじい）　正子（まさこ）

＊

山里の休耕田を耕せば冷たき風は頬を撫でゆく
三が日朝そば打ちて供えきて夫亡き今はパックの蕎麦に
剣道着着こみし孫にがんばれと男勝りの姿見送る

栃木　藤倉（ふじくら）　節（せつ）

＊

若き日に夫が植えし石楠花の白き花咲く幾とせぶりか
わが店の感謝祭の日孫達がマリンバに乗せてハッピーバースデー
娘との愛媛の旅は飛行機で曾孫に会いに胸の弾みて

栃木　藤倉（ふじくら）　ツネ

わが猫は箱をガリガリ噛み続け破片散らかし我を見るなり
年老いて困る一つに本捲る指は湿りの失せて来たりぬ
「長年のお付き合いのほど有難う」と　友の終活賀状の二枚

千葉　藤倉（ふじくら）　久男（ひさお）

＊

六千歩遂げんとぞして夕刻に残る三千励みてあゆむ
必要となることあらん電動の自転車の前しばし佇む
前日の雨に残しし自転車を取りに歩むも運動のうち

千葉　藤島（ふじしま）　鉄俊（てつとし）

＊

綿入れが縫えるかしらと教室をうっかり覗きて四十年経つ
ひと針に続くひと針縫いあがるようにはいかぬ歌詠むことは
被災地に送る綿入れ九州の温き陽光包みてたたむ

大分　藤野（ふじの）　和子（かずこ）

わが住まふ街に災ひ被害なく三十年余の平成終はる

千葉　藤原（ふじはら）　澄子（すみこ）

ニュース見る居間に夫の入りくれば緩らかなる風わが背にふるる

新しき日の光まぶしときは木にうす紅色の椿の花に

＊

初なりのキュウリ一本半分こ朝の畑に君と味わう

山口　藤本（ふじもと）　征子（せいこ）

竿さばき巧みな船頭娘なり太き腕で錦川のぼる

病窓を茜に染めて沈む陽を眺めておりぬ　明日は胃のオペ

＊

わが腕にリズムを刻む点滴に子守歌のごといつしか寝入る

山口　藤本（ふじもと）　寛（ひろし）

病窓の遠くに見ゆる茜雲沸沸と湧く過去と未来と

風やわく日射しもやわく川沿いの朝陽さす道二人で歩む

わたくしの言葉が足りず傷つけしひとりをおもふコスモスに風

神奈川　古川（ふるかわ）アヤ子（こ）

昼の電車に立つ人をらず吊革の手持無沙汰が揺れゐるばかり

ゆつたりと流るる時間を描きたる絵は「鐙坂」物語せむ

＊

「道道は何の意味だろ」県道の北海道版だって「なるほど」

兵庫　細目（ほそめ）　早苗（さなえ）

虫すだき月はきれいぞ籠らずに外（と）に出て歌を詠めと言う夫

博識の父より母の器用さを四人姉妹は頼りとなしき

＊

雪兎つくりし鄙の村ゆかし　赤き目添へた南天の実で

神奈川　前田（まえだ）　明（あきら）

還暦を迎ふる弟とふる里の三浦の海に春告魚（めばる）釣りをり

天麩羅の揚がる音よし待つことの嫌ひなわれをしあはせにする

奥様に妬かれるほどの人の好いＪＦさんはきっと
強運　　福岡　前田多恵子（まえだたえこ）

遠くから見れば小さないきものが近づけば巨人に
見ゆる地球のこども

幼き日親に隠れて漫画描きし萩尾望都さん大牟田
の栄

＊

早春の菜の花揺れる薩摩路を前へ前へとたすきを
繋ぐ　　鹿児島　牧瀬（まきせ）國康（くにやす）

この朝に心身共に引き締まるきらめく令和の御来
光を待つ

突然の老後の不安吹き荒れて点検始めぬ日日の暮
らしを

＊

よく見ればわれのズボンの横糸は摩り切れてます
黒肌覗く　　高知　益田（ますだ）佳枝（よしえ）

方言で何でも話す友のあり妹の認知症別れ際に言
う

現在は51名の生活なり大島青松園の喫茶に入る

やわらかな冬の日差しを背にうけて欠伸をしつつ
新聞読めり　　佐賀　松田理恵子（まつだりえこ）

駐車場から怒鳴る男の声がする喧嘩だろうか何だ
スマホか

ちょろちょろと厨に流れる水の音どこか似ている
春待つ音に

＊

ご詠歌のリンの音（ね）響く夕方の地蔵盆会も終わりて
初秋　　兵庫　松村（まつむら）和子（かずこ）

大学の四年の孫は就活かわれは終活歩みのちがい

のほほんと生きてるようでも自分なりに頑張って
るんですよ　あなた

＊

裏路地の老舗の茶舗の夕まぐれ二人がかりで木戸
を締めおり　　福岡　松本千恵乃（まつもとちえの）

フレームはレンズを支えレンズは諸橋轍次（もろはしてつじ）を支え
ぬきけり

名も知らず旅に買いたる水字貝（すいじがい）火事を免れ上座に
据える

春あらし庭木の枝を煽り吹けどけふは草とると決めて草取る

岡山　松山久恵

花見する高齢の人の輪の幾つ声を静かに折りをり笑ふ

花を終へしタンポポの太き茎一本兎へみやげに畑径に摘む

*

自らの休息を得たく夫を三月リハビリ施設に預ける私

神奈川　丸山佳子

雨もよいの空気にしつつ墓参する砂利返しつつ小草抜きゆく

正月のなかなか来ずの幼き日今春秋は瞬く間に過ぐ

*

「うんどうかい、あの子おらねば一とうだった」死ぬまで引きずる二等のをとこ

秋田　三浦貴智介

これしきの体調不良にふさぐとはこれまで生きた命に済まぬ

「九十二」は「ナニクソ」といふ気概もて生きねばならぬ齢かも知れぬ

如何にして難しき世を過ごさむと怖ぢつつ来たりて綱わたり終ふ

奈良　三嶋健男

紅の花の面影なきバラの枯れかかる枝にとげまだ固し

顎鬚にて足裏擽ぐる爺の顔を幼児笑ひて足蹴りにする

*

ハタ二尾は薄造りにと夫の言う口先だけの板前である

千葉　水上徐子

ぬめぬめの鰓に鋭く出刃を刺し悪戦苦闘す三枚おろし

羽太と書き九絵とも呼ばるる硬骨魚男の子女の子の名前にも似て

*

地魚で父母もてなしし遠き日の思ひ出深く喜寿を迎ふる

大分　南静子

田植を終へちまき持ちくる父母もなく暑さ伴ふ夏おとづれむ

凪に乗り煮魚匂ふ夕暮の散歩を終へて帰る道の辺

卒寿まで入院なしに過ごし来しが越えて体のそこ此処を病む

石川　南　弘

八十歳を越ゆる兄妹吾と四人年賀に集ふお目出たきかな

初めての令和の新年三が日穏やかに過ぎ幸先の良し

＊

われの頭に霾がかかって九年の春にさらなる霾が重なる

東京　三原由起子

行き場のない汚染水とわれの思い時が経つほど濃くなるばかり

放たれて楽になりたい汚染水とわれは迷惑かけてはならぬ

＊

良きことに遭へる気がして新設の図書館の本の林を巡る

沖縄　宮城鶴子

草を抜く吾を励ます四十雀、鶯、鵯うりずんの庭

傘寿迎へ嘉津宇岳山頂登り来て子や孫と食むにぎりの旨し

ロカ岬で激しく「R」震わせし巻き舌の人「令和」聞きたし

兵庫　三宅桂子

筒形の刃物でスパッと抜きしごとクッキリ黒き目〈十九号〉は

熱中症に、季に外れし台風にと、翻弄されて早や初冬なり

＊

さびしさはおのれ独りのものなれば心しづめて蜩を聴く

埼玉　宮田ゑつ子

穏やかに独りの暮らし楽しまむ身の丈でよしあしたはあした

凩吹けば寒さにいぢけ身を鎧ひ今日締切りのポストに行かむ

＊

三年は生くべしと買ひし三年日記愛用しつつ十冊を数ふ

群馬　宮地岳至

八十七歳半身不随の日日を生く釈迦牟尼仏に誓願をこめ

不随意の右腕揺らせば振り子のごとときを刻めり老耄を証し

いかな世の変動見しか日本刀錆つきしまま本床に立つ
島根　宮原(みやはら)　史郎(しろう)

各部屋に季節の花を飾り置き場所を変へての独り碁たのし

草花は自然(じねん)に咲きて散るばかりこの素直さに老いを生きたし

＊

口元とパスタ手繰りし手元のみ通りから見ゆるビストロの窓
岐阜　武藤(むとう)　久美(くみ)

あんこ屋は今日もあんこを煮てゐるかふくふくと道に小豆の匂す

夏帽子右手で抑へペダル漕ぐこの空はきつと梅雨明けの空

＊

バター飴口にふふめば眼裏にのっぽの少女が野山を駆ける
京都　村田(むらた)　泰子(やすこ)

毀たれて意外と小さき空き地には売地の立て札立春ま近

集合の場所をたがえてひた走るどうか私に翼を下さい

塩まみれの鮭はうましも塩まみれの鮭を食いつつ日本酒を飲む
栃木　室井(むろい)　忠雄(ただお)

通訳がいたから選手は二度おこられたフランス語の次に日本語で

にわとりがミミズ呑むときほの見せるするどき目線を見てしまいたり

＊

三分の遅れ詫びつつ発車する　くもりの中を昼の電車は
千葉　森(もり)　みずえ

二時四十六分手を合はせよと放送あり河津桜の満開の下

真夜中に娘のメール「ノートルダム寺院あかあか燃え落ちてゆく」

＊

やりなおしのきかぬ歳になりました。コンビニの棚の諦念一つ
東京　森崎(もりさき)　理加(りか)

あの人は誰だったのか帰り道くすぐったい声昭和めいてた

平成のゴミと失意を少しだけ令和の朝に一人捨てゆく

久々に「東京特許許可局」と　部署実在か否か知らぬが
新潟　矢尾板素子

「お口にチャック」ジャックは既に限界を超えてゐるらし　端より開く

ミミちゃんとメアリーが来る「気をつけよ」障子も壁も筒抜けになる

＊

この公孫樹の黄葉見むと思ひつつ今年も忘れすでに葉の無き
大阪　安田　純生

見しものも見ざりしものもあれこれと見え来るゆゑに目を瞑り臥す

吸ひ込まれさうになりしを目覚めけりあの横穴は見し覚えあり

＊

腰痛を言ふも畑に出でし夫は大根の土寄せやり終へしといふ
栃木　柳田　かね

香の強き明日葉までも猿たちは芯をゑぐりて食ひ荒らしゆく

初生りの姑の好みし茄子二ついい色でせうと供へ手合はす

連日の祝賀ムードも収まりてお堀を廻るランナーの見ゆ
東京　山内三三子

湿り気のある風が吹き梅雨入りも近しと思う庭を掃きつつ

バーコードかざせば受付・会計も済むシステムに慣れれば簡単

＊

「この紋所、目に入らぬか」そのむかし権威のシンボル家紋というは
茨城　山川　澄子

刺繍されたる木瓜紋は額のなか生家の家紋床の間にあり

母よりの無地の着物のひとつ紋　木瓜紋入り嫁入りの荷に

＊

人の世の言葉の不思議学びたく短歌の会に我は加わる
埼玉　山口みさ子

OB会の深き余韻にひたりつつ右と左のホームに別る

喜寿となり母の言葉を思い知る「八十歳まであっと言う間よ」

解体の決まりし生家百年（ももとせ）の空の下なる木蓮の花
山形　山下（やました）我羅（がら）

亡き父母の在りしままなる暮らし詰め　パッカー車は空屋を出でつ

青田風なつかし牧歌奏でなん村医跡地ののちの百年（ももとせ）

＊

朝の日の光の中にシャガの花黄の紋様は蝶の如飛ぶ
和歌山　山田（やまだ）暁美（あきみ）

逆らわず流れるままに身を置けど楽でもないよ長い道のり

平穏という宝もの日々なくし新型コロナ感染者増す

＊

海側の長い座席に目をつぶる背（そびら）に流るる海おもいつつ
兵庫　山田（やまだ）文（ふみ）

街なかに手入れされたる畑のあり葱のそばでは葱の匂いす

夕ぐれの公園よぎりゆく影はあるいは尾の無き猫かわたくし

キーボード敲けば弾む〝早春賦〟♪エリーゼのために♪甦りくる
新潟　山本（やまもと）龍作（りゅうさく）

年深み八十路半ばに至れども歌・詩吟・囲碁・ダンス楽しむ

趣向かえ青きグラスにリキュール注（つ）げば　はるかフランスのバー浮かびくる

＊

春の海の眠りを橋より見てをりぬしばし賜へよひとりの世界
東京　結城（ゆうき）文（あや）

淀みゐるコロナの時間よ渚辺にか寄りかく寄るウイールスの波

退（そ）きてゆく波を悲しみゐるごとし微光たたふる渚の貝殻

＊

平成と共に歩みて三十年勤めを辞めてうたの歳月
栃木　横山（よこやま）岩男（いわお）

年年に衰ふはつねのこととして認知症検査に満点を得つ

認知症の検査に斯くして覚えたり「酉年の生日薔薇の花あふれ」

ポロシヤツにジーンズの女(ひと)前に座し花柄のペンケース開ける車内
千葉　横山(よこやま)　鈴子(すずこ)

行き交ふ向かうの電車も軽々と揺れつつ走る、踊るがごとく

やはらかき陽射しのなかに運ばるる老いし夫婦にシルバーシート

*

かけっこの得意な君がとつぜんにこの世を出でてもういく年か
長崎　吉岡(よしおか)　正孝(まさたか)

わらべ歌の風のみはしる公園におさなきあの日また顕たせおり

そのように土を蹴れどもみずからの影おいこせずいつもびりっこ

*

様々な意見はあれどとりあへず令和迎へる梵鐘打てり
福井　吉田(よした)　房子(ふさこ)

一冊を持たぬ外出悔みをり珈琲の香に活字欲りたり

哲さんにも貞子さんにもなれずしてフェアトレードの珈琲を買ふ

アシンメトリーに図案繰りつつ織るビーズこの世の裏も見えてしまへり
滋賀　渡辺(わたなべ)　茂子(しげこ)

積年の思ひに訪ひし友呆けてやさしく笑ふははと笑ふ

バス待つはいつもひとりにながながと黄の一叢の名をあぐねをり

*

生ぬるい風と一緒に街に来た巨大タピオカミルクティー店
東京　渡邊(わたなべ)富紀子(ふきこ)

観光と脱毛隣に並びおり女性専用車両に夏来る

雨降りの駅を望めるカウンター　一人になりたい人の集団

*

この世での縁(えにし)続けと若く逝きし人に捧げむ白百合の花
山梨　渡辺(わたなべ)　良子(よしこ)

障害者雇用水増しは真かと聞きて電車に心沈むなり

また地震(なゐ)か暮らすは日本と覚悟せむ時と所を選ぶことなし

われは喜寿母は白寿を迎えいん彼の世この世の違いはあれど

神奈川　綿貫昭三

吐き過ぎて遂に壊れてしまいたり時代遅れのファックス一台

十方に子根垂らせる大銀杏　子を欲るおみな手を触れてゆく

5 仕事

斎藤茂吉記念館にて十四年縁（えん）ありがたしもろもろの恩
千葉　秋葉（あきば）　四郎（しろう）

わが骨身（ほねみ）削り積みたるキャリアも迎へし老いにあはれ用ない

雪つりのされゐて積雪ことし無き茂吉の墓に頭（かうべ）を垂れつ

*

彼岸にはジャガ芋を蒔くしきたりと夫と続けて四十五年
山梨　雨宮（あめみや）　清子（きよこ）

雲間より覗く陽背（せな）に暖かし寒の畑に桃の枝（え）拾ふ

もぎ籠に山盛りの桃落としてはならじふんばる高き脚立に

*

生きたいか死にたいのかと端的に問ひたり透析拒否の患者に
愛知　井野（いの）　佐登（さと）

透析歴四十年の後半の三十年を当院に診き

とりあへず大豆油（イントラリポス）の点滴をやらうと言ひて治療に誘ふ

レプリカの踏み絵を置いて希望者に「踏むならそっと陶製なんだ」
鳥取　井上（いのうえ）　政彦（まさひこ）

ジミヘンの弾いた国歌を流しおり「日本史A」は残りひとコマ

リテラシー高めることを板書してわれの授業の最後にしたり

*

傘差して独り夜道を歩くとき闇を深める白猫を見る
東京　大熊（おおくま）　加奈（かな）

ざあざあと雨音聞こえるドア越しに明日の日ざしを願ってやすむ

朝早く出勤の日に見る景色宙（そら）の真中に私と三日月

*

湧いてくる不安の前に立ちつくす息をととのえネクタイしめる
福岡　大隈（おおくま）　好生（よしお）

ワイシャツに勝負ネクタイぐっと締めパンと頬打つ納品の朝

朝に行くよれた背広のサラリーマン急ぐ背中に我影をみる

体ごとぶつかつて来し保育児をせいのと言ひて天に差し上ぐ

大分　数見浩一

真帆ちゃんと間違へられたる二歳児は由美ちゃんの顔もて含み笑ひす

田植ゑどきの風の流れの穏やかなり子供ルームに昼寝どきくる

＊

社員らの上げたる利益が社員らの収入になればわれも満ち足る

千葉　神田宗武

休日に全員出社し作業する委託費用を切り詰むるため

終りなきマラソン走る思ひにてペースを守り社業に励む

＊

生業の初荷の手助け若きらがきびきびとして仕事始めす

和歌山　作部屋昌子

受話器より爽やかな声くぐもれる声聞きわけて一日勤しむ

早朝にトラック着きて西空に満月を仰ぐ幸に会いたり

Lin, Liu, Liら中国人医師と片言の英語で語る医療の未来

愛知　桜木幹

脳機能画像の曼荼羅、研究者のマントラまわる国際シンポ

英語にてジョークを言うがおそらくは通じなかった　ので水を飲む

＊

世の歪みの反映ならん連日の朝の電車のダイヤの乱れ

神奈川　佐藤玄

人の話聴く習慣にノートとる習慣持たぬ現代の子ら

生徒みなスマホを持てど講師われ貧なればいまだスマホを持たず

＊

園児らの朝の散策保母の腕一瞬のびて遮断機となりぬ

青森　杉本陽子

人生を始めたばかりの幼子が両手を広げてよちよち歩む

亡き母の遺しゆきたる林檎樹の花の下にて園児ら遊ぶ

職人さんあまり文章書かないと鄙びた宿の小冊子にあり

文章の処理が吾の倖せだ結局それが勉強法だと

田尾さんよ民青同盟入りなよ電話がありし冬もう近く

北海道　田尾(たお)　信弘(のぶひろ)

*

傷負ひし獣も人もひとつ湯につかりゐる様浮かぶ薬湯

医師はその患者の側に立つべきを思ひ出させてくれしよ身をもて

スイーツを見ぬやうすすめられぬやうひざを抱へて拒食の少女

新潟　橘(たちばな)　美千代(みちよ)

*

筑波山の蝦蟇(がま)の油を売る男竹光(たけみつ)拭ひ鞘に納めき

年の瀬の仕事納めを四十回終へて短歌を仏語にて詠む

年末の空輪の箱に身を隠しレバノンに逃げしゴーンの饒舌

千葉　冨野光太郎(とみのこうたろう)

目いっぱい灯をつけて人を待つ朝より雨の冬の図書室

日の暮れて音なき　はずの図書室にむりッみしッと本があくべり

「陰陽師」巻四からが少女待つ土曜の午後の小さき図書室

富山　中川(なかがわ)　暁子(あきこ)

*

スマホとふ魔法のランプに灯を点し台風(タイフーン)魔王に来(こ)なとラインす

忌(い)籠りの島に台風過ぎしあさ網代(あじろ)神輿(みこし)に菅公載する

台風の避(よ)けて祭りのにぎにぎし〈氏子第一(ファースト)宮司〉で御座い

山口　長尾(ながお)　健彦(たけひこ)

*

皮薄きみかんを作らむと励みきていつしか髪に白きが混じる

目前の九十歳を乗り切らむ地下足袋のこはぜ嵌(は)めつつ思ふ

みかんの荷を倉庫に納め仰ぎ見る星座は蒼き光を放つ

静岡　長澤(ながさわ)　重代(しげよ)

炊事洗濯掃除買物田へ畑へ農婦わたしのきょうの動線

福岡　成吉(なるよし)　春恵(はるえ)

田に畑に四十余年を積みたればわたくし農のキャリアウーマン

上司面に指図してくる退職の夫よ畑はわがテリトリー

＊

稲わらにとのさまがえる眠りおり「啓蟄ですぞ」と背中をつつく

福井　西尾(にしお)　正(ただし)

じゃがいもの種に残れる土の香に北海道の広野がうかぶ

あさがおは蔓をのばしてくもの巣のあるじの脇に花咲かせおり

＊

反対の手を上げる背に迫りくる夜更けの会議の同調圧力

神奈川　深串(ふかくし)　方彦(まさひこ)

音立てて閉められしドア叱責は記憶されゆくパワハラとして

干からびし蚯蚓(みみず)を運ぶ蟻たちの働くものとふりをするもの

一生を農にささげし夫はついに農を手放し米を買いきぬ

岐阜　松原(まつばら)　たえ子(こ)

熟練の庭師さながらひょいひょいと夫は梯子をのぼり枝剪る

エプロンをはずす夕ぐれ足元にこぼれ落ちくる黄金のもみは

＊

二歌集に医業さびしむ歌を詠み足るを知らずき「平成」送る

青森　三川(みかわ)　博(ひろし)

いつ知らに古稀となりけりわが一世和魂洋才花いちもんめ

過去形に「医なりき」と己(し)を語るとき遠からず来ん奥入瀬は秋

＊

おほかたの名前忘れて雑草と言ひて日すがら畑草を引く

和歌山　水本(みずもと)　光(あきら)

叶はざることは捨て去りひたすらに土の言葉を聴きて畑打つ

猪が土掘り返し食らひたる残りの里芋(いも)を選びて植うる

津波うけ頑張り続けし八年目千千の思いに米作り止める

宮城　森美恵子（もりみえこ）

嫁ぎ来て五十余年の米作り四代続きて卒業とする

米作り止めてしまえり令和元年取り残されてさびしさの湧く

＊

換気扇静かに響く部屋ぬちにてゲラ校正でひと日過ごせり

東京　森本平（もりもとたいら）

窓外の景色は夕を感じさせともかく働けるありがたさ

朝（あした）には目覚むるものと決めつけて、明日の作業をメモして　眠る

＊

新しい土地の牛丼チェーンにていつもの俺を取り戻している

埼玉　柳澤有一郎（やなぎさわゆういちろう）

子どもらの見つめる先にヤギがいてヤギは首輪につながれている

僕のことをクビにするかもしれない人がバンザイ三唱してる

閉店に不用となりし着付け室ベッドや机運びて吾（あ）の部屋となる

岡山　矢部三奈（やべみな）

姿見の鏡は布を被（かぶ）せられハンガー掛けに早変わり

ベッドより眺むる天井に頭を過（よ）ぎる喜怒哀楽の数多なる客

6

愛・恋・心

体内にポッと点れる一つ灯がわれの思考をやはらかくする
静岡　青野(あおの)　里子(さとこ)

耳に巣くふ言葉あたためふくらます蛹のやうなひとりの時間

ほしいまま為せとふわれの歩をはばむ透明な壁齢といふは

*

夏の背に帰り行く君手をふりてまぼろしまぼろし引き留めきれず
福島　阿部美喜子(あべみきこ)

異次元へ吸われるように消えてゆき漂いおれば声を聞かせよ

かたわらのかたわれはもう先に逝き腰の痛さに立ち止まる冬

*

万人にたった一つの正解は誰もがやがてこの世去ること
埼玉　安齋留美子(あんざいるみこ)

胸の内しまい続ける嘘ひとつ生きゆくための肯定として

頑張った心の底に沁みてゆく沈む夕陽の優しい橙

まばらなる星を頭上に掲(かか)げつつ残業に減る生の時間は
東京　飯塚(いいづか)　裕香(ゆか)

いつかまた取り戻したい時のためエレベーターに自らを置く

隣席の空の時間に慣れてきて秋を疑うようにあたたか

*

玄関に落葉のないこと誉められる訪問ナースの福元さんに
神奈川　石井弥栄子(いしいやえこ)

寒いけど少し気張って掃きました窓打つ風の収まる翌朝

暖かい言葉を胸に抱きしめる人を打ちのめす言葉もあるが

*

教へ子の君とゐるときこの一日(ひとひ)胸に抱きて旅するこころ
神奈川　石川(いしかわ)　洋一(よういち)

「先生」と常にわれのこと呼ぶ君がけふつひに我が姓を言ひたり

殉教者のやうに叶はぬ道にこそ生きむと願ふ残照の日日

春月明りの夜夜間飛行の音がする平和をのせて

春の夜月明り隠れる天使達微笑む時愛の唄聴こゆ

東京　石野（いしの）豊枝（とよえ）

窓硝子星がひとつ見ゆる神様がくれた希望

＊

いつはりを語る人ゐて拉がるる心に冬のひかり届かず

一睡もせざりし夜を思へどもかすかに夢の記憶が過る

福島　伊藤（いとう）雅水（まさみ）

どうしても通はぬこころ梅雨の蝶ひとりを越えて樹間をゆけり

＊

木もれ日があまりにキラキラしていたの存在考え虚しくなった

北海道　岩渕（いわぶち）真智子（まちこ）

哀しみが必要な時あったから好きなあなたと別れてしまった

言葉でも機械だって同じこと愛があるなら刃物使わず

あさがおの容（すがた）の茶碗こわしたる地震思いおり咲く花のまえ

深傷負うほどの孤独は過去のこといま帯びている孤独薄ぺら

宮城　歌川（うたがわ）功（いさお）

ふるさとを想い「さつま白波（しらなみ）」酌みし夜はひとり黙（しじま）に恍惚となる

＊

騒然と桜もついに散りにけり青葉の頃はあなたに逢える

熟れ麦の匂う平野を駆け抜ける逢いにゆく日の空港道路

佐賀　江副（えぞえ）壬曳子（みえこ）

いつまでも離したくない手がありてされど離して夜風に吹かる

＊

陽のかげに月は浮かびて姿かえ心の隙間を灯してくれる

ベトナムの戦火の後に生まれし娘（こ）日本の老人介護に優し

茨城　海老原（えびはら）輝男（てるお）

女房に頼られるうちは生きたいね　僕は妻をば頼っているに

白波にも流るる雲にも見ゆるかな光をうけて息する刃文
神奈川　遠藤千恵子（えんどうちえこ）

骨ふとき母の遺骨の清きさま長く病みたる果ての安寧

てのひらの温みに馬のよろこべり母の使ひし象牙の根付

*

足重く皆より遅れ山頂にごくごく水と快感を飲む
和歌山　奥澤典子（おくざわのりこ）

少少の箍は私を育ていん同居の父と三時のおやつ

さりげなく「変りないか」と風呂に入る父に声かく古希近き夫

*

肉声はひとのからだの喜びをはこぶひとつの羽ばたきとして
兵庫　尾崎（おざき）まゆみ

ルミナリエも二十五回目強すぎるひかりは人のからだを蝕す

瞬間嘆美（インスタ映え）共有的な画像がながれゆくさびしい人の臓器のやうに

一瞬の輝きのために手放したひとつふたつを悔いてどうなる
福岡　小野（おの）かずこ

はじまりは思い込みと勘違いそうしてできた信念かもね

冬空に光りかがやく雲の群れ　自由自在の自在の難さ

*

肩触れて離れまた触れ十代の彼と彼女に道を塞がる
山梨　小俣（おまた）はる江（え）

限られし命と君の真夜の声スマホを強く耳に押し当つ

綿虫の浮きて沈みて秘め事のごとく山茶花の花に近づく

*

維管束のぼりゆく水見ゆるごと生き生きと咲く夫の描く薔薇
和歌山　籠田（かごた）くみよ

「犬と肉」パウルデフォスの寓話絵に驚かされて意味を知る日よ

展ごれる凪の海原駆けゆきて水平線にゴールきれさう

備忘録の自が苦しみし言の葉の稚拙なりしもまことなつかしむ

東京　神田美智子（かんだみちこ）

命名を夫は礼記（らいき）にこころ置き三人の娘に礼節説きし

家長なる人の妻とし葛藤を閉じこし心のわが備忘録

*

とろとろと線路づたいに落ちる陽を追いかけた夏さよならの夏

岐阜　岸江嘉子（きしえよしこ）

背を向けることに戸惑いなどないと二つに折れたキュウリをかじる

四階のビルの階段踊り場にしゃがみこんでいるあの日の倖せ

*

もぎたての無花果一顆朝露に溺れそうなる蟻も掌に受く

奈良　北村幸子（きたむらさちこ）

脚高く雪原に佇つ丹頂を車窓に見送る点となるまで

佇ちつくし訃報を聴けり豪快な君のバリトンもう聞かれない

不安の重さは量れないけれどブルーの空をまた仰ぐ

大阪　木村安夜子（きむらあやこ）

その眼球がゆるり動きよく笑うから深い皺まで愛（いと）しい

アフガンに展（ひろ）がるその緑の明るさ　中村哲医師の顔が綻ぶ

*

天のたましひのかけらのやうな雪がふる舞ひながら降るしらしらと降る

神奈川　木村雅子（きむらまさこ）

菜の花が地平をうづめ足もとよりわたしを明るくさせて春くる

身のうちに確かにありて輝けるあなたの歌を想ひて眠る

*

待合室に小さな海を与えられ患者を癒す熱帯魚たち

千葉　葛岡昭男（くずおかあきお）

埋立て遠くなりたる海苔場よりもどるべカ舟月の明かりに

明けの星瞬く里の梨畑受粉の筆をもちて納屋出る

歩みつつ自作の漢詩口ずさみわれに聞かせし人ははるけし

東京　倉沢（くらさわ）　寿子（ひさこ）

杜甫の詩の月夜の笛に憧れて笛吹く君の最後の写真

はるかなる昔といへどよみがへるわれを抱きし人のぬくもり

＊

心とは別物だからすんすんとわが手動きて千切りキャベツ

神奈川　黒木（くろき）　沙椰（さや）

ドアひとつ閉めて歌など書いてゐる子象隠せるほどのゆふやみ

なにかちがふどこかがちがふ息あさく香箱座りする猫われは

＊

傘寿我れに〝おばちゃん遊ぼ〟と手にすがる隣家の幼（め）は五歳の女の子

千葉　小林（こばやし）　直江（なおえ）

隣家（となりや）の幼等と競ひてシヤボン玉吹き上げ追ひかけ息はづませる

招かれし園にて幼等とダンスする腰の痛みもしばし忘れて

ボナールの少女のやうだと言ひくれしひとよ昭和の道玄坂で

千葉　小林（こばやし）　幸子（ゆきこ）

あかときに髪をひらきてきみからの流星ひとつ享（う）けむとしたり

せきれいがこのごろ来なくなりました　そちらのはうへ行つたでせうか

＊

砂時計割つてしまへりまふたつに　ゆつくり砂の時を閉ぢたり

神奈川　菅原（すがわら）　蓉（よう）

染付の浮き玉ふたつ手のひらにのせればかろく夏たちあがる

きみといふ巨大な海に寝るわれに壊れし音の忍び寄りたり

＊

己が子を虐待死させし人間の闇を思ひて一日過ぎたり

青森　杉山（すぎやま）　靖子（せいこ）

魂を持ちて生れたる苦しみや　インパティエンスに水注ぎ遣る

みどりごの睫毛に降りては消えてゆく淡雪思ひ浮かべて眠る

待降節いとまの雪の降る夜の美(は)しき麗しきみの柔肌

徳島　杉山(すぎやま)　知晴(ともはる)

降る雪の妙なる調べ地に満ちて美しき貴女と抱きしめ合ひぬ

待降節互ひに情を交はし合ひ忘れられざる夜(よ)となりにけり

＊

手術日の決まりしといふに娘の電話われを案じてか声の明るし

山形　鈴木(すずき)　綾子(あやこ)

老いしわれを案じゐる娘の入院に心しづめるすべなく黙す

転びたる膝の疼きに目覚めゐて眠られず過ぐ娘を案じつつ

＊

雪の降る気配ききつつ点てる茶のにおいしずかに部屋に沁みゆく

岩手　鈴木(すずき)　和子(かずこ)

柱時計変わらぬ時間(とき)を刻みいるこの家に母の声もうなくも

飽きず飽きられず馬耳東風に来し日々を確かめいるまに老女となりぬ

月毎に夫が揃えし百科事典わたしの書架に背表紙あせる

東京　鈴木(すずき)　信子(のぶこ)

寒の夜はブリ大根を煮含めむ独りの厨湯気で満たして

ポケットに黒飴二つしのばせむ歩みかろやか小平霊園

＊

ぬばたまの夕空に光る一番星眺むれば顕つ君の面影

千葉　曽我部(そがべ)すみ子(こ)

ぬばたまの今宵のワインのくれないを深く味わう君との時間

ぬばたまの暗闇のなか浮かびくるくちなしの花の甘き香りよ

＊

雲梯をひとつ抜かして渡り切るような少女じゃなかった今も

埼玉　高橋(たかはし)　千恵(ちえ)

歌手の歯を見てはあーだのこーだのと煙たがられて年を越したり

涼風に触れる日傘を回しつつ美術館への坂道下る

衣類、靴、歯ブラシ、コップ施設への持ち物全てに夫の名を記す

千葉　田上（たがみ）信子（のぶこ）

「ここはどこ」介護施設に夫置きて帰る真夏日涙あふるる

絶望して夫言ふ「僕を捨てたのか」その言葉われの胸をつらぬく

*

離（か）りてなほ思ひつのりし若き日の恋は一途にあればよき

福岡　田嶋（たじま）光代（みつよ）

若き日を越中富山に紡ぐ日日その一途さを誰と分かつや

そんなことあつたやも知れぬ二人して倶利伽羅峠に宿せしこと

*

逆光に長き芒穂押し分けて汝が登り来る額髪（ぬかがみ）が見ゆ

和歌山　谷口（たにぐち）隆彦（たかひこ）

右手上げ背筋伸ばして去りにけり八十歳の湿らぬ別れ

ぬばたまの海女の黒髪濡れそぼち擦れ違ひざま潮のにほひす

雨の朝地下道に落つる傘の滴歩調に合はせ破線を描きぬ

栃木　塚田（つかだ）哲夫（てつお）

風景を縦長にするビルの窓雲のかたちの変はる速さよ

客待ちの飲み屋の女将は空見上げ雪にならなきや良いとつぶやく

*

おもひでをにれかみてゐるはかなさよ　きのふよりけふ一石日和

福岡　恒成（つねなり）美代子（みよこ）

山の端に没りゆく夕つ日たましひは雁字搦めとなりて見てをり

こほしさはみづで薄めたレモン色　体温低く橋に待つてる

*

風に乗り更に上へと輪をかいて一羽の鳶山ひとつ越ゆ

岡山　寺坂（てらさか）芳子（よしこ）

名にし負い飛翔憧るる鷺草の希いの叶う月光（かげ）宇宙

目も耳も齢に翳る折節の光ばかりは心にとどく

日焼けせる高校生に譲られし電車の席に残る汗の香
青森　遠瀬信子

知らぬ人と相席にて飲む朝市のブラックコーヒー潮風の味

口癖に作り過ぎたと惣菜を持ちくる友のこころ根もらひぬ

＊

同窓会昔のやんちゃ近づいて　元気でいてよ僕孫三人
滋賀　富安秀子

夏の午後貴船へ向かう教え子ら夫逝く吾とミニクラス会

両親と弟の眠る千葉の地へやっと叶えり孫子の対面

＊

越え行かば海見ゆるなり仙入峠の喫茶「憧」に座りき一度
広島　鳥山順子

『青春歌集』掌サイズ赤茶けて開くページのほのかに明かる

亡き人はだんだんきれいになつてゆき詮無きわれは時折わらふ

あなたとは赤い糸では結ばれず指にふわりとむらさきの糸
新潟　中島美華

ちぎれ雲君住む方へ流れゆく私もゆかんあの雲に乗り

笑み返し別れゆく君愛しくてゆらめき続く名残りの心

＊

あれも辞めこれも辞めたい今はただ息を吐かせてお願ひだから
群馬　中野迪瑠

嫌なもの心の奥に降り積もる真冬の雪のやうに冷たい

歌を詠むノートが涙でにじんでく心の氷をすこし溶かして

＊

はじめての若葉の風を受けとめる繋ぐ手しばしの間はずして
東京　梛野かおる

憎しみは執着なれば穏やかな心で見つめることのさみしさ

ヤマナラシの綿降りそそぐ　風に立つひとりの肩にわれのこころに

自己暗示かけるも眠れぬ二十五時羊がゐなくなる
不安なり　　北海道　並木美知子

気にすればきりなきことと思ひつつバックミラー
を繰り返し見る

未来への時間待たせてエンジンはぎりぎり掛かる
　譲らずにゆく

*

「元日やきのふはきのふけふはけふ」子規のこの
句を胸に抱くも　　兵庫　西川洋子

過ぎ去りし日々への感傷脱がむかな未来は春の山
のむかうに

ひと日ひと日靜かに潔く味はひて過ごさむ子らの
この故里に

*

「アイシテマス、アイシテマス」を浴びせられオ
カメインコを買ひ飼ふ破目に　　和歌山　野入博史

「アイシテマス、アイシテマス」と我が家ではオ
カメインコの愛の巣窟

逝く妻が愛を問ふこと度あるに「アイシテマス、
アイシテマス」と言へばよかつた

くるくると日傘を回したくなりぬ遠き友より便り
のありて　　福井　野原つむぎ

ドライブの好きなふたりの恋でした横顔ばかりに
話しかけてた

歌よみて沈殿せしもの立ち上がりわれが解かるる
　髪梳くように

*

ルパシカの似合ひし白秋偲びつつ「ペチカ」をう
たふ霜月二日　　大分　羽田野とみ

予科練生たりし老友宴席に「水師営の会見」朗々
とうたふ

歩きぶりが悪くなつたとわれにいふ歯に衣着せず
友はずばりと

*

里山へ何を探しに行かむとす少年の日の夢と真心
　　茨城　初見　慎

里山の一日は長し風の音人影見えず鳥と虫の声

里山に忘れものして帰る道立ち止まらずに振り向
きもせず

春そよと君の頬へと吹く風にわが胸のなか蝶青く舞ふ

京都　早田(はやた)　千畝(ちうね)

横断を待つ人々のなかに居て俯く吾の理由を探す

腕組みし歩く癖ありこの癖をやめるべしとて河川を歩く

＊

寂しさは潮のごとくうねりきて日暮れに唄うアメージンググレイス

青森　日野口(ひのぐち)和子(かずこ)

天中にかがやくわれの射手座あり宇宙にたったひとりの私

野すみれを小さな薬のあきびんに入れて卓上春の地球(テラ)なる

＊

夏衣ひとへにひとをおもふとき思ひゆるゆるゆきてはもどる

富山　平岡(ひらおか)　和代(かずよ)

ひたすらは一直線とかぎらない螢の灯(ともし)のゆらぐ旬日

露を飲んで点すほたるのいのちの火わたしはここにゐます。飛びます。

海面へと真向かい足を垂らしてる　じょうずな嘘に触れてたようだ

愛媛　平山(ひらやま)　繁美(しげみ)

誰よりも知ってる君を誰よりも木っ端微塵にわたしはできる

どのページひらいてみても水音がやまない君が海なのだろう

＊

夫好みの赤を幸福の色となしはづすことなきルビーの指輪

東京　藤井(ふじい)　徳子(のりこ)

夫の亡き家は寂しきものなりと思ひたくなし　さくら草増やす

死ぬほどの恋なしとげし昭和あり平成末年ひとりの生活(たつき)

＊

元号の昭和平成令和へと移りて綴る心の歴史

東京　藤沢(ふじさわ)　康子(やすこ)

長かりし寡婦の歳月ふりむけば平成二年の春に夫逝く

ありし日の亡き夫偲び拾ひたる桜花びら今年もひろふ

さみしさに風が吹きます一瞬の時はのがさず問い
かけて来て　秋田　藤田(ふじた)直樹(なおき)
たわいなく一緒に笑うひとの居て青空あおぐ　一
日はじまる
亡霊が姿を借りて踊り居る真夏の夜の端縫いの街
に

*

茫茫(ぼうぼう)と風はけものか鳥を追ひ枯葉を追ひて陽(ひ)にう
づくまる　栃木　藤本(ふじもと)都(みやこ)
君の背にわが悲しみが映りゐる背中ばかりを見て
きたからか
そこに居ても何にもないよと野良猫に糖尿われの
わびしさを言ふ

*

目つむれば「イエライシャン」の薫るごと君在り
し日を偲ぶ雨の夜　香川　古本(ふるもと)玲子(れいこ)
子ら去りてしーんと静まる食卓に侘助一輪ほころ
び初めたり
ペリーコモの哀愁帯びた歌声に遥けき日々のよみ
がえる深夜

修羅ですね、時候のやうに書き出してとはずがた
りの春の手紙は　東京　堀(ほり)まり慧(え)
あまそそぎ湛(たた)へて立てば白桃の缶はまどかな湖と
なりゆく
暮れ初むる東都の塔は色づきてあなたはとほくを
意味することば

*

かなしみは翼をしづかにたたむごといつかからだ
にしまはれてゆく　東京　蒔田(まきた)さくら子(こ)
断念といふはわりなきなりゆきにあらずおもひの
果ての選択
なにもかも失くししごとく垂れゐる手こぶしを握
る力まだある

*

知りたくはなかったことをふり捨てる和柄の傘を
たたむ夕べに　東京　増田(ますだ)美恵子(みえこ)
雨粒が身を削いでいく夕方のおでんを煮込む脇に
子機置く
ゆるせないことばは一人歩きしてでこぼこの爪さ
わる夕暮れ

残り生の一日一日を大切に生きて己の使命果さむ
長崎　松尾直樹
何なりと世に遺せとぞいはれける幻聴なりしや老人われの
乱れ咲く悪の華々多くして世に清陰のなきがごとしも

＊

ビー玉を指で弾いていまだけは鏡の国の住人になる
東京　松原和音
三つ葉の香清らに満ちる和の器新たな年の初めの朝に
東京は寂しいなんて嘘ばかり他にふるさと知らない私

＊

ためらいし愛の言葉を伝えなん急逝したる君の遺影に
大分　松本トシ子
三つ星の位置を教えてくれし君蘇り見よ赤き火星を
亡き君を偲びつつ来し砂浜に又独り立つ海に向かいて

ぬるき水蛇口に飲みしあの夏のテニスコートの君白きシャツ
埼玉　松本紀子
もう一度会いたかったな勉くん小学校への長い坂道
母死ねば母の思い出消えてゆく聞けばよかった若き日の恋

＊

すれ違う君の視線が欲しくなり指ピストルで威かくしてみる
福井　三反崎佐久子
口パクで「ごめんごめん」の「ん」だけ聞こえ想定外の君のドタキャン
あくびする男の油断許せずに車降りれば傘を忘れる

＊

ぼんやりとカオスに漂ひゐし吾に君在りき小さきブイの如くに
長野　湊明子
絵はあなた文学は吾音楽は共通項にて会話果てなく
イエペスのLP、文庫の『智恵子抄』応ふるものも無きまま受けしよ

山盛りのポップコーンの皿の底ぼくたちはまだ夢をみている

「昼間にもきっと星座はまたたくわ」きれいな耳のあなたは言った

追い風か向かい風かは関係ない今すぐに乗れ、紙飛行機に

千葉　ミラサカクジラ

＊

痛みには触れないように周辺の話で済ます弛い口(くち)ゴム

明け透けに語り過ぎたる舌の根が乾く微かな痛みを持ちて

なんとなくじんわり恐い、がいちばんの恐怖と気づく靴脱ぎながら

京都　毛利(もうり)さち子(こ)

＊

令和の世甘平実(かんぺいみ)成り愛のある　恒久平和経済好転

ヒマワリの花と鎌倉愛(いと)し君　薬師寺東塔一句趣味にし

八朔(はっさく)と七時三分腕時計　学問恋愛実る新聞

奈良　森田奈津子(もりたなつこ)

失恋も文句も愚痴も悪態も全部猛暑の仕業と逃避

引き摺ってあれから何年過ぎたのか今日も忘れず舌打ちをして

誰だって抱える悩みの種がある誰もが悔やむ過去だってある

神奈川　矢部(やべ)　暁美(あけみ)

＊

凍みる夜はゴミ捨て場に置いて来た心がめらめら燃えてるだろう

歌うための燃料としてあがなった四百円のチリワイン甘い

バスタブに水を溜めつつ死に方を三つ考えるそういう病

神奈川　山川(やまかわ)さち子(こ)

＊

きみくれし万年筆を持ち歩き友にも見せたろ未だ使わず

店を辞めなば何時また逢わめ　もう峠を越えて去った馬車

「わたし、淋しか無いわよ」と謂いて己れの貌覗き込む女心

埼玉　山岸(やまぎし)　哲夫(てつお)

人生の消化試合はおだやかに愛のくぼみをつくるハンバーグ

富山　山中美智子（やまなかみちこ）

やはらかに菜を刻む夫みそ汁の至高の味を病のわれに

デザートは半分づつの伊予柑　積ん読本を読み始めたり

*

社会とのつながり絶える証しとも留守電の釦灯ることとなし

埼玉　吉田（よしだ）　和代（まさよ）

武蔵野に生命を終う身のされど我が口遊む信濃の国うた

それとなく戸障子締めて急逝の夫の位牌を人目に隠す

*

藏王峰を日々に仰ぎて励みたる清しきこころ今も忘れず

神奈川　渡辺（わたなべ）　謙（ゆづる）

パソコンの故障によりて貯へし命のごとき百首還らず

機器にても自力回復することありこの頃知りし不思議のひとつ

初恋はと問はれき遠き遠き日の目瞑れば視ゆ君学徒兵

山梨　和田（わだ）　羊子（ようこ）

南京虫ゲートルに入りて苦しきと終となりたる声を恋ほしむ

シベリアにあらむと葬（さう）も無き君のふともたちきぬ吾が米寿膳

7

生老病死

健軍の夏のあかるき電停に来てくれたりき下駄を鳴らして
朝（あした）より久留米に降れる時雨にて薤（かい）の細葉に宿るとなし
逝きたりし幾人と会ふ坂道の此岸彼岸の梅はくれなゐ

埼玉　青輝（あおき）　翼（つばさ）

＊

麻酔より覚めぎわに歌詠みており砂漠に降り立つサンテグジュペリ
アフリカの真っ赤な夕日を背に負いて愛機によりかかるサンテグジュペリ
電子音ばかり鳴りいる病棟に飛行機の爆音鮮しと聴く

香川　赤松美和子（あかまつみわこ）

＊

いつだって乾涸びている万年筆たまに手紙を書かんとすれば
自が夫を奪いし病に自も罹りそをよろこべる歌友（とも）をかなしむ
朝やけのいろうつくしき雲のこと病気見舞の手紙に書き添う

富山　安宅栄子（あたかえいこ）

還暦で逝きし夫の干支がまた巡り来たりて十三回忌
また一人親しき人が旅立ちて命のさだめを今さらに知る
桜咲くコロナ鬱など慰めて彼岸の空に薄紅（うすべに）の花

東京　有可具子（ありかともこ）

＊

談話室は明るい陽のさし介護士も輪になり歌ふ「瀬戸の花嫁」
オプジーボに命を委ねる病室の窓にひろがる立山の澄む
病院のホールに射し込む月光はグランドピアノを照らし鎮もる

富山　在田浩美（ありたひろみ）

＊

人生の落し穴かや不覚にも暗くて深き底いに落つる
穴底に温もりわずかあれば良し先ずは眠ろう昼も夜も夕も
数々の声に急かされ数々の検査か治療か意のままならず

山形　安藤（あんどう）　チヨ

癌々々と押し寄せてくるこの癌に止め打ちこまむ医療の球にて　神奈川　石川千代野

幾度も見舞の花を戴きて心の花も部屋に咲き満つ

大潔斎賜け心も体も改心まりぬわが残生は流れのままに

*

諦めてゐたクリスマス生きてまた苺のショートケーキを食めり　神奈川　石渡美根子

手術より一年経てども痛む顔春めく空を見上げ息吐く

生かさるる訳など知らず天地の恵みと庭に蕗の薹つむ

*

一年を無事にすごして九年目の介助始まる　少しつかれた　北海道　泉　司

ピカピカに靴を磨いてくれた手の爪を切りつつ往時を思う

鼻歌で茶碗を洗う　朝飯を妻が残らず食べてくれたよ

津波にはあらず病に子をなくすこゑをころせと自を封じつつ　広島　伊藤玲子

月一度ほども逢ひしかきのふけふあしたあへぬもあさつて逢へむ

空豆の塩茹でうまし逝きし子に許してもらふなほ生きゐるを

*

病む日々の夫のメモ書き乱れ文字読めど読み得ず再び仕舞う　愛知　稲垣道子

生きていることすら実感湧かぬ日々ひとりの夜を蚊に刺されたり

ジャンダルムのように控えてゆるぎなき妻でありしか香を燻らす

*

暫く疎遠の友より会ひたしと便りあり知力残るに猶予あらずと　京都　井ノ本アサ子

ランチ摂りつつ友穏やかに謂ひ初むる脳へ転移の「肺癌4」を

三月経て友の訃報は夫君より　空を仰げばどこまでも碧

幼き日を共に暮しし馬の眼が風にのりきて我を見つむる

世を去りしだれかれ夢に現れて深きまなこに物を言いくる

連歌巻きし友はかの世に隔たりてウイルス騒ぎを知らでほほ笑む

宮城　伊良部喜代子（いらぶきよこ）

＊

ガンマナイフになずき焼かれし痕しろく鎮まりており月面のように

独居死のそれはそれとて叔父の意地気付かるるまでの空間しずか

理学療法士の指が背骨を伸ばしゆく人体の図をやさしくなでる

広島　上條（うえじょう）　節子（せつこ）

＊

休日に散髪髭剃りわれの手で見舞う父への小さきみやげ

児の頬を打ちしその故忘れたりされど喜寿でも痛む心よ

差出しの名なしの賀状すぐ判る大きな筆字元気だあいつは

千葉　上田（うえた）　康彦（やすひこ）

またきつと忘れるだらう忘れると思ひて忘る洗剤の名を

忘れたるものを忘れてゐる昼の親子丼卵の目玉

二階まで上りてはたと立ち止まるたまゆら遠くカナカナの声

秋田　臼井（うすい）　良夫（よしお）

＊

一つ違いの兄逝かしめて帰る道街灯の明かりぼやけ霞みぬ

きのう語りし兄はもう居ぬ如月のしののめの空は明けると言うに

兄逝きて囲りも変わる少しずつ窓に介良（けら）富士高く仰げば

高知　梅原（うめはら）　婀水（よしみ）

＊

日に四度目薬注せば四倍の早さで時間が過ぎてゆくなり

喜びも悲しみも皆うしろから来るとふ庭のねこじやらし揺る

笑ふからおしやべりするからおさんどんするから女は長生きなんだ

長崎　江頭（えがしら）　洋子（ようこ）

弟の口から食べぬと電話あり夕べの雨は音立てて降る

新潟　遠藤（えんどう）　勝悟（しょうご）

額に手すべらせながら頬をなで弟の顔うごくことなく

弟の耳に口よせ名を呼ぶをくり返しつつうなづく期待

＊

老いわれの健康法問ふ若者に「粗食」と答へ悲しませける

神奈川　大倉（おおくら）　忠彦（ただひこ）

春雨ぢや濡れて行かむと粋がりて傘を手に持ち差さずに歩く

気がつけば　未来の中にわれの居てコンピューターなどこなしつつ生く

＊

わが脳の二つの腫瘍は消されゆくピンポイントなる光の照射に

岐阜　大下（おおした）　宣子（のぶこ）

右脳なる二つの腫瘍の消えしとき錯覚なりしか焦げし匂ひす

「乱用」と友の揶揄するわが疾病「癌」なる文字を今日は二度書く

なだらかな山を見ており明日の日はわが身俎上（そじょう）の一匹の鯉

岡山　大谷真紀子（おおたにまきこ）

うわごとに五七五を唱えつつ意識は戻り覗かれている

歩行器にようやくあゆみ街の灯のつぎつぎともるをじっと見ていつ

＊

水と湯が蛇口ひとつの夕闇に住みわけできぬ息子とわたし

愛媛　大野（おおの）　景子（けいこ）

ひとりとはこの世の外にゐるやうで夕闇に聞く隣家の水音

年齢に不具合なけれど当分は生きねばならぬ糠床起こす

＊

噴水のひかりて晶（すず）しく散れる午後透析終へし身の澄みてくる

三重　大平（おおひら）　修身（おさみ）

気の向くまま己がペースで歩まむと手擦りにすがり階段くだる

背すぢ伸ばして歩くことなど出来なくて人らに後れスーパー巡る

うしろ手に帯締め上ぐに誰彼の手を借りたきよ老いたればなほ

群馬　岡田正子

病む足の休み場となる石段は近道なるをうらめしく見上ぐ

吾子ねだる蜥蜴を追ひし日もありき病みゐる膝はもはや走れぬ

*

ごみ出しの夫が骨折をさな児を預かるさまに雑用の増す

石川　岡野哉子

左腕をギプスに固め出来ぬことあれもこれもと夫は刺草

ゆつくりと老いは近づく目を凝らしフライにせむと鯵の小骨抜く

*

夕映えの赤く燃ゆれば燃ゆるほどあなたを思う此岸のわたし

愛知　岡本育与

三回忌過ぎしも寂しさ襲いくる夕映え美しき天地の下

春の歌チューリップの歌聞こえますか　あなたに送る爛漫の春

最愛の妻は半身不随の病つくして義弟は先に逝きたり

埼玉　奥田巌

斎場の窓から見ゆる高架線長き貨物車の尾燈が消える

夏と暮義弟二人が逝きたれば令和元年風の冷たし

*

ひと雨で深まりし秋街角の本屋で買いぬ「終活のすすめ」

大阪　長勝昭

曲がりたる腰を伸ばしてウォーキング無駄な抵抗という天の声

日差しなお冷たけれども辛夷咲き七十八歳の春迎えたり

*

「それでいい　それでいいよ」と背後より励ましくるるは亡き夫の声

埼玉　越阪部ふで

帰り来るはずなき人と知りつつも今宵も明りの一つを消せず

一尾なる秋刀魚焼きつつ思いおり病みいし夫と分け合いし日を

明るめる西陽の部屋にひとり逝く君にテレビの音のみ響き

康強の友と酌みたる「会津誉」夫はグラスをふたつ並べぬ

信じつつ再起叶わず逝きし友　頬を冷たく師走にさらす

東京　小澤京子

＊

十三回忌の夫の卒塔婆を抱き行く春の四万十見渡す墓所へ

昇進を祝ひ入学祝ふ声十三回忌の家内明るし

みどり濃き樒担ぎて下る坂つんのめりさうな脚ふみしめて

高知　小野亜洲子

＊

輪郭のややに滲みて見ゆる月眼科医は言う「まあお歳ですから」

訃の欄の君の名わが眼を捉えたりつねおだやかに笑顔見せし人

春陽さすあかるき縁に夫と居て死後のことなど明るく話す

福島　小野洋子

赤々と咲きのぼりゆく立葵巡りに増える死者また一人

悲しみよ身を垂直に流れゆけ　黒いコートの雨粒払う

山奥のこんなところに一軒家孤独と違う来し方のあり

岩手　貝沼正子

＊

一言の言葉もなくて君逝きぬ土曜の午後の白きベッドに

玻璃たたく真夜中の風一人居の潰されそうな時が流れる

剪定のされたる庭を満月は隈なく照らし石と対話す

愛知　梶田ミナ子

＊

もう一度あなたの娘にして下さいと柩の母にかけるひと言

クマ蟬の生を叫ぶかしきり鳴く　母はなりたり七夕の星

わが母は昭和生まれのミヨちゃんと言われ令和の元年に逝く

大阪　柏原陽子

茜雲沈む夕日に問ひかけむ病めるあなたに何ができると

山梨　樫山香澄

「今はただありがたうだけ」呟ける君の横顔小さき神見ゆ

霜の降る白き朝明けつひに鳴る訃報伝ふる携帯電話

*

歳旧りて生きの悲しみ今しばし愛の讃歌のシャンソンを聞く

東京　加瀬和子

鳩寿とふ誕生日迎へ来し方を遙かに思へりその歳月を

老いづきて過ぐるひと世を振り返り悔ゆる思ひの無きを確かむ

*

風もなくとてもよい日と夫のいふ　悲しきまでに秋空の澄む

千葉　加藤満智子

夫をのせ車椅子おす　しづかなる道を行き来し光にさらす

花みづきの紅葉をぬけてきこえくるトランペットの吹く子守唄

モニターが光り点滴が下がりをり腰痛で母は動けぬといふ

岡山　金森悦子

リハビリの先生の押す車椅子の母に従き我も屋上にあがる

母が日々測りてゐたる血圧計のボタンを押してみる不在の部屋に

*

セブンティーなれどハートはセブンティーン　令和に女はもろもろスキップ

大阪　上條美代子

朱夏の日は「粗忽少々」と笑いネタ　玄冬のいま「骨粗鬆症」

急変に指が主治医をコールするずっと昔のポケベルナンバー

*

あなたの死知らず送りしマスカット祥月命日に着くも絆と

神奈川　亀谷由美子

抗ガン剤ひた推ししを今悔ゆと言ふひと　遠く雷が鳴る

なぐさめの言待つひとになぐさめの糸吐き紡ぐわたしは蚕

歩む力衰へたれどあらたまの年にかすかな光を恃む
苦しみも楽しみも吾が人生の道連れとして八十路を歩む
「命運」の言葉ひとつに拘りて亡き友偲び経典ひらく

宮城　川田(かわだ)永子(えいこ)

＊

姉逝きぬ　九十年十二日が包まるるごと穏しく果てぬ
病名が判りし時に抗癌と放射線治療をみづから辞退す
気に入りの自室に三十六日間死を受け留めし面(おも)に薨(みまか)る

東京　河村(かわむら)郁子(いくこ)

＊

見尽くしておらぬこの世の愛しさに光の樹林を往きつ戻りつ
雨女もいいかもしれぬ、上を向き咲くドクダミの花と濡れつつ
父母の眠れる地こそわが浄土ながれ星ともなりて還らん

宮城　上林(かんばやし)節江(せつえ)

みどりごは体全部で笑うなりイナイイナイで待ちパッと弾ける
枯葦の原に籠もれる小鳥らはさやさやかやかや少女のように
急に秋胡瓜の葉に立つ音乾き老いしわれらに過ぎてゆくもの

宮城　菊地(きくち)かほる

＊

熱を測るの好きな子がゐた　花屋の前花の香りのわづかしてゐつ
約六十　病棟の手摺りに長きあり短きあり折れ曲がるものあり
晩夏にも落花は我のポケットにメジャートランキライザーと共に

静岡　木ノ下葉子(きのしたようこ)

＊

六十年歌と歩みて身罷りぬ口述されたる五首を残して
肉親に感謝の気持を込めし歌妹は綴りぬ薬の袋に
父母(ちちはは)と兄に会へると喜びを歌に残して黄泉へ旅立つ

東京　栗本(くりもと)るみ

正月用の葉牡丹買ひにゆきし夜夫は仆れぬ脳出血に

今以上お前に面倒かけぬとはあなたらしくもいさぎよすぎる

高校で出会ひ八十五歳まで共に歩み来し長き道程（みちのり）

千葉　黒田（くろだ）　純子（すみこ）

*

神島（かうのしま）の天神に建つ師の歌碑の文字を見ながら涙さしぐむ

口々に惜しい惜しいと言ひくるるが生き返りはせぬ小見山先生

先生の思ひ出話も肴にして友と食べゐる穴子の押し鮨

岡山　小寺三喜子（こでらみきこ）

*

堰を切る思いのように雪が降る四十九日の法要すめば

食うことが則ち老いが生きること厨にコツンと卵を割りぬ

俺よりも長生きしろと言ったのに仏間の亡妻（つま）に歯軋りしたり

徳島　小畑（こばた）　定弘（さだひろ）

五十六年妻の入れたる茶を酌みき今は毎朝妻へ供える

ひとり食う夕餉の仕度ひと品は酒の肴に鱩（はだはだ）炙る

われの死後棲むうから無きこの家にペンキ塗り終え命綱解く

秋田　小林鐐悦（こばやしりょうえつ）

*

なき人の来る夜ときける大晦日なまはげの来て灯明ゆるがす

薔薇の香の使ひ残しのオーデコロン母の戻らぬ居間におかれて

「象さんのおしりのやうね」むつつりの父を笑はせ襁褓を替へる

秋田　小松（こまつ）　芽（めぐみ）

*

入退院繰り返しつつ師走来ぬ散りて華やぐ庭の山茶花

掛けはぎのごとくに皮膚のお直しをしては生き継ぐ楽しからずや

わが生の所在を知らす銀の笛時に鳴らして在るをたしかむ

香川　近藤（こんどう）　和正（かずまさ）

カプチーノ一杯の時を得て坐る介護と看護のあはひの午後に

福井　紺野（こんの）　万里（まり）

六階の南ゾーンは産科棟北のゾーンは緩和のために

白山にもう雪がきて湖にもう鴨がきてあなたはゐない

＊

夜の更けて奥の祭壇に香たけば夫の遺影がわれをねぎらふ

千葉　斎藤（さいとう）　松枝（まつえ）

息（こ）の仕切る夫の葬儀追善すませ虚脱と安堵綯ひ交ぜにくる

暑き日も寒き時にも語り合ひ老境すごしき在りし日恋ほし

＊

桜ちる無我をさとるかこの時ぞ老いたる肩に花びら舞ひ来

愛知　斉藤（さいとう）　芳子（よしこ）

回想の夫にも馴れて四十五年孤独の中に盂蘭盆迎ふ

門灯の映る玻璃戸にとめどなく涙のごとく雨滴したたる

百の父古希を前に逝く従兄弟命の華は真に不思議なり

愛知　笹田（ささだ）　禎果（ていか）

父は言う今朝も生きている起きようとたんたんと見えるがそうでない

父のその立体はふるえ地を掴む百歳（ひゃく）にしてなお静かな気概

＊

落合の桜は君との見納めぞ今日もスマホに花盛りなり

埼玉　佐田（さた）　公子（きみこ）

梅雨寒に君のジャージを羽織りをりあの日の会話も蘇りきぬ

忍び寄る息子の命日　不可思議な九月の空気のまた訪れぬ

＊

少女期の窓辺に吹きしハーモニカいま七十路の空を流れる

東京　佐藤（さとう）　彰子（あきこ）

六月の光はロンド病むわれと樹々の間を踊りつづける

遠くから残月われを見つめおりゆうべの祈り気づかうように

妹の電話の声の弾みたり肺癌の手術の成功なると
わが心打ち砕かるる訃報あり妹感染症にて逝くと
退職せし会津に住むといひし言葉虚しく妹帰らずなりぬ

福島　佐藤文子

＊

真すぐに墓石を登る一匹の蟻に重ねしパラソルの影
立ち止まり立ち止まりつつ横切りぬ墓苑の蟻の命の時間
蝉のこえ墓石の上にふりそそぎ我が平安も君とありなむ

千葉　椎名みずほ

＊

「健常者は二階へ」なれど一階に駐車し罪人のごとく出る
この道がわからなくなる日が来るか少しためらひ交差点に入る
母の日に届きしカーネーションにふと心揺れたるまでに老いたり

秋田　篠田和香子

眠られず暗きに思ふ昧爽の文字は涼しき風を伴ふ
年初より半年あまり詰めて来し遺言状に署名す四文字
一日の花夏椿の冴ゆる白こころにし沁む今日といふ日に

東京　柴本良美

＊

長生きをしたい訳ではないけれどサプリメントは生き果てるため
夕暮れの舗道に躓き肘と膝すり剥きてまた老いの深まる
人の名も物の名もすぐ口に出ず霧の世の中ゆっくりあゆむ

神奈川　下村道子

＊

ははそばの義母の冷たき顔に触れ花一輪を添えて見送る
やや細き尼僧の読経身に沁みて義母の初七日あくまでも静か
施設より持ち帰り来し荷物ひとつ義母の逝きたる証としてあり

沖縄　新城研雄

耳元で「家に帰るよ」と囁けば意識の戻りそうなる母なり　沖縄　新城(しんじょう)初枝(はつえ)

息子(こ)の逝きし時に枯れたる筈の涙母の出棺にまた湧き出でぬ

たらちねの母を見送る火葬場のテレビは首里城の炎上映す

＊

運転は八十歳(やそ)までにせよと運転歴あらぬが言うを密かに憎みき　神奈川　陣内(じんない)直樹(なおき)

車放しひと月未練を恥ずるなく免許証未だ手の内にあり

運転歴一番のよき思い出はカリフォルニアの絶壁ドライブ

＊

逝きし人の声の朗らか留守電に秋闌くる夜偶(たま)さかに聞く　京都　杉本(すぎもと)明美(あけみ)

我が渾名丹波の柴栗我が友を「淡島とかげ」と名付けし人逝く

一言を伝え足らざるまま逝きし人に声かく空の彼方(あなた)に

唐突に産まれ突然消えゆきぬ君には驚かされてばかりだ　埼玉　鈴木(すずき)宏治(こうじ)

マイペースな治ちゃん生きた十四年覚えているよ君の人生

世にあらば君は今夜で二十歳　十五の春は永久に来ぬものを

＊

兄事(けいじ)する恩人の悲報突き刺さる　立春の日の重い雪かく　北海道　高佐(たかさ)一義(かずよし)

過去禍福　現在減衰　未来未知　人生多難　それ故いきる

思い知る父のたかさと母のはば私は厚み増し減り縮(ちぢ)み

＊

老い二人鴨鍋つつきをり雪の季を遣り過ぐすには体力が要る　石川　高橋(たかはし)協子(きょうこ)

断捨離も免許返納も諾へど「枯れ木も山の賑はひ」と居る

戦争を知らざる老いの増えたるを幸となさむか平成も終ふ

うつし絵の水着の母に抱かれし幼き我の手に青りんご

蓮池のほとりで母に問いかける　今いる場所にも咲いていますか

叔母達とりんご捥ぎつつ園を行く母だけいない高き青空

福井　高畠（たかばたけ）　祐子（ゆうこ）

＊

残生の幾許なるやを思いつつ書き足しているエンディングノート

翳みいる新聞必死に読みており老いに抗う厳寒の朝

古傷は悪びれもせず居座りて医師との関係（なか）を取り持ちており

群馬　多賀谷（たがや）正一（まさかず）

＊

わが為に二度の大手術してくれし亡き弟を思はぬ日なし

弟の冷たき頬に手を触れてわが見納めの極みの別れ

杖なくも歩ける事を思ひつつ銀杏並木の落葉踏みゆく

神奈川　髙山（たかやま）　克子（かつこ）

今朝もまた不治の病と知りながら透析に通う我は哀れか

透析は生き抜くための勤めです妻に諭され今朝も通院

でこぼこね痛くないのと孫の手が優しくさわる透析の腕

福井　辰川（たつかわ）　光彦（みつひこ）

＊

未破裂の脳動脈瘤ぐうぜんに知りたる日より努めて笑ふ

遠からぬ死を意識する日々にしててんたうむしの赤がかはいい

銀鼠の雲がおほへる街なれどなぜか明るし「手術」と決めて

長崎　田中須美子（たなかすみこ）

＊

看護師ら全員電子カルテ見るナースステーションに黙礼とどかず

友の字の乱れは心か指先か暑中見舞をしばらく見つむ

ひさびさに有明の月を眺めおり病のいえてゴミ捨てに行く

山口　溪山（たにやま）　嬉恵（よしえ）

かたちなき肉親の愛いとほしく失くして思ふ替へがたきもの

東京　田村智恵子（たむらちえこ）

病室にただ眠りゐる弟よエレベーターは音なく昇る

エレベーターの監視カメラが光りをり疲れし吾の貌も写すか

＊

朝食はパンと決まりいし妻の仏前に供うクロワッサンを

北海道　俵（たわら）　祐二（ゆうじ）

珈琲とクロワッサン供う仏壇に妻の写真は今日も微笑む

ひと切れのクロワッサンが毎日のおやつとなりぬ妻に供えて

＊

絵空事のような時の間（ま）を漂えり妹は未明に自死し果てたる

神奈川　千々和久幸（ちぢわひさゆき）

妹の葬儀の明けし翌朝をいつもの雀がベランダに来る

夢にくることもなかりき身を責めて死に急げるを傍観したる

まどろみの覚めてふと見る西空に日が落ちてゆく老いてゆく我

和歌山　千葉（ちば）ひとみ

寒雷の不意に怒れるごとき音健やかなりし我が時思ふ

桜まで持たぬ命の母と観る花には遠き如月の雪

＊

白鷺は去りかぬるらしふる里の水張りし田の上（へ）ゆるやかに舞ふ

長崎　辻（つじ）　武男（たけお）

愛ひとすぢ生きて逝きたる讃ふがに水張りし田に早苗のそよぐ

老ゆるなく逝きしひとをばしのびをり夕べの玻璃窓秋色の顕つ

＊

幾重にもまかるる絆解かるるを楽しむまでに歳かさねたり

大阪　土田（つちだ）　和子（かずこ）

わが歳を重ねてみれば庭木々も老いて無惨に刈り込まれたり

白足袋を履かずなりて畳の間ぞんざいにあるく吾となりたり

日曜にはじまる九月いちにんの危ふきいのち守らねばならぬ

コポコポと愛らしくまたさみしかり吸入の水音夜すがらにきく

疲れたね　見るべきものは見つくして白きまつ毛のしばたたくのみ

宮城　寺島（てらしま）　弘子（ひろこ）

＊

微熱つづき痛みのつづく体内はいままさにらんるの花あかり

病むことは蘇ることか　まさかにも遭遇したる令和水無月

吹かれまた打たれて傷を負ふ木木もいつしか逞しく光をかへす

長野　伝田（でんだ）　幸子（さちこ）

＊

先生の越え難かりし卆寿わが前に迫りて如何にか越えむ

導かるることなく呆けゆく吾の行く手に虹のかからむものか

越えゆかむ卆寿の峠如何ならむわが行く谷の美しくあれ

東京　遠役（とおやく）らく子（こ）

父逝きて三十三年子等共に法要終える八十九歳

妻ポツリ「六十五年目」に問い返す我の愚かさ結婚記念日

結ばれて六十五年目の幸せも後幾年と妻は呟く

愛知　遠山（とおやま）　耕治（こうじ）

＊

二十組の夫婦の舞台へリクエスト昭和の歌と童謡ばかり

苦労した話を笑いにしてしまう五十年という歳月の知恵

「問題はこれからなんだ」金婚の感想きかれてマイクに夫は

千葉　遠山（とおやま）ようこ

＊

病院で投票するとは初体験台風近し雨が窓打つ

一ヶ月ぶりの外気は清々し芝生はづみて足裏くすぐる

三階の窓より望む杜の先二本の足で帰るぞわが家

静岡　戸口（とぐち）　愛策（あいさく）

点滴のしたたりのみに生かされて緩和の階に兄は移りぬ
茨城　飛田(とびた)正子(まさこ)

話すことかなわぬ兄の心底にあかるくひびけこのオルゴール

とろとろと燃えるいろり火消えるごとしずかに終わる兄の命は

*

音量の急にあがるを持て余し握るリモコンわれに押しつく
石川　永井(ながい)正子(まさこ)

今朝は如何なる絶望感か影のごとわが辺に立ちてパジャマを替へず

かなしみの淡くなりたる表情に己が齢(よはひ)をわれに確かむ

*

白衣ぬぎし君の相手をつとむべく囲碁なるものをしてもみたりす
東京　永石(ながいし)季世(きせ)

年重ね君の相手の友の去りわれ相手すと碁石手にとる

囲碁を指す力欠けゆく君なりきわれには嗜み続けよと促す

和やかな平等社会のユートピアを思想の根っこに抱きしまま老ゆ
静岡　中川(なかがわ)邦雄(くにお)

五人もの生涯の友皆逝けり寂しき余生我に残して

老いに身を乗っ取られたる八十五終の住処をシニアホームで

*

荼毘(だび)ジュネーの朱塗りの籠の華やげる杳き日の葬博物館に
沖縄　中下(なかした)登喜子(ときこ)

洗骨を女(をみな)のみにて海に洗ふ神聖なれど恐れを抱く

終りなき砂糖車(サータークルマ)引く牛の心になりて見るを躊躇ふ

*

新しき医師に見ゆる緊張も徐徐に和らぎ症状語る
東京　中原(なかはら)兼彦(かねひこ)

治まらぬ腫れと浮腫みを先ず示し長き経過を縷縷語り継ぐ

診療に先立つ検査の一環の血液アンプル九本を採る

音声を聞きづらければ障害は人ごとならずと思い至りぬ

東京　中村（なかむら）長哉（たけや）

終活の文字頭をば過（よぎ）れどもまだまだいけると囁（ささや）く声する

腰痛を古歌そらんじて紛（まぎ）らわしハーフワイン持ちて家路を歩む

＊

足るを知る思いに日々を過ごすとも戦いはなおありて越えゆく

北海道　西勝（にしかつ）洋一（よういち）

認知症機能検査も通過して天ぷらうどんの昼食をとる

「いくたびのうっちゃりもあり喜寿の春」友の一句を読みて安らぐ

＊

人の後ろばかりを歩いてきたような人生なれど今日古稀迎う

茨城　野村（のむら）喜義（きよし）

晩年の父がぽつんと座ってた木の切り株が庭隅にあり

面会に行きそうになりふと嗤うあの病院に母居らぬのに

しゃぼん玉に虹のうまれて消えてゆく失いしもの多きはつ夏

埼玉　服部（はっとり）えい子（こ）

かすかなる口の動きを逃がさんと母の最期のことばを拾う

連れ立ちて母と歩みし影法師ひとつの影がわが前に消ゆ

＊

「むせこっちゃこりゃ百まで生るぞね」姑の言葉に無言の笑顔

石川　林（はやし）和代（かずよ）

百歳まで生きるといつも言ひし姑七年残し呆気なく逝く

姑の部屋の天袋はタイムカプセルぞ手紙や写真、手帳に玩具

＊

今しがた用してゐしに忽然と物のなくなる老のたつきは

千葉　比嘉（ひが）清（きよし）

老いたるか暑さの故かあるときは手に持つものを探すことあり

心して運転せよと今朝もまた老いたる妻がわれに念押す

起きがけの脚の痛みに耐へかねて背(せな)反りかへり唸り声出づ

東京　東野千穂子(ひがしのちほこ)

激痛に体震はす吾を前にただおろおろと夫は立つのみ

娘なき身なれど息子の細々と気づかひ受けつつ「令和」を迎ふ

＊

初詣　ぢいさんばあさん迷子となりて家族に笑はれてをり

長野　疋田和男(ひきだかずお)

一番目はふらふら歩き二番目は駄菓子と酒と三番目は居眠り

雪降れば人間嫌ひに雨降れば人に会ひたくそんなわけです

＊

老いの眼を涙で濡らすことはなし妻の名前をつぶやくときも

栃木　菱沼恒夫(ひしぬまつねお)

街灯にまぎれずひとときは明るくてゆらりゆれたら十六夜(いざよひ)の月

杖いらず室内散歩に杖などは用ゐず散歩はまだまだできる

あれこれと老いを理由に手抜きして年の終はりを楽して過ごす

群馬　平山勇(ひらやまいさむ)

黒ずめる壁を塗り替へくつろげば余生ほのぼの明るくなるや

ゆるぎなき大人になるは果たせぬか老いて益ます気短になり

＊

朝々に新聞読みではじまるを病み夫はベッドに積むこと多し

埼玉　広田久子(ひろたひさこ)

肺炎と診断される夫はいまＣＴ検査の結果を待てり

「元気でな」とか細い声で病室の夫の悟りし顔に安らぎの見ゆ

＊

わかつてゐるはずであるのにやめないのだ科学者の痴か生命操作

東京　福沢節子(ふくざわせつこ)

胎生は母なる海のできごとぞ人の力の及ばぬことなり

一晩走り救へぬいのち　夜勤終へこころも重く病棟出でし朝

朝々の目覚めに生(せい)をたしかめるコップの水に揺れるわが顔

静岡　藤岡(ふじおか)　武雄(たけお)

朝々をこの世の立ち位置見定めるまはれ廻れ観覧車まはれ

選びゐる健康食品衰への速度に追ひつけ追ひこしてゆけ

*

一度きりの人生確と生かされる前世知らねど来世信じて

三重　藤田(ふじた)　悟(さとる)

胃潰瘍大腸ポリープ関節炎癒える半ばに痛風患う

青年の会釈に応え有り難く座席頂く安堵の時も

*

ひすがらを五月雨の糸眺むのみに悲報に言葉失いわれは

兵庫　船橋(ふなはし)　貞子(さだこ)

凛とせる〈現代歌人集会〉理事長にありし日の姿ありありと今も

九十一歳天寿と思(も)えどこれの世にいまさぬ虚しさ何に類えむ

頃合ひを計りて白湯を注ぎたり病める夫の薬の時間

神奈川　保坂(ほさか)　登代(とよ)

かたはらに夫寝ねをりひとり食む飯は味なし菜は色なし

夕映えの富士を眺むる時ありて病める夫の穏やかな日々

*

予後の妻看護となるも飯炊けば米立ち一面光(て)り放ちいる

茨城　益子(ましこ)　威男(たけお)

良き事のみの思い出駆けめぐり鬼なりし兄も永久(とわ)に微笑む

筆遣い見事なりたる兄の賀状今年は無くて寂しさ募る

*

認知症の竹馬の友とちぐはぐな会話はづめり時に笑まひて

静岡　松井(まつい)　平三(へいぞう)

目はかすみ萎えたる脚の踏みそめぬ黄泉(よみ)に通はむ老いの吊橋

二度と来ぬ友らの文のかさみたり語らふ如く読み返しをり

落陽を追いつついまだ長夜には着けず火宅におろおろと居る

佐賀　松尾（まつお）　邦代（くによ）

まだ未だわが魂掬わぬ大空の紅蓮と日暮るる峡に泣きいつ

燃ゆる陽をこの目で追うが歓びよ浄土を目指しわが飛機は翔ぶ

*

星になりし友との会話たのしみにオペにて闇のまなこを開く

群馬　松本（まつもと）　孝子（たかこ）

闇の目を開かすオペの白内障心の闇も開かれゆかむ

まだ見えぬ明日に数多の夢託し白内障のオペにまむかふ

*

衰えた身体に合った生き方を求め歩みて八十の坂ゆく

埼玉　松本（まつもと）　久子（ひさこ）

眠れない食欲がない気力がない老いゆく体引っ提げ生きる

夕つ日に手を合せいる夫といて平な日日を歩みゆくなり

終（つひ）の日も身回（みめぐ）り片付かぬままならむ衰へ著き齢となりて

和歌山　松山（まつやま）　馨（かおる）

直立のシクラメンの花紅をあつめて朝なさな吾を励ます

鉢毎に春蘭の花芽ふくらみぬ生命栄ゆる春とこそ知れ

*

草河豚を殺めし記憶の癒えぬまま少年はけふ古希を迎ふる

静岡　丸井（まるい）　重孝（しげたか）

濁流を一本の木の揉まれゆく終着駅など分からぬままに

南天を切り詰めたれば空広しさあ脱ぎ捨てむ背負へるものを

*

現在（いま）吾れのこの地に存在（ある）縁（えにし）を思ふ粗末に出来る何事も無し

島根　丸原（まるはら）　卓海（たくみ）

介護受くる生活（くらし）にも慣れ毎日が嬉し楽しく更に有難

期限付き事柄なべて目につけば直ちに処理よ年寄りの武器

歳重ね故郷の墓参も叶はざる八月　父祖の償ひも未だ

千葉　三浦(みうら)　好博(よしひろ)

右耳にみんみん左にあぶら蝉飼ひて静かに秋を迎へぬ

乗り換へを待つごとき時を生きてゐる銀河鉄道「はくてふ駅」にて

＊

妹の面影抱きしめ空港へ路に紅々ブーゲンビリア

埼玉　三ケ尻(みかじり)　妙(たえ)

傍らに妹の影を置き乍ら彼岸花咲き日常はゆく

霧島ハム送り来し妹(いも)の伝票を捨てられず持つ懐かし筆跡

＊

とどかざりし祈りの後も頷くか形見となりし仙台張子

香川　三﨑(みさき)ミチル

出迎えの夫に抱かれ昇りゆくオフィリアのような友思う空

東京やまなみ十一月の歌稿とどき永久に不在の一首をさがす

ぼこぼこと酸素泡立つ病室に君の最期の息が消えゆく

埼玉　三石(みついし)　敏子(としこ)

避難指示に遺骨抱きしめ階上がる　鴻沼川の氾濫迫り

夫逝きて自由時間の果て無きをエスカレーターの吸わるるに見ゆ

＊

薄ひかるいのちなりけりはつゆきに紛れゆきしか友をうしなう

三重　三原(みはら)　香代(かよ)

くもの糸にかかりし身をば横たえんあまたの眼の注がるるなか

からっぽの朝のわたしに陽が当たり玻璃戸のむこうはきらら な緑

＊

形も色も変わりし胸を映しおり鏡は黙すのみと知りつつ

東京　宮野(みやの)　哲子(てつこ)

著名人またガンに逝く手術せず強き人とぞ賞賛されて

医師のカルテ英語となりて女男を示すＦ・Ｍにのみ独逸の香あり

終日を冷房の家に母と籠り芯から冷ゆるこの夏は去り

東京　森（もり）利恵子（りえこ）

弱りゆく母を看取る重き日々夏も母も潰え消えたり

夜の母の気配を探る長き暮し　階下の森閑もう誰も居ず

＊

足もとの危うく見ゆる老い人の描きたる眉は艶めきており

東京　森下（もりした）春水（はるみ）

友の母はホームになじみ百歳とうまろやかな笑みに我が名を呼べり

おばあちゃんは天国よと言う六歳のことば信じて善行積まん

＊

押しかけた、さらはれたのよと婚六十年（こんむそとせ）茶飲み話の夕焼けこやけ

東京　安廣（やすひろ）舜子（きよこ）

夫の寝息未だも耳にあたらしく六十年を聞きて眠りぬ

遺されてひとり踏み出す現実に関所のごとしよ手続きの山

わが命果てるやも知れぬ瀬戸際に心電図の波われを励ます

愛知　山田（やまだ）直堯（なおたか）

高層の窓辺に舞い寄る紅葉の眼にも鮮やか病室暮れゆく

退院の一夜明けゆくわが部屋に差しこむ陽光ヒヨドリ二羽啼く

＊

老樹にも徒長枝絶えず老いわれの髭・髪もまた残り火ぬくし

北海道　山田（やまだ）正明（まさあき）

夢なるや黄泉の国ゆの緊急令　受入れに窮す人は死なすな

少子化は亡国への道生きものに有り得ざる愚よ同性婚とは

＊

認知症夢からさめて夢の中私はいつもここに居るから

東京　山本（やまもと）安里（あんり）

認知症我は我でも我でなく私はいったいどこのだれかな

どちら様ですかの声に涙する娘話せず我をだきしめる

老い初めしこころは沈みやすくして冬暖かき日々家ごもる

岩手　山本（やまもと）豊（ゆたか）

リハビリのために歩道をあゆみゆくわが知る人は妻をともなふ

親しみし北条松広亡きを聞き慎しみて読む歌集『終朝』

*

忘却てふ底なし沼が口を開きつまづく吾の足ねらはれてゐる

神奈川　吉岡（よしおか）恭子（きょうこ）

齢ひとつ重ねむとするこの生き身　自動制御の不具合ひんぱん

手術後の九十三歳従姉の声びんびん響く「生きてるだけよ」

*

立ち姿ことに美し一瞬に寝転ぶ動きの片脚ダンサー

岐阜　和田（わた）操（みさお）

コミカルな場面もありてそれまでの片脚ダンサーの変遷思ふ

片脚は障害ではなく個性としてしなやかに踊る義足のダンサー

恐ろしき悔恨があり願わくはこの先脳（なずき）とともに欠けゆけ

神奈川　渡部（わたべ）洋児（ようじ）

老死までいまだ刻ある一日に脳が始めるリボルビング・ランタン

眼科医院に番待つ間映りたる日月まなこむしばみし日月

*

耳奥に産声の「真貴子（マコ）」還暦と悲喜あれこれと浮かぶ歳月

東京　渡（わたり）登茂郎（ともろう）

下戸（げこ）なれば酔い心すら知らず老ゆ嫉妬の思い今更ながら

夢はみな洗いながした老いなれば安楽な死を小春日のなか

*

遠会釈のままに駅へといそぎたり　永の別れになるとは思はず

東京　亘理（わたり）美代子（みよこ）

無影灯下麻酔薬にてたちまちに導かれ落つ「無」といふ異界

内視鏡のオペ一時間めざむれば常よりもやはらかに夫が微笑む

8 家族

先の世も花を仰ぎつ酒友らと歌仙もどきを巻きてゐまさむ
夫・子はもうつつにあらば荒津崎の落花あびつつ酌み交すらむ
脚力のあらむ限りをゆきめぐり花に手向けむ遺影の夫・子を

福岡　青木(あおき)　綾子(あやこ)

＊

気合入れスーツ姿に遠ざかる　働きざかりの子はウルトラマン
麦わらの帽子を海へ投げる娘(こ)よ　叫べる声の波に消えゆく
「元気なのは創作活動してるから」わが嫁どのは言ってくれしよ

大阪　赤井(あかい)　千代(ちよ)

＊

昨日まで一心同体今日はもう子宮からっぽぺちゃんこのおなか
まだ胸に一度も抱いてあげぬまま小さな息子救急車の中
ふにゃふにゃの息子を初めて抱いてみる私を見つめる黒々とした瞳(め)

埼玉　東(あずま)　千恵子(ちえこ)

医療人の母の導きドーム屋根の薬大で学び若葉の季節(とき)に
描きし絵を母、冷子(れいこ)に習い短歌に詠み書にしたため楽しみ広がり
境町(さかいまち)に私財、寄付したる曾祖父と同じ道ゆく我が運命(さだめ)なり

群馬　新井(あらい)　恵美子(えみこ)

＊

小さき身体(み)で我に尽せり妻、冷子(れいこ)よ、くちなしの香(か)の美(うるわ)し白衣
野の道を妻と歩めり思い出の紅白梅を愛(め)でつ語りぬ
山吹に優(まさ)る花をば咲かしむる亡義父母(なきちちはは)を我ら誇れり

群馬　新井(あらい)　達司(たつじ)

＊

韋駄天の情、熱き夫は木彫をし短歌を詠みたる行動力の人
夫、達司(たつじ)は法学学士真念の経営指導で境町(さかいまち)に尽せり
赤漬と幼娘(こ)の手を引きてレンガ屋を曲れば母の笑顔を見るらむ

群馬　新井(あらい)　冷子(れいこ)

幼き日母から貰いし金平糖そのほろ甘さを忘れられざる
千葉　荒木（あらき）祥子（さちこ）

宇宙（そら）にまでスペースシャトルのとぶ世ぞと誇らしげにも母言い給う

針供養とラジオに聞きし吾れなりしも母のようには針を持たざる

＊

「学校の休み時間は恋話（こいばな）よ」あっけらかんと十一歳は
千葉　石垣（いしがき）和子（かずこ）

ラベンダーの匂い袋を縫いながら十一歳の恋話（こいばな）を聞く

ぎこちなく針を手に持つ女の孫のおしゃべりだけは淀むことなし

＊

流感に吾子罹るとふ報せ来ぬ夜のひかりで寮へ向かひつ
岐阜　石田（いしだ）吉保（よしやす）

吾子の身に異変は起きぬ病名の気分変調症に驚く

吾子の絵の成就を願ひ成田山に願掛け上がる朝の勤行

遠き日のユングフラウに求めたるカウベル振りて夫我を呼ぶ
鹿児島　井尻（いじり）美智子（みちこ）

九十の夫を支へて投票に出でゆく吾子の大きうしろで

子よ孫よ血筋尊しみ祖よりめぐり来し春ちちり星出づ

＊

三本の皺を額によせながら乳飲む生後三日の嬰児
千葉　磯部（いそべ）菊子（きくこ）

二人目の父となりてわが息子むつきの世話も厭はずこなす

感染を恐れながらも請はるれば電車乗りつぎ孫守りに行く

＊

息子（こ）のみやげなればと顔に伸ばしたり酒の匂ひの酒粕パック
奈良　伊藤（いとう）栄子（えいこ）

湯呑み持つ弟の手をふと見ればわれとは違ふ台形の爪

性急に変はりゆく世に抗ひて臨書の墨をひたすらに摺る

わが祖母の出自を知りし歌友おりまさかのことに話を繋ぐ
馬に乗り山を越え来し祖母なるか思えば遠き遠き日のこと
たわい無きことの始まり連れ合いの「言った」「言わない」述語で終わる
福島　伊藤早苗

＊

群青のふるさとの海駆りゆけば母くらす「しおさい」まなぶたに浮く
指吸いて赤子のごとき日の母が「危ないから帰れ」吾に言うなり
雷鳴の轟けば子を思いおり　台風の目のごとき幸なり
大分　伊東さゆり

＊

冷え冷えと妻の忌月に加はりて覆ひかぶさる震災の浪
直球にきみを思へば変化球に言葉の還る星月夜かな
てふてふと書けば番の蝶らしく菜の花畑を舞ひては隠る
神奈川　稲垣紘一

ごきげんさんと我を抱き上げ写りたる三十歳のにこやかな母
子供なきわれらの腕の中にありておだやかな笑顔見せくれし母
縁の下の力持ちでした九十二歳の母の笑顔は
静岡　井上香代子

＊

ラーメンを支那そばと言ふ父と来てたつた一度のおもひでの味
座り胼胝の堅きがはりつく母の足正座がつねの日本であつた
水軍の首領の名前と知りゐしか寡黙酒豪の兄でありたり
大分　井上登志子

＊

歌会終へ真つ先に乗るエレベーター長く患ふ妻待ちをれば
起き抜けに妻の寝息を確かむることのいつしかならひとなりぬ
左手に杖突く妻の右脚は半歩先へと踏み出されたり
群馬　伊与久敏男

父の背を見失いしは七歳の遠い記憶の片隅のこと

広島　岩本(いわもと)　幸久(ゆきひさ)

老残の日々などはなき父の忌の若き写真に花を供える

街角で会(お)うたかもしれぬ亡き父よ七歳のわれの俤ありや

*

名は陽希(はるき)住民票に記されて武蔵の街は児の初舞台

徳島　印藤(いんとう)さあや

嬰児(みどりご)は綿の肌着のひも結び袖ふよふよとクリオネのごと

大宙(おおぞら)に手足動かしはにかみてパントマイムの稚神(やや)しぐさ

*

我が祖父は我が家の神さま神棚に宇井陸一大神まつる

奈良　宇井(うい)　一(はじめ)

我が祖父はテニスの名手で会社内体育祭でいつもトロフィー

我が祖父に見せてあげたい日本の未来かがやく五輪の聖火

子の面会用事続きて七日振り想定外なりインフル罹患は

千葉　上木名慧子(うえきめえこ)

カーテンも厚く閉ざされ子の顔も見ずに帰りぬ寒風の中

咳重き子の病状を思ひをり霙となりたる夜の長しも

*

隣屋のお通夜の席に陣とりし父を打ちたり十五の吾は

愛媛　梅原(うめはら)　秀敏(ひでとし)

ちちははの諍い続くいつしかに眠りに落ちいる少年だった

浴衣着てにこやかに呑む写真あり僕の知らない父母の顔

*

雨降れば孫に送迎頼られて高齢運転気にされおらず

広島　梅本(うめもと)　武義(たけよし)

も一人の訃報を聞きてじいちゃんは百まで生きよと三人が言う

病院に行かず臥す妻自動車(くるま)無き昭和の浮かぶ置き薬飲む

腹ばいでミニカー操る幼子は小さき国守るガリバーのよう

富山　浦上紀子

「オレさ、アノ、結婚決めた」と子にいわれ思わずバンザイ思わず拍手

価値観の違いといいて夫との政論終えて二個おはぎ食む

*

曇り日やひそひそ話す老女らの頭上の藤の香もわっと濃くなる

千葉　栄藤公子

病院の工事始まりドクダミの踏みしだかれて鋭き匂いせり

トルソーの横顔のごと静かなり夕闇の路地白あじさいは

*

担任の化粧が濃いと噂する下校途中の中一男子

宮崎　江藤九州男

幼には大人に見えぬもの見えるらし社の杜に甚く怯ゆる

カーテンのすき間ゆ洩れるひとすぢの光に目覚め月のこゑ聴く

御長寿の従兄弟達家族それぞれに形違いて幸不幸

大分　太田ミヤ子

姉兄亡く独りさびし生きてる時の重み忘れ今は感謝

交流なき祖母の実家百五十年患者なりても医院訪ぬる

*

貴重なる老後の財産友どちなり豊かなる我を夫は羨む

東京　大沼美那子

女子会に共に行きたしという夫を振り払いつつ我は出でくる

わが子らに書き置きゆかな背の君に先立つ場合の取り扱い説明書

*

山梔子の花の匂ひに思ひをり世にあらば子は還暦なるか

埼玉　大山佳子

琥珀色に梅酒仕込みて十年なり嫁とひとときグラスを交はす

引き抜きし青首大根ぎつしりと載せし一輪車ぐつと押し出す

さようなら言いたくなかったさようなら總司總ちゃんああ弟よ

弟よ逝き急ぎたる弟よ追い越し禁止の禁破るとは

車狂ゴルフ狂なりし弟よ天の何番ホールに在るか

東京　大湯邦代

*

見下せる石狩の海は淡藍に霞める沖と告げて並びつ

傾り埋め片栗の咲くを見て過ぐるこんな日はもう来ない思いに

よく晴れた卯月の空を去りがての雲一にぎりあるとも告げず

北海道　押山千恵子

*

はたちにも満たざる兄の捉はれし地へ戻りゆく鶴の声なり

噴く山の煙は見えねど揺るる度はるかなる日の胎動のごとし

青き実のむらさきしきぶの垂るる下介護保険の手摺りの出来る

鹿児島　甲斐美那子

海はまだかと訊きこし児らはねむりたり車は鳴門の海に沿いゆく

単身赴任の息子一家と媼われひと日家族に戻り寄り添う

〈C'mon, baby〉脚を振る孫　阿波おどりの輪に入り見様見真似に踊る

香川　加島あき子

*

わが耳のかたちがどうのかうのとは五十年添ひし妻の言ひ草

殺人の手ほどきされてゐるやうなミステリードラマに妻は釘付け

脊椎の手術せしより居間に寝る妻は眠れずをらむ吹雪く夜

青森　風張景一

*

枕辺に胡蝶蘭置く　曾孫等がお嫁さんのようと百寿の義母に

義父眠る墓に七月義母納む　天の川できっと逢えると夫

記憶とは日ごと薄れて思い出は我れの心に澄みて残らん

福井　片山和子

子とともに陛下を迎えし蔵王山かたず飲む間も満たされながら

五十五歳までの一切与えしわが子なり欠けたるひとつはセンブリの味

秋の日の庭師の神技（わざ）の遺り残し待ちたる雪に庭が仕上がる

宮城　金澤（かなざわ）孝一（こういち）

＊

朝早く厨の音に目ざむればベッドに漂ふ味噌汁の匂ひ

朝食に妻との会話はづみゆき活力に満つ今日のはじまり

熱燗を二人酌みつつ語り合ふ夢描く孫に期待込めつつ

沖縄　亀谷（かめや）善一（ぜんいち）

＊

これの世に生れきてただに混沌と呼吸（いき）しておりぬ新生児　汝

神の領域まだ出でざるか人の世に時おり小さき声にて泣ける

おばあちゃんと曽孫が我を呼ぶ日まで生きたしと思う生きねばならぬ

東京　河合真佐子（かわいまさこ）

背表紙の色は褪せれど夫のエッセイ山恋（こ）ふ心いよよ鮮やか

脱皮終へ揚羽はゆつくり羽開く驚きの童まばたきもせず

孫の守り迷路のやうな一日（ひとひ）終はり夕月やさしく寝顔をてらす

千葉　川島（かわしま）道子（みちこ）

＊

開拓の民と呼ばれて六十年耕やしし三町の田今如何（いまいか）にせん

二人共身の衰えぬ外嫁（そとよめ）のさし入れおでん吹き吹き食す

ありがたう言へぬ夫（をつと）が寒からうとずれにしふとんやさしく直す

岡山　かわのみねこ

＊

「親の気持まだわからぬか」と手をあげし息子（こ）に支えられ米寿を生かさる

夫宿る農機總（す）べてを使いこなし息子（こ）は黙もくと米袋積む

順番に曾孫の手より最中受く皆それぞれに満面の笑み

滋賀　木下（きのした）房乃（ふさの）

風すらも松にはおとする習ひなれば吾は風となりて亡き妻を訪はむ

群馬　木部（きべ）敬一（けいいち）

手に取れば温もりのわく生前の妻が焼きし盃に潜む悲しみ

嚔（くしゃみ）して眠る子を起こし亡き妻の怒りし声が吾の耳に棲まふ

＊

夫の吹く途切れとぎれのオカリナのメロディー聞きつつ胡瓜を刻む

群馬　木村（きむら）あい子（こ）

二歩三歩夫の歩幅に合はせつつ六十余年の旅路おもほゆ

鋏もつ吾が指先は惑ひなく夫の散髪秋の日温し

＊

失礼にならぬようにと常日頃化粧を忘れず百歳の母

沖縄　金城（きんじょう）藤子（ふじこ）

暮古月ぐっと冷え込む朝夕を母よりのコートに温もりて歩く

親子月水仙の香り部屋に満ち母は昔を幾度も語る

運動会こぶしかためて「ガンバッタ」とネェネの意志をバアバに告げる

静岡　金原（きんぱら）多恵子（たえこ）

ジャスミンをバッサリ切りて風通す「なんだこの香は？」といいし息子（こ）想う

「ありがとう」絶対言わぬその人はいかなる星の住人なりや

＊

誕生日われを祝ふと子や孫や曾孫たちよくぞわが家に集ふ

茨城　久下沼（くげぬま）昭男（あきお）

居間あゆむ杖つく音の重々し足腰痛く妻は老いたり

卒寿超え草刈るわれを休めむと息子は初めて機械持ちたり

＊

単身の異動の続く子のメール絵文字の一つ今日はつきおり

東京　栗原（くりはら）幸子（さちこ）

「お父さんの疎開していた町だよ」と息子のメールその現場より

結論を出し難くいて暮れはやき一人の部屋の灯りをつけぬ

水の入る紙コップをし落としたる夫の病さらに進むか
千葉　黒﨑（くろさき）壽代（ひさよ）

車椅子の夫が望めば池袋芸術劇場に観劇をする

厨にて一人夕餉を食ふときに施設の夫ことさら恋し

*

唄ふごと「勉強嫌ひ」と男孫女孫（をまごめまご）いひてのどけし息子の家族
京都　黒田（くろだ）雅世（まさよ）

子も孫もおせち料理をおいしいと言ひてつぎつぎ食べて呉れしよ

急に敬語使ひ初めたる男（を）の孫よさびしくもありおかしくもあり

*

「ね、ね、ぬ。ぬる、ぬれ、ねよ」と口遊み試験前夜の女孫寝に就く
佐賀　小嶋（こじま）一郎（いちろう）

わが妣の指輪が妻の指にあり嫁へとつなぐまでのあひだを

折々に食器洗ひをするわれにこれ見よがしの気がなくはなし

秋の陽のあたらぬ庭にひんやりと落葉かきつつ人の恋しき
佐賀　小島（こじま）令子（れいこ）

取れたての茄子の味噌汁待ちていき体操あとの家族のご飯

わが庭に路線めぐらしトンネルを自在にい行くもぐらの家族

*

「森の木かげでどんじやらほい」若かりし父が歌ひ呉れにし
静岡　小林（こばやし）敦子（あつこ）

盆飾り迎へ火送り火父のゐる今年の夏の彼岸親しも

たつぷりと真夏のひかり蓄へよ父亡き畑（はた）のわれのひまはり

*

アレルギー七品目を除きたるクリスマスケーキに蝋燭灯す
岐阜　小林（こばやし）伸子（のぶこ）

豆乳と米粉に作りし誕生ケーキ蝋燭二本を苺に囲む

手術前の孫に届けむ昆虫図鑑飼ひし鍬形スマホに収めて

五線紙に載すれば如何なる曲ならむコロコロ笑ふ初孫の声

佐賀　小森(こもり)澄子(すみこ)

ペンの字がわれに似てゐる娘のふたり野の紫のすみれと香れ

酒が美味い雑煮が旨しと帰省の子呑みて語りて三日を過ごす

*

幾重にも紅ふかむ八重椿狭庭に一樹咲かせしひと世

神奈川　佐伯茉莉子(さえきまりこ)

修さん生きてありせば米寿の祝いもみじ散り敷く夕暮るる庭

法隆寺百済観音いくそたび拝せし日々あり近鉄電車に

*

ひとりの気楽さと淋しさを天秤にかける　雪降る今日は寂しさが勝つ

長野　三枝(さえぐさ)弓子(ゆみこ)

時間の制約も待つ人もいなくなった　菜の花と桜を買う街角

足を止め桜越しの満月を見上げる寂しさをつれてくる細流の音

装ひて尊き君の入園のあさを妹(いもと)は野にゐるごとし

東京　里匂(さかおり)博子(ひろこ)

日の落穂　月のしたたり　やはらかに乳噴き出でて子の面ぬらす

しがみつく妹(いもと)を背に夢違(たが)ふ海中(わたなか)昏く子は見すゑをり

*

木の枝に父と子の傘干されゐて内緒話をするやうに揺る

大阪　佐々木佳容子(ささきかよこ)

窓ガラスを叩く雨粒追ひながら雨でないもの見てゐた少女

焦げ痕が畳にひとつタバコ好きの父の苦笑がそこに残れり

*

夢にまで描きし稚児の泊りをり赤き小さき靴も並みゐて

北海道　佐々木百合子(ささきゆりこ)

叱られてわれに救ひを求めむとよちよち歩く距離長からむ

童歌とつとつ唄ふにリズムとる美音はわれの膝の上にて

けふ夫の十三回忌ぞ夕映えのひかり零るる墓碑とり囲む

永訣は昨夜（よべ）のごとしも君はやも十三年目よ昭和はるけし

「ごめんけさたゆくてお茶もお供花も」に「あんたらしいね」遺影ほほゑむ

北海道　佐藤（さとう）てん子（こ）

＊

さくら花匂いやさしく満つる刻（とき）夫と生き来し歳月香る

過去の手術（オペ）十三回を記述して健康診断ようやく終る

寒暖も昼夜も解らぬ義母なればひとひうらうら春日のような

香川　寒川（さんがわ）靖子（やすこ）

＊

絵が得意カラオケ上手子煩悩すべて消しゆく夫の脳は

特養に夫を委ねて一年余詫びつつ向かう足繁く通う

元号も「令和」と代わる二〇一九年二人の暮らし未だ五〇年

沖縄　志堅原（しけんばる）喜代子（きよこ）

この国にもうぢき誰もゐなくなる　この大戦（おほいくさ）を生きぬきし人が

今日はじめて夫が笑へり　その口よりひかりこぼるるやうにふ、ふ、ふ

同じ旋律今日もつまづくトランペット鳴りゐて梅雨の路地ゆきどまり

東京　志野（しの）暁子（あきこ）

＊

サフィニアのふた色植えて父の庭このひと夏を明るうせんよ

牛肉と花を購い九百円木曜の父をレシートに知る

暑いねと電話をすればまたしてもああ五月蠅いと父に言われる

岐阜　篠田（しのだ）理恵（りえ）

＊

今も手に感触あるをかなしめり母の車椅子押しし長き日

ああ母よあなたの知らぬ元号に代はりし一日長かりし日よ

お花見は眼うらにせしか「花見にいこ」と言へば瞼を閉ぢし母はも

大阪　篠原（しのはら）節子（せつこ）

庭に咲く満開の梅ひと枝を入院続く母に届けぬ

埼玉　清水（しみず）克郎（かつろう）

夕焼けが山の際より黄金の雲に照り映え煌めきたりし

自活して親離れせし子どもらと心通わぬ時はさびしく

＊

フレームのしゃれた細工の眼鏡選り母は鏡に何度も瞬く

青森　志村（しむら）佳（けい）

すんなりとお掃除ロボット受け入れて卒寿の母が「めんこいね」と言う

新しき駅舎を見ることできるのか巨大クレーンを母仰ぎたり

＊

二万歩のウォーキングをせしつれあひの病みていつしかガンジーの脚

千葉　白石（しらいし）トシ子（こ）

立ちどまり橋よりみれば冬ざれの川はきらめき流るる速し

ただ側（そば）にゐるだけでいい残年をあなたはわたしの温もりなれば

姫鏡台なつかしい言葉浮かびきて朱塗りの前の母の夢みる

福井　杉崎（すぎさき）康代（やすよ）

山に向ひ声の大きさ競ひをり谺は教へる幼の勝ちと

幼子は花いちもんめを習ひきてばあちゃんほしいと唄ひくれをり

＊

なんとまあこんな言葉をどこで知る孫との会話弾める車内

和歌山　杉谷（すぎたに）睦生（むつお）

嘘ついたら針千本のます指きった孫と約束やわらかき指

孫囲み寿司とうどんで盛りあがる五人家族の正月休み

＊

ある日朝父が突然いなくなり心ポッカリ父をしのんで

東京　杉山（すぎやま）敦子（あつこ）

母一人ぽつんと立って泣いているさびしい風景父を思って

朝めざめ子供たちの声がするはやくはやくとテレビをつけて

明治生れの職人なりしわが父は達筆なりて今になつかし
土曜日毎にわが家に集ひ謡曲を学び合ひ居て賑やかなりし
お茶汲みの母も門前の小僧よろしく「鶴亀」「松竹梅」を吟じ居りしよ

埼玉　関根（せきね）綾子（あやこ）

＊

風寒き津山城趾の石だたみ杖つきふたりの初春祝う
また明日若者のごとタッチする酸素マスクの夫がほほえむ
黒うりが上り框に二個ならぶ気配もなしに置きゆかれたり

福井　高倉（たかくら）くに子

＊

点滴と採尿バッグを従えて母の生身は熱を放てり
病室の椅子に背を立てこぶし据え父の午睡は修行のごとし
雨の夜のポストをおもう今しがたわが手離れし子らへの賀状

福井　高田（たかだ）理久（りく）

右肩を落としペンギン歩きする亡父（ちち）に似た人見つけた二月
亡父母（ちちはは）の子供時代はセピア色写真の中の人も消え入る
腰を据えアルバム見入る兄の目は昔と同じ細く優しい

東京　高橋（たかはし）美香子（みかこ）

＊

両の手に赤子の重みを確かめて義母はこの春曽祖母となる
くす玉の割るるがごとく笑ひたり初めて立てる子もその母も
新しい帽子新しいマフラー新しい冬の風に立つ一歳

神奈川　髙畠（たかばたけ）憲子（のりこ）

＊

小寒の朝出（あした）初めと娘（こ）の立てり法被制帽長靴懐炉
シリウスがきれいと帰り娘（こ）の脱げるコートは寒の風を纏へり
職場よりかくる電話か忘れ物せりと子の声敬語の交じる

山梨　瀧澤（たきざわ）美佐子（みさこ）

遠ざかる汽笛ききつつ弟は故郷（コキヤウ）の地酒の熱燗に酔ふ

東京　竹野ひろ子

秩父路の七草寺の一番星幼と仰ぐ小さな旅に

閑明童子（カンメイドウジ）寂光童女（ジヤククワウドウヂヨ）となぞりゆく苔むす墓にひぐらしの澄む

＊

苦難なる生業ながく生きつぎて今平穏の日日を保てり

秋田　田中春代

家族なるゆえの平穏保たんと柔き言葉を選りて会話す

嫁ぎきて見栄はることなく六十年継ぎ来し遺影ゆっくり磨く

＊

息子と並びかたくなる娘に会いし時共に歩むの覚悟を見たり

石川　棚野智栄

もう少しだけと背中を押しくれる亡母のコートをはおりし時に

気のせいか小さくなりたる父の背に藍染めのシャツそっと合わせる

日短になりたる午後を夫は行くゴルフ練習にいそいそと行く

神奈川　玉井綾子

83のエイジシュートを遂げたる夫はますます腕を磨くつもりや

笑顔（スマイル）は万国共通その笑みに辛さ乗り切れ留学の孫

＊

秋明菊揺らして過ぐる夕の風寡黙な夫と五十年経りぬ

香川　次屋カナ子

鷹匠のごとくドローンを操りて息子は瀬戸の島をめぐらす

母の日のおもはぬスカイプ髪を梳き薄紅はきて息子と向かふ

＊

ゆくりなく夫のイラク日誌よみ子らより投石受けしこと知る

三重　辻田悦子

投石せるイラクの子らに追はれたる日々自衛官の夫語らず

暮れなづむ弥生の空は青澄みて飛ぶ鳥の影遠くたゆたふ

小三の孫のピアノの演奏を娘にスマホで見せられ誉めぬ

東京　筒井由紀子

一君が大泣きすると背摩りあやしてくれる保育園友

スマホには山桜花舞い散りて楓佳一歳とことこ歩く

＊

ことごとくいらんいらんと答える子いらんてへらん淋しき首都か

東京　土井絵理

八月の水中ターンで君が蹴る壁でありたし母でありたし

酔い覚めの虚しさ言えば酔うためにまた働くんだと夫は笑えり

＊

しゃぼん玉ひとつひとつに虹のせて幼のストローに生れて飛びゆく

石川　栂満智子

祖父祖母に預けらるるを幼子はさんにんぼつちの日と言ひにけり

若き日は平行線を嘆きたり今は適度な距離を楽しむ

ホスピスで手をつなぎ見た夕月夜　右手に残る姉のぬくもり

兵庫　長江雅子

本ひらき座るひとときコーヒーの香と風を楽しみながら

遠足の中止となりて眠る児の涙のあとか寝返る顔の

＊

吾が夫は世帯主たる意地のありブロッコリーの茎など食べぬ

和歌山　中尾加代

栗ごはん作る手間隙いとわねど一言ほしい「いいね秋だね」

ありがとうちょっと一緒にいてくれてほとんど一緒にいないでくれて

＊

エプロンのポケットの奥にそつとゐた亡母の軍手ときつく握手せり

神奈川　永瀬惠子

「夕食は何がいい」と問ふ母は亡く流れる雲の崩れしを追ふ

母の歳百六までとは望まねど命のかぎり詠みたきものよ

平成の半ば十年をきみ病みてきみ逝きてきみを憶ふ十年

京都　永田和宏

ここにあらぬ人の影のみ濃く顕たせ夕日のなかの椅子さびしけれ

迷ひがないと言へば嘘だが請はるるをありがたいとも思へる齢

＊

大甕に祖母の作りし味噌闇にこんこんと眠る昭和の遺物

沖縄　仲村純子

シミに傷古き机に亡き父の温もり伝ふ手放せぬひとつ

叔母の背に母の面影たたしめて窄める肩にそつとショールを

＊

機嫌良き時には語尾のあがるくせ息子の「ただいま」に今日の日思う

岐阜　中村智代

娘と別れ寂しくバスにて帰る路目にまぶしきは瀬戸内の春

夫を待つうたた寝の中玄関のドアの音して深く眠りぬ

父母の好物を知る友からの贈り物なり輝く金柑

東京　中村美代子

休日もなく演奏会に明け暮れる子はイタリアで眠れているか

玄関に亡き母の杖二本ありて「ただいま」と言う母の声聴く

＊

食卓のコップに挿しし秋桜夫とわれとの空間癒す

埼玉　南雲ミサオ

酔ひしれて政治談義す夫と子の声を背にして苺煮つめる

帰省する予定なき子の布団干す風おだやかな冬のベランダ

＊

金婚の記念にと夫は誘ひくるるクイーンエリザベスのクルージングを

岐阜　西野紘子

夫々に老ゆる姿はうら寂しされど和みぬ姉弟集ひて

小論文は「ＡＩ化によるメリット云々」吾が背に寝ねし孫娘が嗚呼

佇みて彼方の海の水平線　あなたと愛づる丘の畑よ

山口　西村（にしむら）雅帆（まさほ）

家庭（いへには）に三人娘（みたりご）偲ぶ誕生花　紫陽花・木犀・今し椿ぞ

野へ畑（はた）へ料理にゲーム孫たちと意気揚々に組みする連休

*

寒き夜は魚の煮つけの味よしと誉めつつ夫は骨までしゃぶる

山口　西元（にしもと）静香（しずか）

まっすぐに伸びゆく孫の倒立の影ながながと夕映えの中

アラブなる国に地下鉄走らせむと子は新年にドバイへと発つ

*

よもぎ草初芽を摘むよう母の言う河原で摘みつつ二橋（ふたはし）くぐる

福井　橋本（はしもと）まゆみ

朱の房を左腕に巻きて佛前に副級長のわれを見せんと

緋の鹿の子（かのこ）綿入れ半天着る孫に縫い手のおおはは重ねてみたり

オカリナを吹きぬと人は賜ひけり籠り居ながきわが長の子に

富山　畠山満喜子（はたけやまきこ）

いたましく、愛しく、すべなく、いとほしき。乱りがはしく一人を思ふ

すこやかな少年なりきかの日々を思ひて秋の虹を見上げぬ

*

土踏まずのなくなる夫の足裏をしゃがみて洗ふわが指腹に

山口　羽仁（はに）和子（かずこ）

あかあかと燃ゆるもみぢを病窓に見つつ肯ふ君が寝たきり

ベランダの風に吹かるる夫のシャツ自由自在に腕ひるがへす

*

母の日と夫さりげなしショートケーキの赤き苺にひと粒の愛

埼玉　浜口（はまぐち）美知子（みちこ）

病床のわが顔見つめ化粧ポーチ取り出す娘眉描きくるる

終の日の化粧はこの娘のしてくれむ鏡見るなきわが顔（かんばせ）は

富士を望むベランダに干す小(ち)さき靴おまへもいつかあの山超える

歯磨きが大つ嫌ひだつた三歳が、おやまあ自分で歯を磨いてる

送り火の炎みつめる幼子の髪を揺らして夕風過ぎぬ

静岡　林(はやし)　充美(あつみ)

＊

手を抜かぬ父の直球受け止めて細き腕(かいな)に子は疾く返す

病室の窓よりもろ手振る父に日傘を高く掲げて帰る

縁側に手袋を編む祖母の背に椿のつぼみのせた幼な日

愛媛　檜垣(ひがき)　記代(きよ)

＊

寄りすぎて見えぬことあり二歩下がり屈んでちょうどの男の子のこころ

成りたての前歯がにっと現れて子供らしさがけんけんけんぱ

すばしっこい生き物のように感情は少年の目にちらとあらわる

北海道　樋口(ひぐち)　智子(さとこ)

緩和ケアを残るひとつのすべとして告げられ動じず癌病む妹

妹の求むる遠き母の味粉吹き芋作るほこほこに煮て

姉われに譲りて耐えて慎ましかりき妹愛しむ逝きて一層

広島　菱川(ひしかわ)　慈子(よしこ)

＊

百均で買いたる杖が宝物の九十三の父と箱根路

幼より家族とよく来た〈としまえん〉閉園の夏五十七歳

天国と地獄を行ったり来たりする介護とう名のジェットコースター

東京　平井(ひらい)　節子(せつこ)

＊

小学生の百人一首タッチの差の喧嘩を宥め判定を下す

ヴァイオリンの孫の出番は三分のみ二時間半を我慢して聴く

ジャスミンを臭いと厭ふ二歳児に「いい匂ひだね」と今日も刷り込む

千葉　平山(ひらやま)　公一(こういち)

この夜頃夢にいでこぬお母ちゃん「まあ、ふみこちゃん」と言ふこともなし

島根　弘井（ひろい）　文子（ふみこ）

恵利さんがハグしてくれてはーたんと悠くんもハグ　バイバイまたね

後の月さしこみゐたる軒先に顔あふのける九十六歳

＊

退職の明くる日妻は悲しげに通院をかね買い物にゆく

福井　吹矢（ふきや）　正清（まさきよ）

値を比べレビューを読みてアマゾンにポチッと押した真珠ネックレス

ネックレスを着けて鏡の前に立つ妻に添うときパールは光る

＊

娘（こ）のオペの無事を望みて密やかに初の願掛け趣味を減らさむ

埼玉　藤生（ふじう）　徹（とおる）

「大丈夫だよ」笑みてひと言耳もとへ手術室への娘に言へり

婚をせぬ娘（むすめ）哀しと卓の上に菜を揃ふる妻の背丸し

春が来た片目のだるまにお受験の子が描き入れる大き目ん玉

神奈川　藤田（ふじた）　絹子（きぬこ）

見よ見よと大声に呼ぶ月の出を待ちかね早もほろ酔ひし夫

お母さんの顔を立てるはもうご免見合ひを断る不惑の息子

＊

初風呂に鬼柚子一つ浮かべけり秋に逝きにし夫思いつつ

福岡　藤原（ふじわら）　一子（かずこ）

一センチ肩上げをした法被着て孫は綱引くソーラン節で

娘来た　焼栗持って娘来た　なにいうでなく顔見て帰った

＊

「平成」から「令和」に代はる新元号万葉の世の歴史つないで

岐阜　古井冨貴子（ふるいふきこ）

祖母からの晴着は母から子へと継ぎ成人の日のきぬずれの音

髪かざり振袖すがたに初化粧祝ふ晴着に人生はじまる

お互いに言いたいことを言いあえる母との生活いつまで続く

岡山　古屋貴久子（ふるやきくこ）

古雛を飾りて今宵華やげる山家住まいの老いたる母と

九十七歳に逝きたる友を母は言う早くに逝ってしまったと

*

世知らずの孫には孫の友ありて旅の遊びをまた誘ひ合ふ

山梨　古屋（ふるや）　清（きよし）

落したる錠剤一つさがす妻腹這ふ影の灯下に動く

白菜に大根葱と欲かきて持ちて行く子らわが在るうちぞ

*

被災して戻れぬ家を語るなく義母とお萩の餡を丸むる

千葉　細河（ほそかわ）　信子（のぶこ）

花柄の黄色のスカーフ贈りたり「おかあさん」と呼ぶ姑ありて

スキップに先行く孫の弾む背を追うも叶わずわが足重く

撫子のやさし桃色母の色松吹く風に母呼びてみる

栃木　保母（ほぼ）　富絵（とみえ）

蕗の香の豊かに香る夕餉には遠住む子等の食卓思う

寄り添いて癒えゆく吾に歩を合わす夫と行く道若葉の芽ぐむ

*

もし明日地球終はるとしたならば君は生ハム食べたいと言ふ

東京　本田（ほんだ）　葵（あおい）

「このビール、やらやらせん」と母言へりそれはよかったわからないけど

牧水を読めば亡き父思ひけり酒の香りが同じ気がして

*

人住まぬ家内（やぬち）の湿り足裏に巡れる部屋に顕ちくる面影

埼玉　本多（ほんだ）　俊子（としこ）

大槻の大黒柱を背にしたる父との諍ひ中二の夕べ

秋の陽を背（せな）に母との障子張り自家製糊のゆるきが垂れき

遺産など無きがよろしと子ら言へり君ら孫らが我らの遺産
石川　前川(まえかわ)　久宜(ひさよし)

安物は承知のうへよ値の付かぬ古家にふたり人間骨董

命とは摩訶不思議なるものにして我に孫ありそれも七人

＊

午前(ひるまへ)の大正池に乗るボート名は恋ボート六十路と七十路
東京　前田(まえた)　益女(ますめ)

早起きの夫の昼寝の長きこと梅雨の晴れ間のまた閉づるまで

雪だるまとなりて販促しに来しが本屋夫妻に出さるるうどん

＊

こんにやくを炒め煮てゐる番組をいと真剣に夫が見てゐる
香川　前田(まえだ)　彌生(やよい)

年近き友らは逝きてこれの世に残れる夫は淋しさうなり

夫が剥き切りてくれたる柿の実の甘し十月ほのかに匂ふ

老いの手を垂らせば浮き出る静脈に父が流れる母の血ながる
鹿児島　前原(まえはら)　タキ

嫁ぐ日に姉は短刀を貰ひたり私に父は源氏物語遺す

岩つつじ合図せるごとひらき初む天の母より手紙は来ぬか

＊

手足痛めど夫の分まで生きて来ぬひたすら感謝す二〇二〇年
山形　牧野(まきの)　房(ふさ)

かの六歳児が定年退職のいま再びの東京オリンピック

二か月前生まれし曾孫を抱(いだ)きたり震へる両手に重し重し

＊

カーテンの隙間に見ゆる夜明け空わが名忘れし姑に添ひ伏す
高知　町(まち)　耿子(あきこ)

子の袴縫ひくれし手もはかなくて姑の一匙わたくしの手に

飲み込みに一、二、三、四、五、六とかぞへ間を置き姑に参らす

やはらかきみどり児がいま腕の中不思議な声と問
答をする

奈良　松井(まつい)　豊子(とよこ)

夫の手術告げられ入る鰻屋のひいきの味も今日は
なじめず

十三夜の月昇りくる菜園に茄子とりをらむ夫の影
動く

*

今も椅子五つ並べる食卓に夫婦ふたりの夕餉はじ
まる

香川　真部(まなべ)満智子(まちこ)

汗ばめる小さき手握りし日は遙か孫は悩める若き
ウェルテル

夫の背につかず離れず従いてゆく無口な昼の月が
中天

*

七五三の晴れ着に浮かるる孫娘カメラに向かひ大
の字に立つ

神奈川　箕浦(みのうら)　勤(つとむ)

神主の御祓ひ済めば晴れ着の子ママのスマホに変
顔向ける

七五三の孫の手を引く写し絵に痩する背あり我が
身かこれは

平凡な今日のひと日がありがたし事無き時を妻と
共有

香川　宮地(みやじ)　正志(まさし)

母の里四国三郎間近にて風立ち上る重清城跡

ハワイよりスマホに来たる孫の顔ヤシをバックに
日焼けをばして

*

てきぱきと指図する娘に縋りつつ夫の葬儀わが身
過ぎゆく

岐阜　宮地(みやぢ)　嘉恵(よしえ)

八人のうからと見上ぐる星空のひとつを夫と秘か
に憶ふ

水引草釣船草に手を触れつつ弟妹揃ひて墓地まで
の道

*

亡き母に可愛がられしわが娘赤子あやして墓前に
参る

千葉　八鍬(やくわ)　淳子(あつこ)

亡き祖母の墓参に続きわが娘曾孫を見せに祖父を
訪ふ

二か月の曾孫を抱けばわが父は口許ほころびその
目輝く

幼子は可愛がるから愛らしい気付かぬオトナ居るは悲しき
山口　安野たかし

われわれのとこに生まれてきてくれた君に感謝すケーキ食べよう

目と眉が上向き凸の弧を描くパパと外食うれしき二歳

*

足伸ばしペダルを共に漕ぐボート藍の湖面を君と漂う
岩手　山井章子

七五三孫の手を引く石畳手の温もりはあの頃の息子

背をこされ歩く速さに追い付けず孫の背中を見詰めて歩く

*

母の日は何もなくていいからね夜更けて帰る寡黙なる子に
香川　山地ひさみ

「俺のこと題材にするな」言いし子の横顔少し微笑みており

帰り支度のわれを目で追う小さな母　西病棟の灯りは消える

妻十九結婚しての二十の子仕事を終えて吾の側に住む
北海道　山本信雄

温泉の付きし家買い帰りたる息子は妻を頼りにしてる

参拝は吾の家だけの墓参り俯瞰す下に錆びにしレールが

*

芸人の本の並びし子の部屋に漱石の『こころ』すっと立てあり
岐阜　横山美保子

アレルギーの負荷試験にいく四歳はポケモンの服選びて着たり

ほうたるのやさしい光を見せくれし父を今度は吾が連れゆく

*

父の忌に着るべくさがすちやんちやんこ褞袍半纏ネルの搔巻き
神奈川　若松輝峰

父の好みの松前漬を求めきて切子の小鉢にとりわけてゐる

詞も節も甦へらせたき「白頭山節」父が戦地で唄ひし古謡

耕運機に引つ張られゆく夫の靴なづな蒲公英どかどかと踏む

山梨　渡邊美枝子（わたなべみえこ）

新しき耕運機良しと笑む夫よ老いの玩具のまた一つ増ゆ

演習の砲音ひびく夫の畑しをれし芋の葉また立ち上がる

9 教育・スポーツ

メモ用紙にぐるぐる円を描きだし「みとこんどりあいぶ」と言へり

十万年　はだすきとほり、青年が職員室の吾れに言問ふ

もうよいと吾れ言はなくに青年はノートを閉ぢてえんぴつを折る

群馬　石原（いしはら）秀樹（ひでき）

＊

ある生徒の指導をめぐり争った喉をすべる夜のピオーネ

学校へ来ぬ子の家の玄関に分身のようなサッカーボール

明日は雪になるかもしれぬ校内の時計合わせて待つ受験生を

香川　氏家（うじけ）長子（ひさこ）

＊

恒例の遠泳大会海の日も水の冷たく悲鳴飛び交ふ

大の字に海に浮かびて仰ぐ空ゴーグル越しに小さき飛行機

遠泳の途中に仰ぐ飛行機に吾も見ゆるか群青の海に

新潟　勝見（かつみ）敏子（としこ）

学童の育てる白菜実を結び地蔵様のごと冬の陽に並む

そこはかと時代にそへる元号令和いまの幼はらりるれろ得意

略されて点となりたる候（さうらふ）を拾ひ読む声一張りの窓

京都　川﨑（かわさき）文恵（ふみえ）

＊

窓ガラスわられし朝に肩おとし「なんでかのう」と君は掃きおり

声援も風となりてすりぬける四周おくれで歩く子の背

略さるる卒業式にのぞむ子へ黒板いちめん桜をえがく

奈良　木田（きだ）すみよ

＊

横にゐる君が読んでるその本は十年前のボクの愛読書

子ども半分大人半分の十七歳ひしめく中に我も笑み合ふ

話したきことまだあるにチャイム鳴り今年最後の授業終へたり

静岡　桜井（さくらい）仁（ひとし）

新春の勝田マラソンの二万人わが店前をひたすら走る

茨城　猿田彦太郎（さるたひこたろう）

マラソンの選手へ手渡す水・ポカリ受けそこねるをたびたびも見つ

四年前勝田マラソンの選手らを妻は店前に応援しにき

＊

学校へ行ってみたいとアフリカの少女は今日も水を運べり

群馬　志田貴志生（しだきしお）

高校へ行けぬ悔しさ暴力で払いし彼は今好好爺

稚児背負い三年B組教室へ入り来るKさん今も忘れず

＊

小麦色の肌の教授は本抱え夏色のスカートひるがえし行く

奈良　島本郁子（しまもといくこ）

令和初のスーパームーンに手を伸ばしたら吊り上げられて未来をのぞく

高齢者の動体視力は落ちるともあなたの嘘は見逃さないよ

四隻のカヌーが岸に沿いながら遠慮しがちに海へ漕ぎゆく

東京　清水素子（しみずもとこ）

一掻きのオールの強さ漕ぐ女（ひと）は岸辺の我と並んで追い抜く

カヌー漕ぐ人らは長旅何気ない一声掛け合い河下り行く

＊

実質プロ一年目にて全英女子ゴルフ制覇を遂げたる渋野日向子（ひなこ）

秋田　高貝次郎（たかがいじろう）

賞金はいくらですかとまじで問ふ渋野日向子の素顔　生真面目

ギャラリーと手を合はせたり写真撮る日向子はまさに新人類だ

＊

「『坊っちゃん』を読みたかった」と言ふ少女三月国語の授業は幻

長野　竹内正（たけうちただし）

はにかみて言ふ少女をりメモを手に「分かる授業が楽しかった」と

はぢらひと夢のさなかに少女らは愛しき言葉を置きてゆきけり

立ち転び立ち転びせし達磨かな土俵を去りし愛し(いと)稀れ人(まれびと)　埼玉　千葉(ちば)　勝征(かつゆき)

「行って来い」息子に託し押し切れぬアコンカグラに連勝逸す

惑いなく国民栄誉賞三たび辞す春風(しゅんぷう)の季(とき)にわれ一たびも

＊

わが指示に従ひ馬場を走るオリオン　いのち触れ合ふ乗馬の時間　神奈川　中村(なかむら)　規子(のりこ)

触れ合へるいのちのありて今を生く　われの支へとなりてゐる馬

人馬一体の時間を持ちし馬の姿目蓋に包み熟睡に入る

＊

アリーナにソプラノ歌手の君が代ひびく期待と不安いよよ高まる　千葉　西澤(にしざわ)　俊子(としこ)

ブラント選手がふらつくもなお攻め続く村田諒太よ一気に倒せ

ミドル級の王座奪還成功すわが興奮はいまなお消えず

温き茶を飲みつつ思ふ背を伸ばし今は稽古ぞ心しづめて　千葉　長谷川(はせがわ)　綾子(あやこ)

大き円たどる思ひで両腕をゆつたり下げて動かし始む

押されても動かぬ腰を感じ取り太極拳の楽しさに生く

＊

雪山に呼ばるる如く励むスキー後期高齢の身をいとしみて　北海道　林(はやし)　朋子(ともこ)

夫に従き飛び込む如く滑りゆく急斜面コース慣れるにあらず

老夫婦のウエア揃ひてスキーなせば稀なることか声かけらるる

＊

強豪の身体の大き選手らを全日本ラガーが捩じ伏せていく　京都　堀口(ほりぐち)　實(みのる)

欧州の強豪相手に勝ち進みものの見事に八強入りす

日本中歓喜の渦に巻き込みしラグビーW杯四強はならず

両膝にブルドーザーの気構へを持たせペースを落とさぬ岩場　東京　本多(ほんだ)　稜(りょう)

踏ん張つてくれたる岩よ道の端を踏み抜き崖の底へ落ちゆく

重心の取り方杉にならひつつ草のなだりをやり過ごすなり

＊

「1Bドク・ダン・フォン」書かれた黄色いカバン背にドク君春から登校の列　鳥取　本間(ほんま)　温子(はるこ)

お友達できたと訊けばドク君は体くねらせそして頷く

ドク君の日本語聞きたい傍らで母さんいつも片言交りに

＊

模試すべて終わりて残すは入試のみ児等の姿勢の固くなりゆく　奈良　松井(まつい)　純代(すみよ)

教場を閉めて歩めば足音の小さく響けり夜の大気に

闇遠く青く輝く信号灯もどり来ぬ人の心のような

ビクトリーロールの替へ歌チームソング　歌つて和める日本チームは　新潟　松永(まつなが)　精子(せいこ)

日本の平和と優しさ学びたり南アの主将の穏やかな声

十二会場の応援席に百七十万人　ラグビーチーム(チーム)は一つ　日本も一つ

＊

立ち合いに張り手喰らわす横綱の取り口未だ好きにはなれず　秋田　松本(まつもと)　隆文(たかふみ)

楕円型のボール追いゆく先にある運と不運は誰にも分からず

五十三で契約更改せしカズの精神と体力うらやましくあり

＊

地の力岩をねじ曲げいま我の三点確保(ビレー)は縦縞の溝　千葉　望月(もちづき)　孝一(こういち)

石灰岩の億年浸食やまざれば奇岩千変　ホモルーデンス

登るより降りるが難くばアンザイレン友の労り受けて下降す

前へ前へ攻める桜のジャージーに自ずと熱くなり
いるわれか

和歌山　脇中（わきなか）　範生（のりお）

慎重にボールを立てるキッカーの先に二本のポー
ルの遠さ

トライ決めしボールを高くほうりあげ己を誇示す
タトゥーが光る

10

旅

切り立てる奇岩の峰に国東の鬼棲みいしとう横穴の城

大分　阿部尚子（あべ なおこ）

仏の里に築きたるダム旱害から集落を守り農を守りく

ダムの底に沈みし農家は幾戸なりや芙蓉の紅が雨に濡れいる

＊

雲低く湧きて風花舞う里に茂吉の墓を訪ねゆきたり

愛知　荒木則子（あらき のりこ）

靴下に梅檀草の実の付くをアリバイとして冬野を渡る

ひた歩き歪んだ靴から足を抜く白き蔵王の見ゆるホームに

＊

平成のおわりの一日広島の原爆資料館見学に行く

鳥取　石飛誠一（いしとび せいいち）

係員の前へ前への掛け声に説明文は読まず進みぬ

資料館を出づれば明るき公園に木々の新緑われらを包む

湯に浸り熱帯に泳ぐ魚となる芒洋ばうやう心地よきかな

神奈川　一ノ関忠人（いちのせき ただひと）

海原の暮れゆくときのしづけさに山の端を越す鳥の群れあり

根府川の山のみかんの木に近くめぐりきて鳴く鳶二羽のこゑ

＊

あとさきの後がない灯台はチェス駒のクイーンかもしれない

東京　海野隆光（うみの たかみつ）

考へのまとまりをれば走りだす陸上選手はフォームを大事に

昼間より明るいといふこの場所の電飾の灯が樹木寝かさず

＊

水盃それ何のこと若者はいとも軽軽カナダへと発つ

新潟　大滝志津江（おおたき しずえ）

留学に餞別少し弾みたり祖母の役目はもはやそれまで

生まれたと思えばはやくも二十年留学の十ヶ月疾くすぎゆかむ

遊学の孫娘（うまご）の記念に小笠原航路の船に共に揺らるる
海原ににょきっと突き立つ嬬婦岩塒の小鳥か夕べ舞いおり
めおとにて島の案内（あない）に携わる妻は北海道育ちと告げたり

神奈川　大友（おおとも）道夫（みちお）

*

歌垣の謂れ求めて畔を行くそは放哉か否山頭火
双耳峰岩場登りて振り向けば関東平野きらめく五月
白河の関訪へば隣り合ふすべり台在り子供等遊ぶ

埼玉　岡田（おかだ）謙司（けんじ）

*

乗降客無き駅なれど駅なれば列車来て停まり発車してゆく
停車する列車、車輪のひとところレールのひとところに停まりぬ
発車する列車、車輪のひとところ触れゐしレールの箇所が光りぬ

千葉　風間（かざま）博夫（ひろお）

ノートルダムの尖塔猛火に崩るるにああと嗟歎するテレビの前で
旅びとのわれも踏みにし聖堂の段が猛火にのけぞるあはれ
ノートルダムでトイレ探してさ迷へりわが若き日の思ひ出の中

東京　勝倉（かつくら）美智子（みちこ）

*

大小の神輿に囃子と大太鼓町隅隅まで本所の祭り
お囃子と神輿導く大幣を高く掲ぐるひよつとこのシャツ
北欧に降り立つ時はいつも夜夏も冷たき霧の空港

東京　北河（きたがわ）知子（ともこ）

*

天穹に風が鳴るなり　古代ローマ遺跡にそよぐ薔薇の紫
滑らかな轍撫でたき石の道ロタンダ・セント・ゲオルギ聖堂
コンスタンティヌスも好みし温泉水飲んでみむとて市民にまじる

東京　北久保（きたくぼ）まりこ

海のなき長野県には武川忠一が氷湖と詠みし諏訪湖がありぬ

梓川に雨降りしきり降りしずみ規則正しき水の音する

人知れず葛ゆうすげの咲く岸辺史（ふみ）なき信濃にまた秋がくる

兵庫　楠田智佐美（くすだちさみ）

＊

草紅葉桜紅葉を濡らす雨一乗谷に我も濡れをり

かの谷の紅葉と共に照りてゐむ月夜忘れて来たる洋傘

死者のこゑ残して下る夕暮れの一乗谷にまた通り雨

東京　久保田登（くぼたのぼる）

＊

瑞厳寺津波の被害及びたり境内の杉若木に代わる

震災の揺れは及びぬ毛越寺池の「立石」八度傾きぬ

夜光貝キラリと光り平安の息吹感じる金色堂に

神奈川　小山常光（こやまつねみつ）

ビルとビルの間を流れ琵琶湖へとそそぐ小流れ水草揺れて

水と光もつれつつ瞬を色変えて水際へ湖（うみ）の波の寄りゆく

水鳥は小さきくちばし空へ向け大き湖のひとしずく呑む

石川　坂本朝子（さかもとあさこ）

＊

この古りし椅子に机に杉原はビザ書き続けしか夜を徹して

百万の手をつなぎあい民衆の力示して独立かちえし

戦せずかちえし独立をエストニア誇り『歌の原』十万人集う

福井　佐々木邦子（ささきくにこ）

＊

峡谷をぬふウルバンバ川に沿ひてゆく窓広き展望列車に乗りて

急登つづく鋭き山に登りつき見おろすマチュピチュ遺跡の全貌

ここに来しわれの温みを残すべし頂上の岩に手のひらを当つ

東京　沢口芙美（さわぐちふみ）

板塀の黒きをつらぬる角館丸型ポストに歩みを止む

夏日射し大音声の蟬と化し枝垂桜を伝ひて熄まず

庭木々を伐らざれば屋敷も遺りしとふ真澄も見けむ樅の大木

静岡　柴田　典昭

＊

穂高岳雨降り出でて朧なる山の狭間をバスに揺れ行く

奥飛騨の川の底より湧き出づる露天の湯船に子らと寛ぐ

土手の道下りて着きたる五箇山よ山里深き合掌の里

東京　菖蒲　敏子

＊

野辺山にむかへば鉄路に沿ふ河原洪水の土砂堆くつむ

席を詰め列車に眠る高校生八ケ岳より下りてきたらん

ホームより甲斐駒ケ岳見えてをり無人となりし長坂の駅

千葉　鈴木ひろ子

雲海は天井の雪あを空の鳥なき界を飛機はゆくなり

〈釈迦頭〉の脳を裂きて甘き香をむさぼり喰ひぬ阿修羅のやうに

花嫁をしよひこに背負ふ花婿の婚儀といへどいのちがけなり

東京　鈴木　良明

＊

連日の開花宣言に心かろく近くにしようと三姉妹の旅

桜花咲く新宿御苑に追ひかけて長蛇の列について進めり

江戸時代の内藤家庭園あとの池には黒き鯉らが巨き口あく

茨城　関　千代子

＊

聖堂にオルガンの音流れゐてわたしは黒きマリアを見あぐ

旅先に読める歌集の言の葉が乾く脳にしみこみてゆく

トランクの中に詰めこみ歪みたる夏の帽子も旅に疲れしか

茨城　竹内　彩子

微笑みて「水に流す」とベトナムのガイドは語るかの国のこと

兄さんが戦争に征きしフンさんに返す言葉を迷いて黙す

両国の歴史に恨のなきを知り安堵し訪うホーチミン・シティ

東京　多田（ただ）　優子（ゆうこ）

＊

連れ合いと北の国への古稀の旅水無月十日函館空港

函館の路面電車にガタゴトと揺られて巡る一日乗車券

望郷は望洋とした海のごと漂う先に虹色にじむ

神奈川　田中（たなか）　節子（せつこ）

＊

青ふかき不知火の野に筑紫野に麦色づけり朱夏遠からじ

巨き蝶の羽広げたる形して大佐渡小佐渡海に浮かべり

われは舳に子は艫に乗り大沼のま中にカヌーを漕ぎ出だしたり

鹿児島　泊（とまり）　勝哉（かつや）

ｅチケットを搭乗口にかざしをり緊張・解放そして旅人

まちあるきマップ片手にたどり着く三ノ輪駅から雨の竜泉

〈風天〉とふ俳人逝きて二十余年旅の駅舎に揺るるコスモス

香川　乃川（のがわ）　櫻（さくら）

＊

車窓より近々と見え雪被（かず）く木曾の山脈（やまなみ）聳ゆる高し

諏訪湖より出で来し水の天龍を過ぎて流れは大川となる

思い立ち飯田線の旅に出（い）で来たり五時間余りか豊橋に着く

千葉　野田（のだ）　忠昭（ただあき）

＊

樹々ゆらすヘディンの聴きし風の音われも見てみむマナサロワール湖

暗闇の岩場を過ぎて仰ぎ見る朱く染まれるカイラスの襞

雪の上に五体投地する人の一途な祈り我にあらむや

埼玉　橋本（はしもと）　久子（ひさこ）

夕光(かげ)の塩田に人影長く伸び能登路の旅は珠洲(すず)に泊りぬ

千葉　長谷川(はせがわ)祐次(ゆうじ)

いにしへゆ伝ふる珠洲の塩づくり能登の塩田に春の月光(て)る

奥能登の珠洲の入り江をゆく漁船(ふね)に曙光(ひかり)とどきて人影の見ゆ

*

夏の日の駅に来たれば重き荷を引きずり旅の途上の人ら

岡山　濱田(はまだ)棟人(むねと)

鎌倉にて一夜をすごすいきさつは鶴といふ名の台風のせゐ

由比ヶ浜の海は荒れつつ板に乗り揺れるサーファー運命いかに

*

鎌倉の切り通しの道ゆつくりと歩めば前に杏々山荘

徳島　日向(ひゅうが)海砂(みさ)

『白き湾』の我の前に広ごれり山荘の風師のいますごと

ふりむきて鎌倉の海をのぞみたり朝の光に白がねのはゆ

滑川の東勝寺橋を渡り来ぬ草叢と果てて東勝寺址

埼玉　平塚(ひらつか)宗臣(そうじん)

鎌倉幕府滅亡の地ぞ自刃せり北条八百七十余人

湿りたる朽ち葉を踏みて高時の腹切りやぐらの墓標に着きぬ

*

さくら色の布広げるごと花つけて枝垂れ桜はやさしくお辞儀す

東京　深沢(ふかざわ)千鶴子(ちづこ)

武家屋敷の黒塀続く角館桂の甘き香街に漂う

奥入瀬に沿いて杖つき歩む父に異国の人も道譲りてくる

*

夕映えの能登の棚田を前にしておにぎり思ふ血糖値高きに

奈良　藤田(ふじた)幾江(いくえ)

朝倉氏の遺跡や庭の石組の配置の美し京都に学びしと

小次郎が「燕返し」をあみし場所一条滝の飛沫をあびる

延々とつづくアンデス山脈のふもとにアルパカ群れて草喰ふ

奏でゐるフオルクローレの哀調が胸に沁みゆく民族こえて

越えゆける大キレットの夏空にうす雲ながれ日暈かがやく

埼玉　細貝（ほそかい）　恵子（けいこ）

＊

丘の上海岸（うみぎし）小道の奥処にと五島の教会凛と佇む

殉教の聖ヨハネ五島十九歳その聖骨の白さ哀しも

聖マリアに見たてし潜伏キリシタンの貝の虹色いまも輝く

石川　松本（まつもと）いつ子（こ）

＊

胸弾むニューヨーク州はロチェスター空港着陸今外は夜

途中道バスドライバーの英語の説自分はジャズのシンガーなると

和服着てさくらさくらを歌ふかなアメリカ翻訳者会議のデクラマシオン

千葉　水崎（みずさき）野里子（のりこ）

心躍るスイス人気の氷河特急流れゆく山岳絶景を楽しむ

足元の可憐な花に励まされマッターホルン映す湖に向かふ

今日一日マッターホルンで明け暮れせし八十七歳の吾が誕生日

福岡　宮邉（みやべ）　政城（まさき）

＊

雪積もる十和田観光電鉄の古い駅舎も今はまぼろし

みどり濃き廃線跡に立ち入りぬ神隠しとは真昼の闇ぞ

透明な遮断機下りてあの世から貨物列車が走り来る音

茨城　武藤（むとう）ゆかり

＊

大糸線一里一尺雪深む信濃大町糸魚川へと

寒晴れの多島美の海渡りをり吉備笠岡の句会に行かん

砂文字の寛永通宝俯瞰せるこれぞ瀬戸内アートの先駆け

香川　村川（むらかわ）　昇（のぼる）

居間に見し珊瑚の海に七色の小魚(いさな)手に触(ふ)るここはマヌカン

キナバルの懐にあり人々の絶壁の大地陸稲稔る

ザビエルの丘に上れば金子光晴(みつはる)の南洋の森雲居はるかに

茨城　村山(むらやま)　重俊(しげとし)

＊

世界遺産の街巡りつつ黄昏の「来遠橋」に暫し佇む

春節の近づく街の人混みを電動カートに揺れつつ巡る

二十年ぶりに訪ねしベトナムのバツチヤン村の陶磁器の店

東京　八島(やしま)　琢二(たくじ)

＊

年たけて西行ふたたび越えし峠(たを)小夜の中山茶の香り立つ

峠みち笹生のをちこち笹百合のくれなゐ淡く花の匂へる

名にし負ふ夜泣石の面(も)手に撫でて名号となふ女(をみな)のえにしに

三重　山岸(やまぎし)　金子(かねこ)

一辺と一辺いつかまじはらむ無人の駅にサルビア真紅

海に向く白きホテルの外階段「自衛官募集」の旗ひるがへる

旅に生き風を歩みし山頭火　個人雑誌は「郷土」なりけり

長崎　山北(やまきた)　悦子(えつこ)

＊

城山の鐘を愛でたる牧水を熱く聴かむと五ヶ瀬川(ごかせがわ)を過る

景勝地の岸辺の桜巡りたり妻と旅せし北上を恋ふ

火の国の移築せしとふ古民家に太き梁見て田楽を食む

大分　山口(やまぐち)　勝久(かつひさ)

＊

人家なき八幡平(はちまんたい)に棲むからす赤松の枝(え)についばむはなに

いにしへの噴火あとなる鏡ぬま晩夏の雲をみづに遊ばす

赤とんぼ肩のリユツクに来て止まり帰りゆきたり湿原の空へ

東京　山田(やまだ)　訓(さとし)

ゆるゆると加計呂麻島（かけろまじま）に時ながれ信号のなき島長閑なり
わがバスのフロントガラス過る鳥、赤翡翠（あかしょうびん）ぞ歓声あがる
海の辺の砂地に茂る阿檀（あだん）の実熟れて奄美のひかりを反す

東京　山仲（やまなか）　紘子（ひろこ）

＊

静かなる舞鶴湾に外つ国の観光船が夜をきらめく
息子より「のぞみ」の切符贈られて迷いふっ切れ旅人となる
枯れ葉透く氷の道を行きながら上高地をわれ独り占めする

大阪　山本田鶴美（やまもとたづみ）

＊

復元をされし竪穴住居のすみ弥生の土器のほんのり浮かぶ
藁屋根よりさす月影に光りしか弥生の土器に満ちたる水は
天の川流るる音を聴きたりけむ埴輪少女も埴輪の馬も

神奈川　山本登志枝（やまもととしえ）

摩天楼に真向ひ朝の化粧するガラスの壁が夏の陽かへす
映像に写真に馴染みしマンハッタンその只中に吾ゐる不思議
五番街のトランプタワーの足もとに小さき吾らひつそりと立つ

千葉　山本（やまもと）　文子（ふみこ）

＊

山房の庭木々の間に遠のぞむ諏訪の湖（うみ）なり赤彦の湖（うみ）
おもむろに黒雲うごく範囲にて湖上を白き雨脚移る
曇りより差す陽のあればひとところ湖面（うみも）に白く湛ふる光

神奈川　結城（ゆうき）　千賀子（ちかこ）

＊

富士につづく遠き山並み日々眺め今日は間近に杉山暗し
八十四歳まだ若くして秩父路を巡る後に従きて和めり
雨降らず風も起らず曼珠沙華咲く木の間より舟下る見ゆ

埼玉　湯沢（ゆざわ）　千代（ちよ）

忘れ得ぬロシア民謡の数々によみがえる若き日の
歌声喫茶
あれがわが青春だったか貧しくも熱く友らと歌い
しトロイカ
富山　米田（よねだ）　憲三（けんぞう）
この国に捕らわれて極寒を耐えし叔父寡黙に生き
て十三回忌過ぐ

＊

現在（いま）のことのみを思ひて見るべしと紅葉（もみぢ）炎えたつ
峡谷に立つ
高知　依光（よりみつ）ゆかり
追憶の尾瀬にふく風つよければワタスゲ首をふり
てゐたりき
大歩危に向きゆく道に出逢ひたる猿のジャンプに
思はず拍手

＊

藤村の詩を訪ねて信濃路の峠（たわ）に流るる佐久の草笛
徳島　籟（らい）　青冬（せいとう）
晩鐘の韻は未練の子守り唄枕にしみ入る三界の宿
生も識らず死もまた何れと尋ね来て京化野の万灯
に佇つ

塔（タワー）より見下ろす五稜郭（ごりょう）さ緑に萌えて志士等の息憩
ふこゑ
山梨　渡辺（わたなべ）　忠子（ただこ）
信仰を持たぬ身浅く木片の教へ仰ぎぬ「祈り働
け」
「赤とんぼ」ここに作詞と三木露風偲ぶ岡の上緑
勢ふ

11

戦争

数万のひと焼かれつつ飛び込みし三月十日の隅田川はも
百歳の語る空襲　背の子が焼け焦げたるも知らず惑ひき
引き攣れし堅きかたまり百歳の手のひらにいまだ残る戦争
東京　磯田ひさ子

＊

兄と叔父祖父祖母叔母と従兄たち平和の礎に名のみのこりぬ
冷水をかけつつなぞる死者の名よ骨は南の海に沈みぬ
炎天下くらくらくらと眩みたり二十万余の死者の名の中
沖縄　伊波　瞳

＊

ソ連軍侵攻なりて昼も夜も真夏に苦し防空頭巾は
満州と言う国のあり思い出はサーチライトと灯火管制
学舎も国さえも無く故郷は幻なりて満州と言う
埼玉　上村理恵子

八月の被爆地の空に浮かびしは入道雲にあらずキノコ雲なり
爆死せる人らの魂のゆらめきか八月の長崎かげろうの立つ
八月の空の蒼さは涙色ヒロシマ・ナガサキそして敗戦
埼玉　大川　芳子

＊

抱く犬のかそけき鼓動たしかむる雲の峰高き八月六日
ボール置きバットを置きて若者がいがぐり頭を垂るる一分
ほろ酔えば異国の丘を歌う叔父令和の御代を五時間生きた
岐阜　大橋　順雄

＊

先生に従ひゆきて、星座図を買ひてもらひき　敗残の日に
国敗れて身は若かりき。胸あつく　奔馬のごとくたぎる思ひ出
杖引きて　桜の山をのぼるなり。おもかげに顕つ、なべて亡き人
東京　岡野　弘彦

銃剣を敵(てき)兵の腹部に刺し込んでそして捩じれと教えられ
率先し刺殺の訓練励んだ少年大きな会社の社長となりき
こわごわと刺殺の訓練受けた少年物理学者にならんとせしが
京都　岡本(おかもと)　榛(しん)

＊

戦場に発ちゆく兄を見送ると皇居に母は吾(あ)を負い行きしとぞ
幼かる吾れも出征を見送りし伯父は南の島に果てたり
「この戦(いくさ)征きたくない」と伯父言いしを母は後々吾れに話せり
東京　奥山由紀子(おくやまゆきこ)

＊

宙づりに咲く凌霄(のうぜん)花の代赭色褪せたる軍帽父は脱がざり
よろづ世にたちて青銅の少年のすがしき命　とどまらざらむ
ゆく秋の夕陽のなかにゆらら穂の豊けくにほふ斎(ゆ)には黄金(くがね)田
鹿児島　菊永(きくなが)　國弘(くにひろ)

＊

戦争を語らざるまま死にたれど父母のじかんは祖国の時間
八本の手に武器持ちて弁財天　闘ふときはまづ笑みたまへと
浮橋のごとくわたしは戦はむ水を忘れず人を忘れず
千葉　北神(きたがみ)　照美(てるみ)

＊

焼けただれし人らの肌にチンク油を塗りたることをわが手は記憶す
水・水と我らを呼びし被爆者のあまたなる声今も忘れず
爆死者をつぎつぎ担架に運びゐし看護学生　丹那の土手に
島根　古志(こし)　節子(せつこ)

＊

大国と争ひはじめし十二月は乳呑児なりきひたに泣きけむ
疎開地の小川の底の丸石を踏みにし記憶足裏(あうら)にのこる
幼日を父親ひとつ子らひとつ母食べざりし戦後の卵
大分　後藤(ごとう)　邦江(くにえ)

手術後は泣かずと決めて頑張りし我も愛国少年なれば

静岡　近藤(こんどう)　茂樹(しげき)

里人はわが家のラジオへ居並びて玉音放送に頭を垂れ居たり

「教科書に墨を塗るべし」敗戦をしみじみ知った小学生わたし

＊

「モルモットにされた」台詞ノーカット版深夜に見入る映画「ひろしま」

埼玉　菅野(すがの)　節子(せつこ)

エキストラ広島市民八万人当時のままに被爆者となる

倒れたる屋根に圧(あっ)され喘ぎゐし山田五十鈴に凄みきはまる

＊

黒い雨ふと思い出づ俄雨ひたいにうけて丁字型相生橋(ていじがたあいおいばし)

東京　鈴木(すずき)　淑枝(としえ)

写真展ジョルジュ・ルースは広島の被爆以前の市街図展(ひら)く

望の月皓々と照る太田川手脚の影よ人の聲(こえ)する

潜水艦ボーフィン艦内はしゃぐ孫　対馬丸には何人もいた

東京　鈴木(すずき)　正樹(まさき)

遺物見せ日系ガイドの言う言葉　野砲も戦車も小さな日本

観音は白き右手をゆったりと地球に伸ばしホノルルに座す

＊

学年を中隊と呼びクラスをば小隊と呼ぶ忘れえぬ悪夢

神奈川　武市(たけいち)　治子(はるこ)

鍬を持ち運動場を畑とすさつまいも植え読み書きはなし

英語をば敵国語とし和訳(わやく)をし難しく呼ぶ未だ戸惑う

＊

一枚の紙切れになりて母の手に父帰りたり昭和十九年

岐阜　近松(ちかまつ)　壮一(そういち)

父の死のわけを知りたる幼き日ひきずる吾のいまなお戦後

棹秤に鉄屑吊す男の手荒れていた皆貧しき戦後

思い出は歌につながる君逝きて忘るることなし二
十五回忌　埼玉　戸田美乃里（とだみのり）

父戦死大黒柱となりし母逝きて墓前に添える白菊

仲良くね平和の声の交交に軍拡競う人間の闇

＊

散る桜残る桜も散る運命（さだめ）少女の日々を流行（はや）りし
言葉　神奈川　永平緑（ながひらみどり）

B29魔鳥のごとく襲来すかの銀翼の忘るることな
し

友や師のあまたの命奪ひたる捕虜の若さへも涙こ
ぼれき

＊

空襲の三月十日は忘れない戦火に怯えし五歳の記
憶　千葉　中村正興（なかむらまさおき）

我が軍の被害軽微と報ずるも本土空襲激しくなり
ぬ

戦争の被災者なれど補償なく七十五年の過ぎて虚
しき

ひめゆりは潮の香のする美しく賢明にある女学生
達を　静岡　袴田ひとみ（はかまだひとみ）

両側に平和の礎続く道海までと見ゆ平和祈念公園

矢印にサイパン島と玉砕の南の義父に思はず手合
はす

＊

ベトナムの少年の眼に疲弊あり国境のなき地球儀
の欲し　愛媛　橋本紀代子（はしもときよこ）

移りゆく雲の流れに人の棲む星の戦を愁ふる石仏

地中海野菜たつぷり激辛のカレー　原爆劇を見る
夜

＊

プロペラの紅きが眩し零戦がわれら迎ふる鹿屋の
史料館　東京　福島久男（ふくしまひさお）

五十五の命の重さひつそりと神雷部隊の桜花の碑
あり

真昼間に息を吸ひ込み目に焼きし遺影と遺書を温
むる夜

雨に咲く青き四葩の冴え冴えと令和元年けふ沖縄忌

愛知　堀井（ほりい）弥生（やよい）

母恋ふる戦場の辞世歌わが胸に澱む夜の更け梅雨星ひとつ

熱狂に始まりしとふパールハーバー辿る戦禍に国論といふもの

＊

夏歌ふ者の心を人知るや　咽喉（のみど）かれゆく夏の鶯

広島　森（もり）ひなこ

オバマ氏の折りたる鶴をまだ見ない外来新種のにほひしさうで

鳥籠の骨のやうなる条約に守られわれら気味悪く生く

＊

敵国より空襲予告の電話あり　和の正装にて逃げ切る夢なり

東京　森（もり）玲子（れいこ）

敗戦を終戦と言ふ人の多くなり　逝く歳月と言葉の怖さよ

現アベはー、A級戦犯・絞首刑を逃れし岸信介の孫なりき

蔵窓でこはばりてみしキノコ雲あの日の蝉がけふも鳴いてる

山口　森元（もりもと）輝彦（てるひこ）

青空のB29の機影光るみて松根油集めき終戦日の昼

怪魚釣るパプアの沖に幾万の兵の沈みき青きサンゴに

＊

いただきし筍包む新聞にふとも見つけし遺骨収集

福岡　柳原（やなぎはら）泰子（やすこ）

インパールに生き残りたる山の友言はず語らず逝きて語れず

望郷の思ひに名付けし筑紫峠に眠る遺骨よ安らかにあれ

＊

いくさ場に夫征かしめし若き母夫を返せの言葉は聞かず

兵庫　山城（やましろ）隆子（たかこ）

芋を売り僅かばかりの現金に三人の遺児を助ける人なし

軍作業の仕事のありて働けど過労にたおれ痩せて戻りぬ

終戦記念日全国戦没者追悼式諸国に加害の責務に
触れぬ　　岡山　山本(やまもと)　幸子(さちこ)

破れたる国の故にか七十四年経て君の父未だ御骨(みほね)
還らじと

戦なき一代と告らすも両陛下災難(なん)数多受けし民に
添ひます

＊

赤紙の茜いろをばおぼろげに覚えてゐたりをさな
日われは　　徳島　吉村(よしむら)　喜久子(きくこ)

戦没は三百十万外つ国に二百万人安らぎゐむか

いくさにて果てたる父の星よとふ母の言の葉今想
ひだす

＊

色あせし写真にのみ知る父にして出つ歯の顔も優
しかるもの　　栃木　若林(わかばやし)　榮一(えいいち)

子の顔を見ず名をつけてニューギニアに散華の父
を思ふ夏来る

人気なく蝉鳴く路地の行き止り国旗掲げてゐる家
のあり

空と海ネモフィラの青どこまでも　平和さへふと
忘れてしまふ　　東京　和田(わだ)　倫子(みちこ)

ネモフィラの今日咲く原に訓練を受けし兵士ら南
方に散る

伐られたる槙の樹齢は九十歳戦火にをののく日日
もありたり

＊

燃えさかる炎に追わるる六郷橋居合せし巡査「貯
水池に逃げよ」と　　千葉　渡邉(わたなべ)　光子(みつこ)

貯水池に天のめぐみか掛け布団流れ来引き上げ被
りてしのぐ

繰り返し東京大空襲語りたる母よ74年経てもわれ
は忘れず

12 社会

法律をつくりてマスク禁止する笑ひ誘へる幼さ覚ゆ

岩手　赤澤（あかざわ）　篤司（あつし）

中学生もデモに連なる香港の市民の怒り巨獣に向かふ

香港の市民のこころ揺さぶるは思想ではなくひとつの願ひ

＊

本当に美しき国か沖縄の海を汚して土砂投げ込まれる

山形　朝倉（あさくら）　正敏（まさとし）

ヒロシマとナガサキ・フクシマとカタカナの日本の傷はいつの日癒ゆる

腹の立つことの多かるひと日なり拳を握りわれは寝につく

＊

山削られ海を削られ沖縄の心削られ次何削る

沖縄　あさと愛子（あいこ）

届かざる県民投票国会に「令和」になるもまた裏腹か

首里城は風強き日の神かくし一夜に消ゆる「世界遺産」よ

令和へと元号の変はる前日に新体制の沃野誌届く

静岡　安達（あだち）　芳子（よしこ）

朝七時の花火合図に令和へと静かに時代の幕の上がりぬ

カトレアの花咲くごとき笑顔見すパレードの日の雅子皇后

＊

生まじめな判事のほかは生き延びる衣食の足りぬ闇の時代を

静岡　渥美（あつみ）　昭（あきら）

庭先の芋苗すべて盗まれて互ひに背負ふ戦後の混乱

満ち足りぬ昼餉に芋を足す兒らと校庭耕すつるはしの音

＊

国もちしユダヤの民の変貌を隠れ住みにしアンネ願ひしや

群馬　天田（あまだ）　勝元（かつもと）

笑ふチャンス求めて来たる観客にいよいよ冴ゆる「つる子」の話芸

窓に向きさつと紅引き振り返る看護師束の間女性に戻る

一度だけ死んでみたいの　つぶやきは山の中でも受信されたり
東京　飯田（いいだ）　健之（たけゆき）

タバコ屋の奥は小上がりばあさんが行き交う人に見え隠れする

見る人もいないのだけど銭湯のけむりが雲につながるところ

＊

イーハトーブにブドリが降らしし雨と施肥　旱魃の世に慈雨は遠しも
埼玉　井ケ田（いけだ）弘美（ひろみ）

さらんさらんげと詠いし人の沖縄の踊りをおもう辺野古をおもう

麦藁のストローがいい飲みこみしクジラの胃の腑に日向の温み

＊

日の色のごとき民族衣装を纏ひたるネパールの人と過ごす真夏日
島根　石橋由岐子（いしばしゆきこ）

野菜作るネパールの人の細き腕に日本と変はらぬ農政を見る

冷蔵庫も洗濯機もあるにお手伝ひはゐないのかと問ふネパールの人

平成の名残惜しむか今日の雨慎み畏み両陛下送る
東京　泉谷（いずみや）　澄子（すみこ）

天皇の最後のお言葉確と聞く戦なかりし御代（みよ）思ひつつ

松の間を退かるる時に身を返し陛下はゆつくり一礼さるる

＊

横列の乗客十人位牌もて拝む形にスマホしている
和歌山　井谷（いたに）みさを

着崩れたスーツは中間管理職苦労煮しめたように歩めり

マスクして速歩に通り抜けて来ぬコロナウイルス蔓延の街

＊

わが死後と思ひをりしをやすやすとベルリンの壁くづれゆきたり
福島　伊藤（いとう）　正幸（まさゆき）

平成の澱とし沈むは重々と一強多弱の政治なるかも

平成の混濁の世を濾しゆけばぽつりぽつりと平和の雫

行く先は御伽の国かカラフルにラッピングされし保育園バス

大分　稲葉（いなば）　信弘（のぶひろ）

昭和の代田圃でありしわが周囲スーパーが建ちマンションが建つ

新元号「令和」寿ぎ世の平和希ひて門に国旗掲ぐる

＊

狛犬は確定申告のたすきかけあ・うん・並びぬ社殿の前に

東京　内田（うちだ）　くら

お正月迎ふるごとし平成の御代は終りて令和の明ける

雨止みて陽射しやさしく即位の儀令和の御代を寿ぐごとし

＊

まぼろしの柏原発再稼働していれば千葉の停電はないらしい

埼玉　生沼（おいぬま）　義朗（よしあき）

義損金を募集している人のあり、何のためかはついにわからず

崎陽軒の不買運動あおられてシウマイ弁当食いたくなりぬ

日本の民帑（みんど）と民度に言及し象徴天皇御退位静か

大分　太田（おおた）　宅美（たくみ）

美智子さま娶りの映像その秘話も公開されて「平成」終る

皇室に入れば則ち平民でなく「象徴」の厳しき立場

＊

コロナ禍を試練の時と受けとめて自粛の中に自己を見つめる

茨城　大森（おおもり）　幹雄（みきお）

甲子園は高校球児の聖地なり犯してならぬ新型コロナ

目を閉じてイヤホンを付け笑む義父に声かけられず施設を去りぬ

＊

安田純平判断ミスは自己責任とひとみの光る言葉は重い

茨城　小河原（おがわら）晶子（まさこ）

三年四か月の拷問に魂の狂うことなく善（よ）くぞ堪えきし安田純平

ジャーナリストの執念は時に命を省みぬ正義に燃える安田純平

薬では飢えや渇きは治せぬと水路作った中村医師逝く

茨城　小野瀬(おのせ)壽(ひさし)

街頭で首相を野次れば止められて首相の野次は繰り返される

詩織さんの勝訴を語る姿見る十一日のフラワーデモに

＊

命ある奇跡の星にいま在るを何の戦(いくさ)ぞ土ふみてゆく

高知　梶田(かじた)順子(みちこ)

権力のひた走る音聞くごとしうらうら春の裏の危ふさ

靄の中いまだ眠りの高台の家家に配る「九条」ニュース

＊

沖縄に基地ある限りカメジロウ不屈の人の名は忘るまじ

沖縄　我那覇(がなは)スヱ子(こ)

百年の安心何処へホセ・ムヒカ「国信ずるな」思い出す令和元年

戦後の日「麦飯食え」と大臣言い消費税値上げ「鯖缶を」とう

閉づるとき軽き時代と言はるるを良しとぞ思ふ新元号は

埼玉　上條(かみじょう)雅通(まさみち)

識者また評論家といふ人々の言葉のむなし我は目にせず

花冷えの今夜連合王国の進路は如何にテリーザ・メイよ

＊

終る日と始まりの日はつながりて今迎へたり令和元年

栃木　河原(かわはら)栄(さかえ)

四度目の元号令和けふ迎ふ老い重ね来て卆寿なかばを

新元号五月の庭を妻植ゑし真紅の牡丹祝ふごと咲く

＊

街角の防犯カメラに見張られて友を待ちおり早よ来よ友よ

長崎　菅野(かんの)多美子(たみこ)

元号の変われど民草われの身にさしたることのあると思わず

騙す無恥騙さるる無知の寂しさはいずれにありやじりじり炎暑

残業を終へたるのちを明るくす夜間工事のバルーンの灯は　埼玉　岸野亜紗子(きしのあさこ)
チューリップさはに揺れゐる泰平の馘首の時にたやすき国に
平成はなかつたことになりさうで〈昭和天ぷら粉〉のネオン見ゆ

*

暁闇に火群(ほむら)まあかく燃えさかり首里城滅(ほろ)ぶ平和のときに　東京　木下(きのした)　孝一(こういち)
首里城の正殿がいま崩れゆく燃えさかる火の真髄を見よ
アメリカの砲火に首里城の燃えしとき囲(めぐ)りの街も廃墟なりしか

*

コロナウイルスの感染予防に籠る日日火星探査車の名は「忍耐力」　東京　清田(きよた)　せい
接触を飛沫を避けよ吐息出づ　日向水木に小花ほころび
積みてある全集崩すその一冊改めて読む読み浸る『ペスト』

咲き盛る白さるすべりを揉みしだく南西の風ゆううつ日本　千葉　久々湊盈子(くくみなとえいこ)
夜の河満々としてさかのぼる黒きうねりを権力と呼ぶ
時差というほどでなけれど東京と那覇に明けゆく空の濃淡

*

日曜歌壇に政府批判の歌多し　読む政治家の一人ありや　茨城　草間(くさま)　とし
日本はどうなるのかと誰にともなく呟きてテレビを消しぬ
九条は錦の御旗平和の基われらこぞりて護り抜くべし

*

障がい者の社会参加に福祉問わるる国会が舞台テレビを追いぬ　東京　小島三保子(こじまみほこ)
活動とともに支援のあり方をまずは見守る二人の議員
守りくれる大人はおらず心愛(みあ)ちゃんも結愛(ゆあ)ちゃんも既に新盆

ためらいも止(とど)まるもなきＡＩ兵器かく非道なるにむらがる企業　東京　小林(こばやし)登紀(とき)
技能学ぶと来し外国人に福島の除染作業をやらせいる国
低賃金の外人増やせどこの国の雇用のひずみの解決ならず

＊

退位即位十連休に浮かさるる真中(まなか)にゆるみ憲法記念日　長野　小宮山(こみやま)久子(ひさこ)
古き御代の梅花のうたげ　散る花を詠みのこりたる三十二首よ
平成が令和になるも変はるなし昭和短歌をわれはひきずる

＊

令和なる何度聞きしもヘイワなり書いて話して耳をすまそう　東京　小見山(こみやま)みよこ
傘を打つ雨音にぶく降りつづく佐賀の大雨つくづく祈る
落葉のプラタナス持つ母子連れ回しあそぶ声のたのしき

はなやぎの入学式は五日前おのこが一人傘差して行く　神奈川　三枝(さいぐさ)昂之(たかゆき)
振り返るわれに会釈を返す人遠さはこころの近さである
百日紅(ひゃくじつこう)はまだ動かない草木が人が時代が奔る四月を

＊

「おとっつぁん、トチるなよ！」とて「お言葉」を祖母は囃しき昭和某日　神奈川　斎藤(さいとう)寛(ひろし)
「朕惟フニ…」と垂訓せしは「おとっつぁん」に成り上がりぬ其(そ)を戦後と称す
「天皇制の本質は差別」と説くコラム独立国をなせり紙面に

＊

平成の最後惜しむか小糠雨皇居のみどり霧にけぶれる　東京　榊原(さかきばら)勘一(かんいち)
五月一日令和の御世の弥栄を妻と並びて神の御前に
甥夫婦の笑顔ふくらむ筍を令和初日の祝ひ膳にせり

平成はいくさの無きこと誇りなり無私なる陛下の望み通りに
埼玉　坂本彌壽子

おちこちに「平成最後」が氾濫す昨日に続く明日にすぎぬに

「令和」とう新元号にまず浮かぶ「巧言令色鮮仁」

＊

沖縄に寄り添うなどとよくも言う民意黙殺工事を始む
東京　ささげ・てるあき

老いるとも馳せて行きたし美ら海へ土砂投入に胸は震える

災害の復旧工事遅遅たるに何ゆえ急ぐ辺野古の埋め立て

＊

スタッフにうながされ我下町の施設で遊ぶ土曜日の午後
東京　さとうすすむ

体操や脳トレしたり下町の施設の風呂で気持よきもの

歌うたいぬり絵をしたり下町の施設で一日楽しくもあり

3・11を契機に帰化決意というドナルド・キーン氏逝く日本人として
宮城　佐藤冨士子

スマホ掲げ新元号を知らす人バス停に沸き上がるどよめき

高齢化に例年開催危ぶまる敬老会に謹みて座す

＊

八十九歳八十九年の研鑽に中西進氏元号を生む
埼玉　里田　泉

和をもって尊しとなす日本の心大事とわれの一生は

梅花の宴前書きと和歌コピーして呉るる友あり四月の半ば

＊

湧き水に芹の花咲く山道を伊藤千代子の顕彰碑まで
埼玉　下村すみよ

獄死せし十八年後に建てられし碑に恩師なる文明の歌

六月の風に吹かれてきらきらし千代子の里より見やる諏訪湖は

家ぢゅうの辞書を開いて見るときにおほよそ「令」
の一義は「おきて」　奈良　勺（しゃく）　禰子（ねこ）
千代に八千代に続く万歳三唱のマイクは拾ふバン
ザイクリフ
山ゆかば草生す廃墟美しく調和するなら君のゐぬ
世で

＊

首里城の復元なりしを喜びたる夢のようなる平成
の日よ　沖縄　謝花（じゃはな）　秀子（ひでこ）
首里城の燃え崩れ落つる早暁の映像にただ涙こぼ
るる
夕闇のライトアップに浮かびたる美（は）しき首里城い
まは幻

＊

春陽気パステルカラーの房州にブルーシートの家
並の残る　千葉　園田（そのだ）　昭夫（あきお）
炎昼の平和行進あゆみ来てこころしずめに『夏の
花』繰る
路地の奥うすく残れるけんけんぱつま先立ちて朝
ビラ配る

夏の恋破れた海でまた生まる台風というドライな
目つき　宮城　武田（たけだ）　悟（さとる）
反社会的眼（まなこ）のままに台風来制御不能のＡＩのごと
キャッシュレス社会は嫌だ十円を握り駄菓子を買
うは情操

＊

アレッポの破壊の街に青年の売りゐるトマトの山
瑞みづし　神奈川　田代（たしろ）　弥生（やよい）
出土せし縄文坂のかはらけに触れてさみしき文明
の子われ
求めゐしちちははの愛　心愛さんの未来のやうな
梅花ほころぶ

＊

朝な夕な「ＣＯＶＩＤ・19」ニュースに兢兢と果
つるはいつや白木蓮咲く　大分　玉田（たまだ）　央子（てるこ）
「ＣＯＶＩＤ・19」感染しるす赤き色おどろ棘（おどろ）し
五大陸マップ
須く東京五輪は延期なる世界の罹患五十万超

戦争などなくとも人は死ぬことのずつしりとして終はる平成

北海道　月岡(つきおか)　道晴(みちはる)

はらわたか肺かこころか身の洞(うろ)をめがけてうたは降りてくるもの

余所行きのアルファベットのＴＯＫＹＯの文字のなかにはＫＹ(空気読めない)がある

＊

特急の通過待ちゐる無人駅夕日のなかば山にかくれつ

大分　津野(つの)　律餘(りつよ)

女学生の真水のごとき衣がへけさの無人駅白の眩しき

終電車のテールランプの消えしのち無人駅しづかに身をのばしたり

＊

薔薇園にアンネ・フランクの名をつけて薔薇あり感情が重くなる

神奈川　十鳥(ととり)　早苗(さなえ)

そうアンネ・フランクがわたしのなかに入った昭和　遠い昔でない

昭和の顔して平成をやり過ごしつつわたくしはしかし疲れた

ボクサーは「こころが折れたら死」と言ってリングで闘う青年の意気

富山　永井紀恵子(ながいきえこ)

のんちゃんを雲に乗せたり羊雲ふいに降る雨消えし物語

人間をコロナウイルスが閉じ込めしクルーズ船は呻吟(さまよ)うばかり

＊

戦(いくさ)なきを平和と思ふや日本の凶悪犯罪絶えし日の無し

山梨　中嶋(なかじま)　長續(たけつぐ)

犯罪を勧(すす)むるがにも巧みなる刑事ドラマのテレビに流行(はや)る

多数党民主主義とて強引(がういん)に議決されゐる暴力国会

＊

花粉症くしゃみひとつも遠慮するコロナ騒ぎで心は晴れぬ

栃木　仁平由美子(にへいゆみこ)

白梅の香り深々吸いこみてほんのひとときマスクを外す

一晩でマスク五枚縫いあげる横浜へ送らん介護士の息子に

一望の砂漠と化しし貧国に命を懸けし灌漑の水
信念を貫き貧しい人のため捨てし中村医師の命ぞ合掌
勲功を刻む勲章表彰を賜うも無念継ぐや後輩

京都　野﨑恵美子

＊

豊かなる水ある星に住みながら裸足の子らが濁り水飲む
ユニセフや助け合い募金はどこへ消えた裸足で水汲む子らに届かず
洗わんとさぐるポケットに千円札しめた‼夫には内緒の手間賃

宮崎　間　瑞枝

＊

千円のカンパに心軽くなり高江の森を守る一人に
洗濯はぱぱっとこの手で空は青地球の蟬声に耳傾ける
誰一人死ななかったをよしとする朱の首里城めらめらと燃ゆ

沖縄　比嘉　道子

《さまよへるオランダ人》のやうであるダイヤモンドプリンセス感染者を告げり
生息地を追はれ逆襲の風土病か見えなき天刑か人間の肺を食ぶ
日を追ひて空しくなりぬ神のなき「パンとサーカス」の五輪せまれば

大分　樋口　繁子

＊

人事権握る政府の言ひなりになる官僚のあまりに多し
政権に都合の悪き文書類廃棄さるるは今も変はらず
権力者によりて文書の改竄が行はれたるも世の常なるか

京都　久富　利行

＊

ビューティフルハーモニーとも訳される令和の年が今歩き出す
街の中居場所を求め彷徨える　大人だってさ子供だっても
子の未来担う大人が目を背け逃げてしまった保身の為に

三重　樋田　由美

原発事故に追われさまよう人等ののぞみいつ叶うかや帰去来(かえりなんいざ)

秋田　福岡(ふくおか)　勢子(せいこ)

コンビニにリュックを背負い来る媼ら戦後の再来と言うにあらねど

日本の悪夢がフラッシュバックする徴用工に慰安婦問題

＊

解体(かいたい)は数ケ月後といふ園舎・名簿・育児記録を選びつつ箱へ

島根　福島(ふくしま)　伸子(のぶこ)

無認可・小規模保育所と言はれつつ四十八年間の記録愛しも

アトピーの特別献立それぞれに大人となりて何食みてゐむ

＊

お互いに自国の紛争黙(もだ)しいてビジネス教室小さなアジア

奈良　眞島(まじま)　正臣(まさおみ)

顔叩き「目を閉じるな」と医師の声熱中症の死の淵にいた

走り去る子猫は不意にこちら向く目を光らせて側溝の底

去年にみぬ緑一面の麦畑は杭が打たれて資材置場に

東京　松嶋(まつしま)　紀之(もとゆき)

久し振りの通勤帯の電車には黒い背広がリュックを抱きぬ

日航機富士の上空避けて飛びユー・エス・エーに久しく譲る

＊

平和への支持訴うる横断幕の端もち街へ染み渡れと行く

京都　松田(まつだ)　基宏(もとひろ)

自転車の前後に子を載せ署名くれしこの人にこそ憲法守らん

和を令で縛られることの無きように政情の行方を凝らし見つめん

＊

姉いもうとかく老ゆるまで守り来し墓を閉ずると今日の水そそぐ

香川　三井英美子(みいえみこ)

字の彫りにとっくり蜂の巣がひとつ亡びし実家(さと)の墓石ぬくし

くりかえす経文いよよ高まりて墓より御霊の抜かるる瞬間

令和令和と騒ぎし年も暮れむとす天災人災の傷深きままま

愛媛　三島誠以知

即位礼の「天皇陛下万歳」が無気味に耳に残る歳晩

即位礼の経費にて被災者幾万か救へると思ふは不遜か

＊

春寒しテレビ画面は紛糾の「桜見る会」の質疑応答

大分　南　周子

護衛艦「たかなみ」見送る家族の中幼子抱きし若き妻あり

ウイルス避け観客抜きの春場所に呼出しの声高く響けり

＊

アベノミクスの実態隠しか不適切な手法の勤労統計調査

福島　宮崎英幸

原発の海外輸出を断念す思ひ見るべし日立の英断

超高齢社会となりて呆け知らず如何に生くべく令和の時代

茜さす雲の行方の空の下焼け落ちし首里城の炎やはある

神奈川　宮下俊博

夕暮れのパリの空へと煙あげ真っ赤な尖塔地へと崩れ落つ

ひとつだけ我も参加の支援なり「3・11」検索の寄付

＊

平成最後の桜花を観てゐたり喜び悲しみ思ひ出しつつ

長野　宮脇瑞穂

平成をわれと過ごししモンブラン昭和に逝きたる父の形見ぞ

今日よりは令和の時代　書室にて万年筆にインクを充たす

＊

生れし日を令日と呼ばむ此の日よりあまたに愛され人となりゆく

福井　村寄公子

栃の葉は祖母の団扇ださみどりの風を揺らして安らぎを呼ぶ

名付け親がAIとなる日もあらむ　みどり子かをる子永遠の名であれ

長野　森島(もりしま)章人(あきひと)

平成を二重線にて消し令和　対角線上半死の「平和」

被曝せし牛、牛、牛、牛、消され果つかなしみさへも地には残さず

指先にひかりの気配　生きてゆくけふがどこであつたとしても

＊

岩手　山内(やまうち)義廣(よしひろ)

一人暮し年金暮しの嫗ゐて破船のやうにパチンコにゆく

退職は苦(にが)き思ひ出花束を一つもらひて街へ消えゆく

ポンペイの街は灰下に消えたれど廃屋集落消える術なし

＊

富山　山口(やまぐち)桂子(けいこ)

出づる日の色に染めたる装束の袍の輝きまこと令(うるわ)し

令和明け朝見の儀に天皇の告(の)らししお言葉いつくしきかな

漆黒の北アルプスに金の筋生(あ)れて令和の初春(はる)は明けゆく

秋田　山中(やまなか)律雄(りつゆう)

散りぢりに遊びゐし子があつまりていま一列に号令を受く

若きらのきらびやかなるネイルさへ見なれて今はこだはりあらず

ともし灯のこぞりてゐしが午後九時を過ぎてにはかに病院暗し

＊

愛媛　芳野基礎子(よしのきそこ)

退位せむ陛下の会見は御(み)声震へ平成の代に戦の無きを

薄絹の雨の列島に新天皇即位に響もす日の丸の旗

一夜さに顔付き変はる新天皇重き宿命(さだめ)にきりりと締まる

＊

埼玉　吉弘(よしひろ)藤枝(ふじえ)

関東ローム層の土巻き上げて風荒ぶ麦作いつしか絶えたる耕地

作物より電気を造り売ると言ふソーラーパネルが里に増えたり

一家にて開墾をせし山の畑篠竹生えて原野となれり

13

都市・風土

蜩もつくつく法師ももう鳴かぬ命もろとも丘崩されぬ

田が消えて林が消えてめぐりより昭和・平成どっと遠のく

分譲地に若き夫婦の立ちており我の届かぬ未来見つめて

島根　安部（あべ）　歌子（うたこ）

＊

鉄筋がコンクリートをまとひゆくそのかたはらの短き仮眠

脚並（な）めてゆりかもめゐる欄干（らんかん）に朝陽は半歩ちかよりゆくを

路地はしる鶺鴒（せきれい）のそのあし見つつゆつたりとわれ押すや自転車

東京　新木（あらき）　マコト

＊

漁港には昭和のままに〈船溜り（ふなだまり）〉ありてアサリ船しづかに並ぶ

甘き香につつまれてゐる梨の郷（さと）いつせいに白き花の咲く季（とき）

いつも会ふ犬と寡黙な青年が今日は並んで夕陽みてゐる

千葉　石井（いしい）　雅子（まさこ）

修験者に憑きたる鬼も渡りたる無明（むみやう）の橋を冬陽が舐むる

仏と鬼ともに住まはすわれの血につながる羅漢か慟哭なすは

毘沙門天に踏付けられてゐる邪鬼の目が笑ひをり快楽（けらく）のごとく

大分　伊勢（いせ）　方信（ほうしん）

＊

はるけくも人ら集へる空域が本宮なるか二棟の見ゆる

黒木なる棟木に白木の千木飾る悠紀殿さやに雨に湿らふ

新築の掘たて柱の四阿（あづまや）のうちがは小雨にしろく残れる

東京　今枝（いまえだ）　敬昌（ひろまさ）

＊

一人一人が分断されて街を行く霧が流れて黄昏が深い

夕光は高層マンションの避雷針を日毎に照らして沈みゆきたり

プラットホームに入りゆく電車の振動が微妙になりて終着札幌

北海道　内田（うちだ）　弘（ひろし）

重たげに柿の実数多木に残る過疎の町なり空家の増えて
埼玉　梅津佳津美（うめつかつみ）

族らと今年も登る宝登山の蝋梅の香に吾れら包まる

霜白き野山見晴らす朝の窓冷えし大気を胸に吸いつつ

*

初雪がこぼれるやうに降つてゐるおはやうママン「しばれるなつす」
神奈川　大西久美子（おおにしくみこ）

「あのなはん、」明治生れの祖母のやう鉄瓶に沸くまろやかな湯は

川底を転がる化石の胡桃たち（芽を出せ）明日をとぢこめてゐる

*

あかときを密度ひきしめ川は来るみづあらそひのこゑはまぼろし
静岡　小笠原小夜子（おがさわらさよこ）

縄文の神を呼びこめ燃えさかれどんど赫あかあたらしく湧け

逆光に染みたる昏さ立ちつづく古木の腹に呑まれてゐたい

中世の戸に掛けられし甕のかたち列島の岸を飾る原子炉
愛知　尾崎弘子（おざきひろこ）

被災証明書を持ちてトンネルを奔り走りつかぎろひを背に

吾がたむけしカトレヤの色ほんのりと淡く残して父の頭骨

*

家持の刀祀りしこの宮を時勢は祭神天照（あまてらす）となしぬ
石川　金戸紀美子（かねときみこ）

苔生せる石碑（いしぶみ）に読む「藤奈美乃」矯（た）めつ眇（すが）めつ覚えにたどる

名にし負ふ田子の藤浪訪（おとな）へず「加賀に入（い）る」とぞ『奥の細道』

*

岩木嶺のふもとを行き交ふ人、車　津軽平野に朝が始まる
青森　兼平一子（かねひらかずこ）

ほのぼのとりんごの花の開きゐむうすき紗を曳く岩木の裾野

岩木嶺の凝しき渓谷いまもなほ遺ると思ふわが師の挽歌

野牡丹の二輪、三輪咲き継ぐを秋のはじめの庭に見ており
長崎　上川原紀人(かみかわはらのりと)

水引きの花終わらせて冬が来る冬に入りても赤きサルビア

ペットボトルのお茶一本の出る会議二口飲みて閉会となる

＊

時じくの霰に入る蕎麦の屋にあかあか燃ゆる薪のストーブ
福井　川波(かわなみ)　堯子(たかこ)

蕎麦を盛る器それぞれ異なりて箸置きし後見つつ愉しむ

実演の轆轤の土は「小曽原土」言いつつカップ次つぎならぶ

＊

紀の川の妹山背山に折り返す高校時代のマラソンコース
和歌山　久保(くぼ)みどり

ひとかかえほどの夕日が紀の川の汽水にジュッと音たてて落つ

紀の川を渡りて出でて紀の川を渡りて帰る紀の人われの

わたくしは夜を怖れて生き残る夜は漆黒また伽藍堂
千葉　古城(こじょう)いつも

漆喰の壁の小部屋に住みたかり色は濃い目で障子は白で

UFOが飛びそう夕暮れ永田町議事堂見えて星現われる

＊

幕開けを歌ふのは誰そのリズム　ど迫力(はく)にしびれる休日の朝
愛知　斎藤(さいとう)　彩(あや)

JUJU(ジュジュ)歌ふ「ニューヨークニューヨーク」映像に　巨大なモノクロームの街おもふ

ダークスーツの背筋を伸ばして男らの空つ風の吹くオフィス街を

＊

日暮れ待つ空にあまたのとんび舞ふ掩体壕(えんたいごう)を蔵(かく)す山の上(へ)
神奈川　斎藤(さいとう)　知子(ともこ)

人の世の移りゆくままちんまりと弁天の祠は駐車場の隅

寺子屋の子らは朗らに学びしか染王寺にたつ筆子塚四つ

枕詞を一寸拝借あをによし奈良あをによし五月の
那須野
栃木　佐藤(さとう)孝子(たかこ)

「小学校跡地」の碑あり永遠の拠りどころとは雲
湧くところ

一山を領せる竹の秋に雨たつた五軒の集落しづか

＊

冬の気を裂くがに鵯の甲高く鳴きつつ瑞鳳殿のた
まゆら
宮城　佐野(さの)督郎(とくろう)

定禅寺通り欅の並木道オデュッセウス像の尻高き
かな

若き日の恥を慚愧と思ふときそを見てゐたる街に
バンザイ

＊

火の山は今　閑(しず)かなり遠雷の近づく気配けむり流
れて
長野　塩川(しおかわ)治子(はるこ)

雪被る浅間つめたく笑いおりせせらぎ何時か濁流
となりしを

高みより光る山の端　夜の景　点らざる灯のいく
つありなん

ヘレニズム時代百人の学者雇用せしアレクサンド
リア図書館いまや宝庫
東京　しのはら榧(かや)

アレクサ呼びアメリカの天気きくわれは娘(こ)を十八
までしか育てられずに

米国にて獣医師の免許得しトモミ日々の手術に追
はれしときく

＊

上がりゆく雨らし建築現場より鉄の触れ合ふ音の
聞こえ来
東京　柴屋(しばや)絹子(きぬこ)

通過して行きし電車に一叢の赤きカンナがしばら
く揺るる

ミスト降る神田明神の境内にラムネの小瓶かたむ
けて飲む

＊

沿線にゆらめくビルを眺めゆく二階建て車輛の湾
曲の窓
埼玉　島崎(しまざき)征介(せいすけ)

鯵フライ定食にせむ市役所に戸籍謄本受けとれば
昼

芸の合間猿は花壇に俯けり黄色のパンジー見つむ
るごとく

ホームにて海馬を呼ばう匂いして南風というディーゼルの来る
奈良　島本太香子（しまもとたかこ）

サウンドオブミュージックには未来図のすべて見えた十六の私たち

ロケットの打ち上げライブ手のひらに午前一時の大銀河の音

＊

あたたかな雨にぬれつつ武庫川の柳青める岸辺を歩む
兵庫　鈴木（すずき）　桂子（けいこ）

川岸のみどりを映し六月はくらぐら流るわれの武庫川

水鳥を浮かべてしづかわが問ひに何も語らず冬の武庫川

＊

半世紀前の加州の秋天瑠璃わが行く道もかくと祈れど
長崎　谷川（たにがわ）　博美（ひろみ）

「投げ上げて秋受けとめる太鼓山」コッコデショの声と太鼓と

「耶蘇仏徒おほかたは去り島椿」久賀島（ひさかじま）はも心の里に

朝青龍の四股名にまつはる青龍寺おのが眼を休めて和む
神奈川　寺田（てらだ）　久恵（ひさえ）

あららぎの樹の股処に在はす大師仏あらあら尊き仏とぞ仰ぐ

寂々と靜の像は立ち在す面持ち白く秋雨に烟りて

＊

堀端の樹々の伐られて見えきたる鐘楼にいま夕光の射す
岩手　照井（てるい）　方子（まさこ）

光太郎に頭を撫でられて遠空を共に見し日よ連翹忌ちかし

おそれつつわれは味はふ熊鍋を狩猟談義を聞く公民館に

＊

鰰（はたはた）の大群来るか底ごもる遠雷を聞く霰降る夜に
秋田　永田賢之助（ながたけんのすけ）

男鹿半島磯の藻草も荒れ初めぬ鰰来い来い秋田の宝

大海の底持ち上げて盛り上がる波は荒波鰰の波

由布岳を隠せる椿花時の過ぐれば小気味好きまで刈らむ
大分　中溝里栄子

なだらかなる坂の中ほど自転車を漕ぐ学生の腰浮き始む

群れ鳩の降りたるのちを見失ふ草丈長き休耕田に

＊

郡内とう痩せ地に領主の家残り古りし仏間を過去の風過ぐ
東京　中村　かよ

領主とは名ばかりの家に苦労せし母知るやこの大黒柱

郡内の痩せ地に桑を育てつつ甲斐絹の名をば祖らは残す

＊

荒川を越ゆればビルの立ち並び窓に雲ゆく空さへ見えず
埼玉　林　三重子

電気にて暮し成り立つ不便さを猛台風の過ぎ去りて知る

うしろから前から威嚇されるごと車のライト近ごろ吊目

農業を始めしばかりの吾が目にも車窓に四国の荒れ地が見ゆる
山梨　舟久保俊子

新幹線に乗ればいづくの山端も池も畑もソーラーパネル

いざなぎの景気のシンボル坂出のコンビナートに錆の目立てり

＊

若者の如く勢ひ充ち満ちて青空高く浅間火を噴く
東京　古木　実

駒止めの残る御牧の里近く古歌懐かしむ「望月」の駒

「火の用心」呼びかけてゆく声のしてやすく眠りき風の吹く夜も

＊

縦横に張りめぐらされし電線に巻き絞められて煮えつまる町
東京　古谷　智子

青天をつらぬくマンションつぎつぎに角ぐむ都市の樹　張る根のあらず

無防備な腹しろじろと晒しゆく秋の蒼天よぎる飛行機

この町に三代続きし和菓子屋の水無月はじめ店仕舞い聞く

リニューアルせしスーパーに子育ての支援と幼児の休憩所あり

貸ビルの貼紙いつしか売りビルと書きかえられて水無月終る

東京　堀河和代

＊

シャッター街にシティホテルの地鎮祭わが店舗跡離れて眺む

青空に五輪マークを見し頃はこ・こ・ろ・ざ・しとふ夢を持つてた

ホモ・サピエンス進化仕直す瞬間に閉ぢ込めらるるなづきの琥珀

香川　松繁美吉

＊

蝶舞へるやうに黄の帯ふはり結ひ少女は花火の人ごみに消ゆ

城あとの上の夜空を彩りて花火爆ぜたり胸突く音に

お囃子の音をひびかする舟山車の五艘が川面にあかあか揺らぐ

埼玉　三友さよ子

上流に大雨降りしか天竜川波たてながら泥水ひろぐ

その昔暴れ天龍と呼ばれしが枯色なして川面うごかず

この川を下りてゆけば遠州灘歌集ひもとく『神の目の藍』

静岡　耳塚信代

＊

橋わたる車の列に黄金色の一台ありて南へ向かふ

唐代の酒客のごとしと思ひゐし川畔のホームレス立ち退きたりし

早春に白鳥群れゐし川の面さびしくなりぬ水を光らせ

岐阜　村井佐枝子

＊

名前札を首から吊るし放たれた鳥が行き交うビル街正午

帰属証明を胸に吊るし行く人ら或いは今日の存在証明

帰属証明が揺れる真昼のビル街を歩くわたしの証明はない

大阪　山口美加代

雲の腹ややに赤みておのづから実朝塚への枝道に佇つ

神奈川　山田（やまだ）　吉郎（よしろう）

実朝の御首（みしるし）塚の枝かげにうつつの雨のひびき聴きをり

くりかへし心は不要とつぶやきてとどろく谷のだるまと坐る

*

冬の日のビルの間は色合いも空気もうすく急いで通りぬ

神奈川　山中（やまなか）　昌子（まさこ）

わが遅き歩みにあわせぞろぞろとスマホ片手に若者がゆく

木枯しの吹くオフィス街の若者は受身の姿勢の背中縮める

*

引力のみゆる太良町有明海干潮どきの海底あるく

福岡　吉保（よしやす）　佳子（よしこ）

汐が引き三連の朱の鳥居ゆく尾ひれそよがす海神の道

満ち潮に赤児が産まれ引き潮にみちびかれ逝く月はヒト抱く

おお雲雀　グレン・グールドの死の床に書きこみあまたなる『草枕』

東京　和嶋（わじま）　勝利（かつとし）

基地へとOsprey（ミサゴ）も帰る鳥曇り　わが閑吟は風にほどけて

われの名に一つ月かげほのかなり晶子のうたの夜半にありたり

14

災害・環境・科学

台風の疾く過ぎ去れと祈りつつ振り子の如き風の息聞く
埼玉　会川淳子

停電の朝は珈琲ドリップにて淹るれば豊けき香り満ちくる

台風の被害案じて友からのメール届きぬ八年ぶりに

＊

窓越しに見ゆる首里城燃え上がり地球の異変か恐怖が走る
沖縄　新垣和子

ベランダに固唾をのんで見つめおり首里城正殿燃え盛る未明

闇の中に燃える首里城遠望す未明の落城なす術もなき

＊

暗い道を行けばあかりは劇場かハイタッチする青年二人と
宮城　伊藤誠二

「柳先生！美里先生！」と暗闇に男の声する女の声する

東北の機動力です　福島の起爆剤です南相馬市は

今の世も地震台風火事ウィルス人の戈越ゆ力適はぬや
東京　岩井昭

暦見て啓蟄を知るウィルスのパンデミックの様かと較べ気にせり

新型のコロナウィルス流行に散歩あきらめヨガの本手にす

＊

水を逃れ床に臥せる人どちの口々に言ふ初めてのことと
奈良　浦萠春

くり返し「命を守る行動を」と警報出されし令和の日本

コロナ禍に志村けん死す同世代の恐さ感じつつ春を生き継ぐ

＊

山肌の樹立は黒々鎮もれるそぼ降る雨を糧と受けつつ
千葉　江澤幸子

清濁を併せ呑み込み大海へ注ぐ小川の水面穏しき

絶ゆるなき水音の響き滔々と思ひ馳せゆく地球の行く末

ひさびさに帰れば手足は思ひだす掃除機をかける
部屋の順など　　東京　遠藤たか子
原発の爆発音は床の間の畳にかうして坐つて聴い
た
無花果はそだつて友はすこしだけ肥つて会はざる
時間がわらふ

*

台風の荒れしわが街夜の明けて哀しきまでに空澄
みわたる　　東京　大塚　秀行
吹き荒るる嵐はライフライン断ちあはれ極まるふ
るさと千葉は
うつし世は現世ゆゑに儚けれ被災地に冬の雨降り
やまず

*

慰霊の日父母の墓に仰ぎ見る山の冬木々ことしも
変らず　　東京　大貫　孝子
味噌汁にうく山東菜のうすあをき葉のかなしかり
父母を偲ばす
すでに町の所有となりし山峡の家跡生ふる雑草を
踏む

平成の始めに建て替え三十一年時代は変わる我家
も替わる　　大阪　大野　雅子
生垣の平戸の蕾膨らみて引き払う日に一輪咲きぬ
雨の中煙るビル群孫達はビタミンカラーで街に繰
り出し

*

「痛がったおっかねがった」犠牲者の碑銘撫ずれ
ば声の聞こえ来　　栃木　長内ヒロ子
重機もて君はガレキの撤去せし津波の跡の異臭の
中を
映像の3・11の濁流に誰も黙して伝承館出る

*

遠からずノアの方舟造らねば気候の暴走ただ事な
らず　　東京　小沼　常子
湾岸にニョキニョキ建ってるタワマンがムーミン
谷のニョロニョロに見え
どうしよう汚れっちまったこの地球終末時計は二
分を切った

春場所は無観客にて開催す澄み透りゆく呼び出しの声
コロナ禍に手作りマスク街を行く花柄、格子、イラスト入りも
百年前のスペイン風邪を思い出す　愛でる人なき桜のトンネル

東京　笠井（かさい）　恭子（きょうこ）

＊

気候変動「地球は今や岐路に立つ」国連警告身にしむ年初
プラごみの回収箱は満杯なり海洋汚染の映像浮かぶ
再稼働と原発マネー還流の構図見えくる闇の深さよ

高知　叶岡（かなおか）　淑子（よしこ）

＊

らくだ色の固き毛布を床に敷き「被災者」と呼ばれ夕食届く
配給の缶パン食はむに被災者のスマホ全てが鳴り出だしたり
ダム放流回避されたり信号が律儀に変はる深夜を帰る

神奈川　雅（が）　風（ふう）　子（し）

影のない真昼間の野へ立ちて見るわれ〈みちのく〉にいま生れしごと
流された東日本のふるさとのここの盛土の胡瓜の黄花
秋明菊白さえざえと揺れてゐる鎮魂ふらり忘却ふらり

宮城　北辺（きたべ）　史郎（しろう）

＊

大地震（おほなゐ）の半年後帰省せし益城町は陰画（ネガ）のごとかりき人をらざりき
諫早豪雨も平成地震も火の山に発する水は益城走りき
震度7にふるへし土壌に実りたるロザリオ・ビアンコ今年も届く

兵庫　楠田（くすだ）　立身（たつみ）

＊

桜（はな）の上　新型コロナ吹かれゆく目に見えざれば青空澄みて
何故にコロナ人類に近付くや　この住みにくい地球に入りて
動物園の動物達よザウルスに変化（へんげ）しコロナを食べてクダサイ

愛知　倉地（くらち）　亮子（りょうこ）

新型のコロナウイルス出現で世界経済深刻な危機

突然の新型ウイルス発生で大丈夫かな検査方法

欧州で四人に一人死んだというペストの怖さわかるこの頃

東京　小浪悠紀子（こなみゆきこ）

＊

颱風の生きものめきて島国に一つ目くらく意思をみせたり

泥濘を掬いながらも川溢れ被災地に雨　土砂降りつづく

水なくば生きられぬもの水により生きられぬもの　生きもの哀れ

東京　佐藤千代子（さとうちよこ）

＊

木犀の花をこぼして空き家へと猫はゆっくり石塀渡る

いく人の生死のありし隣り家の栄枯を偲ぶ　われと月とが

わが家の四囲のあき地に秋が逝く棕櫚をのぼりし蔦の葉が散り

栃木　島内美代（しまうちみよ）

ひとまずは短歌授業へ行くという甚大被害に手も付けられず

青シート土嚢の屋根のいや増して皆寡黙なりペンを走らせ

刈株になお生え来たる穭田（ひつじだ）の黄金色なり穂はさらさらと

千葉　清水麻利子（しみずまりこ）

＊

森林火災の死者三十人、逃げ場なき野生生物の屍（かばね）、十億

巨大地震も森林火災もつづまりはこの星に棲むニンゲンの業

無責任だと少女グレタに責められゐる碧き地球の指導者たちよ

長崎　下田秀枝（しもだほづえ）

＊

「夢だけはこわさなかった」言ひ切りし心根強し震災の後

師走狐ならぬ土塊も飛ぶよ飛ぶ道路工事の大音響に

突然の工事音に飛び立つは鳥のみならず犬も枯葉も

愛媛県　曽根篤子（そねあつこ）

夕闇のパリを背にする大写し沈む尖塔二つに折れて

茨城　園部みつ江

一本の煙草の火とも八百年守られきたる石造燃ゆ

平成三一年四月一六日大聖堂の焼落うつつに待つ新元号

*

体操の判定にＡＩ使用とふ生身の人間はまばたきをする

埼玉　髙橋京子

人間型のロボットずらり列をなす映像見つつ背筋の凍る

免疫力高むる食物何ならむすぐさまスマホ手にして調ぶ

*

朗朗と西本願寺の本堂に数多の信徒の読経は続く

福島　田中寿子

狩野派の襖絵　欄間　天井絵の栄華偲ばる西本願寺

本願寺の出口に貼らるる「等伯展」松林図の絵が不意に浮かぶも

谷間にホバリングの音ひび交ひて稲田の防除の白煙あがる

広島　田辺かつえ

総児童四十六人の小学生歓声あげつつ稚魚を流せり

講中のきずなも何時しかうすれつつ家族葬とう葬儀ふえいく

*

首里城のああ崩壊すおろおろと島の戦火の甦りくる

神奈川　津波古勝子

漆絵の支柱を仰ぎ黙々と歩みいませり近藤先生

正殿の竜柱の向きを正さんと申請したり世界遺産前に

*

大戦に消滅したる首里城の復元成りて成りて燃えたり

沖縄　當間實光

首里城のイヌマキの柱きらめきて燃えて崩るる美しきぞかなし

首里城の竜の顔やさし優しさが受難招くやいにしえもいまも

陸奥の少女東京にあこがれぬ都民となりて傘寿をむかえる

黄昏に日米の国歌流れくる基地近く住み早五十年

東京　内藤（ないとう）二千六（ふちむ）

世界揺るがす新型コロナウイルスにオリンピックも延期となりぬ

＊

馬車道の秋楡早く色失せて今年の塩害ここにも及ぶ

神奈川　中川佐和子（なかがわさわこ）

緊急の放流のダムおそれたる核家族なり娘も息子も

ケータイの気象特別警報が混みあう車内の空気撃ち合う

＊

焼失しはじめて気付く城という心の支え大きかりしを

沖縄　中村（なかむら）ヨリ子（こ）

そこにあるただそれだけで県民に力与えし首里城なりき

鶴ヶ城の再建なりて猪苗代兼載（けんさい）の書を持参する朝の父顕つ

被曝禍の嘆き入れてや虎落笛たかまりてゆく楽と思わん

熊笹の風のわらわら猪ら縄文時代を連れて戻り来

福島　波汐（なみしお）國芳（くによし）

怒りをばうたえ　磐梯さわらびの楽譜が楽を奏ずるからに

＊

大窓を震はせ大きジェット機が突入するがに風雨打ちつく

広島　林（はやし）敬子（けいこ）

吹き荒ぶ風雨に負けじとガムテープ・ダンボール貼る窓一面に

台風に吹き飛ばされし屋根あらは追打ちかくるは只ならぬ雨

＊

詩に知る阿武隈川や千曲川台風豪雨の決壊酷し

佐賀　原口（はらぐち）映子（えいこ）

千曲川いざよう波は濁流となりて幾多の命奪いぬ

冴え冴えと仰ぐ満月洪水に水漬く家々照らしいるらむ

ラニアケア超銀河団なる映像の粒のやうなるわが天の川

奈良　福原（ふくはら）安栄（やすえ）

木星の周回探査機ガリレオが撮りし地球は青きマーブル

太陽系第三惑星地球にて今朝もめざめぬ　青菜を摘まむ

＊

震度六熊本和水の夕暮れをテレビは映すわれのふるさと

東京　古島（ふるしま）重明（じゅうめい）

旧江田町四つ角の灯のかがやけりインターチェンジの灯りも見ゆる

古びたるわが家のブロック塀立つてゐるや否やとたづぬ電話に

＊

コロナウイルス削除しますかＯＫとはならずマスクは売り切れらしい

大阪　本土美紀江（ほんどみきえ）

雑踏がマスクマスクの渦になる二〇二〇年の冬長けながら

生ぬるき自が息吸いつつマスクびとイコカカードにゲートをくぐる

晴の日の入学式ながれコンクリをかじるでで虫子は見つめおり

千葉　前田（まえだ）えみ子

背負えない君のランドセル　草の穂に生れたてなる天道虫のぼる

六月三日びわの実熟れそめ十五分の新一年生の入学式なり

＊

エネルギーの争奪戦の観点で俯瞰するべし気候変動

愛媛　前田（まえだ）敏彦（としひこ）

Cancer を Cancel できるそもありぬべし前立腺の da・Vinci 手術

山深く神岡町の地下ふかく時空見つむるＫＡＧＲＡ稼動す

＊

チロルには唐檜（とうひ）を、信濃鬼無里（きなさ）には橅（ぶな）植ゑ二十年山をまもり来

長野　松林（まつばやし）のり子

村護るのぞみを託しわれらみなスコップ持ちて唐檜植ゑこむ

〈「日出づる国の森」の記〉ゾンベルグ山に建てて鎮めむ雪崩、地すべり

決壊せり避難指示出たと千曲川の近くに住める妹危うし

避難所に向かう先ざき川と化す家にもどると妹の声

長野　丸山(まるやま)　英子(えいこ)

濁流は家も車も橋さえもひと呑みにして人も連れ去る

＊

堤防決壊‼荒れ狂う濁流に家も車も飲み込まれてゆく

長野　宮原(みやばら)志津子(しづこ)

テレビの画面に言葉を失う、なんということだ一瞬のうちに日常が壊されてゆく

呆然と立ちすくむりんご農家の人々の苦悩、汚泥にまみれ無残な姿の赤いりんご

＊

ブルーシート急ぎ張りたる屋根屋根に雨脚強くなり始めたり

東京　山下(やました)　勉(つとむ)

温暖化歯止め利かぬかサンマ獲れず最強台風襲いくる秋

嘆き歌詠むのみか我術も無く台風惨禍の映像見つむ

わが町の第二原発(ニィエフ)「廃炉」と決まりけり過ぎし八年何ぞ重たき

福島　山田(やまだ)　純華(あやか)

かつて我ら原発爆発することを知らず登りぬその炉の上に

ときをりに我らも加害者なりしかど聞きてもみたしときの為政者に

＊

虫の音は絶えてしずけき洪水の泥にまみるる夜の集落

栃木　山西(やまにし)えり子(こ)

ふるさとを去りゆく人より賜い来し備前の壺の深き沈黙

翼をば拡げしような椿の樹明日は伐らるるに飛翔のかたち

＊

三月のかの日間なくし巡り来むふるさと逐はれてまる九年ぞ

福島　吉田(よしだ)　信雄(のぶお)

ふるさとを偲ぶよすがの一枚か航空写真に写るわが家

庭に咲くチューリップの花揺らしつつ春の風吹くこの避難地に

ことごとく田畑のみ込む濁流に浮かびし青き屋根の見えたり
堤にはステゴザウルスの背のごとく欠壊覆う白きブロック

茨城　綿引（わたひき）　揚子（ようこ）

洪水は思い出までものみ込むと嘆く夫に口を噤みぬ

15

芸術・文化・宗教

神持たぬ身に訪ひきたる修道院高き尖塔の十字架仰ぐ

愛知　青木(あおき)　陽子(ようこ)

応へなく入りたる聖堂ひろびろとドームの祭壇柔らなる灯に

克明にキリスト一世幾多の絵に地球の時間を超えて眼(まなこ)に

＊

X(カイ)の字の腕に裸身を衛りつつムンクの少女のみひらく眼

神奈川　青戸(あおと)　紫枝(しえ)

幼さを残せるものが既に知る厳かに刻(とき)の迫りくること

立ちのぼる影のいろ濃し　遁れえぬものをゑがかむ画家のその意志

＊

北斎の富嶽の景のいなづまに雷(いかづち)の音たしかに聞こゆ

千葉　秋山(あきやま)　和子(かずこ)

〈下野黒髪山きりふりの滝〉図にダイナミックな流れの音す

秋の夜を鳴きわたりゆく〈月に雁〉三羽の羽音も広重は描く

手談とて殺すことにも無言のまま勢ひづきぬ夜の明かりや

北海道　足立(あだち)　敏彦(としひこ)

目を奪ふと争ひの果て死にいたる我を見てをり盤上の事

向き合ひて互ひに声は立てぬまま「キル　モグタタく」手段の筋なる

＊

裡深く傘寿の鐘の鳴りひびく伊勢に重ねて『貧家記』読めば

沖縄　安仁屋(あにやます)　升子(こ)

首里を発ち舟乗り行けば白波に業平の影追ふ朝薫の旅

ひびき合ふ命のバトンを桴にして素足に踊る平敷(へしち)屋(や)エイサー

＊

冬の日のシベリウスゆゑはやく暮れ〈大きな焚き火〉ありありと見ゆ

北海道　阿部(あべ)　久美(くみ)

オーボエがチャイコフスキーが白鳥が身をよぎる見ゆ「愛」のお話し

老い初(そ)めて乱れ止まざるむらぎもを擦りてくれしバッハシャコンヌ

禁制の千三百年の法を解き女御輿が参道を行く

鳥取　荒井(あらい)　玲子(れいこ)

「山門に入るを許さず」の碑を越えて葷酒はすでに宿坊の中

観光地国立公園大山(ダイセン)の玄関駅は無人となりぬ

＊

いま一度聴きたきものを「早稲田早稲田」千切れむばかり叫びたまひき

福岡　飯田(いいだ)　幸子(さちこ)

中央に修二師据ゑて囲みたる写真の中のやさし面影

褒められて育ちし人と叱られて育ちし人と二人師逝かしむ

＊

モンマルトル行きてみたし否もう来ているユトリロの絵の中

東京　藺牟田(いむた)淑子(としこ)

フジタの「バラ」観るは三度目此の花のくらき紅(くれない)その紅(べに)の色

去りがたき此の神秘なる池の色モネの浮かべる睡蓮の花

襖絵の濤声に寄する蒼き風潮の香りを涼みつつ聴く

北海道　氏家(うじいえ)　珠実(たまみ)

日本の心映さむ海と山精霊住みにし空気醸して

玳瑁のほの白き螺鈿刻む筥天平の夢今に伝へむ

＊

貧しき者に残しおく落穂とう拾う農婦を描きしミレー

埼玉　内田喜美枝(うちだきみえ)

力強く迫りてくるは踏み出だす一歩大きく「種をまく人」

訴える写実の力感じつつ見入るミレーの農村のくらし

＊

スタンドの灯を寄せ校正三回目　眼を皿にして赤ペン握る

富山　江尻(えじり)　映子(えいこ)

三回の校正終えて出来たての「いみずの」六号まず短歌見る

会員の笑顔をたたせ「いみずの」の文芸配る今日は快晴

短冊の筆をそろえて歌詠めるすみすり前の静かな
かまえ

宮城　及川（おいかわ）　綾子（あやこ）

還暦に歌に魅せられ春の日に八十路迎えて指折り
て詠む

ふるさとを離れ槻木へ二十年歌詠みはじめ早くも
令和

*

立てるまま第四楽章までを待つ合唱の人ら嵌め絵
そのもの

東京　大熊（おおくま）　俊夫（としお）

やっと出番来たかとばかりシンバルを男は打ちぬ
足をふんばり

堰切りて一斉に叫ぶ「フロイデ！」の声の奔流頭
から浴びたり

*

「真実が知りたいだけなの」闇にむかふ「新聞記
者」の赤いマフラー

東京　太田（おおた）　公子（きみこ）

若冲のカッと見開く鶏の眼に見据ゑられてる胸の
騒ぎを

ピラカンサ西陽に映えて黄金色ぞつくり集ふ群鶏
の眼か

からみみか陶淵明の琴線か夏のをはりの風わたる
おと

東京　大野（おおの）ミツエ

一輪の花をかざして駈けてゆくまどみちお少年の
母恋ひおもふ

電子辞書ひらけば昨夜わが寝ねし後の夫の時間が
のこる

*

内宮（ないくう）の巫女に教わり折る紙垂（しで）の手漉きの和紙の指
に優しき

三重　岡田美代子（おかだみよこ）

懸税拝せんと行く神域に打ち水清し玉砂利を踏む

内玉垣に掛け並べたる懸税各地の稲束奉納さるる

*

「乞丐人（こつがいにん）」老いさらばへる姥に言ふ僧の言葉はわ
れをも打てり

福岡　岡本（おかもと）　瑤子（ようこ）

老いし身に「心の花のまだあれば」小町は応ふ卒
都婆に座して

枕辺を足音（あおと）かそけくゆく影の老いし小町かわれか
もしれぬ

ほけきやうと鶯鳴けば一心に法華経学びし日々懐しき

岡山　鍛治元文野

寒強く墓前の水盤凍れるも亡父と語れば思ひ温とし

仏法を学び行ひ十九年心安けし日々の暮らしの

＊

結核の痕跡とどむる弥生人鳥取青谷上寺地遺跡に

埼玉　柏木　節子

太古より人在るところ疫病がつかず離れず怨霊のごと

神社姫、姫魚、アマビエ、亀姫も疫病祓ふはをみなごぞよし

＊

踊れよといふがに音声ガイドより「美しく青きドナウ」は流る

茨城　金子智佐代

ブルク劇場の百人を越す観客をキャンバスに載す　若きクリムト

自画像と誰が言ひしか立てるまま枯ぶるエゴン・シーレの「ひまわり」

一撃の太鼓にピクリと頭あぐ紅の獅子は一気に舞ひ始む

三重　木村よし子

獅子頭脱ぎし若者上気して顔にしたたる汗拭ひたり

獅子頭に噛まれ泣き叫ぶ幼らの張りのある声幸せの声

＊

平成元年因幡の里に住みしわが庭に生ひゐし紫式部

愛媛　古角　明子

紫のまろき実に触れいにしへのいつくしき女のけはひみしかも

道長を投影したるか源氏てふをのこうみたる紫式部

＊

凡人の思ひ及ばぬ令和の号考案親しく万葉集より

神奈川　小林　邦子

考案は己にあらず天よりの声とぞ笑まふ中西先生

枕辺に良平歌集置きしとふ中西進の書簡は宝

いにしへの歌びと詠みし心うた今にし思ふ言の葉
の美よ
初の国書万葉集より出典の新元号に喜び深し

宮崎　坂上正子

折をりの四季の巡りの豊かさに暮らしゐる日日楽
しさに有り

＊

震災の復興祈念の若冲展象が牙むく鯨が潮吹く
遊び心包んだ仕掛けの「百犬図」画面いっぱいに
目くらましおり

神奈川　佐藤エツ子

大火にて家失いし若冲の襖絵に見る破れ蓮の葉

＊

太宰府に梅を愛でゐし歌生れて天平令和をつなぐ
花風

神奈川　佐藤和枝

テキストは中西進の文庫本「むらさきの会」に万
葉学ぶ
万葉集ゆかりの地をゆくバスの旅今は亡き人見え
隠れする

冬の日のわれ縫ひ上げし装束の千早まとひて坐る
春の座

新潟　佐山加寿子

着座して神楽の笛の鳴るを待つ　屋根をつたはる
雪解けのみづ
舞ひ終へて春のさびしさわれにくる護りてくれる
鬼の面欲し

＊

木菟が黄金の目もてわれを見る　画は人なりと謂
ひし大観

東京　信濃優子

漢辞海に分け入り「艫」を追ふ夜は月しろがねに
わたりゆくらむ
ショール巻きなほして歌手は胸を張りケルビーノ
からカルメンとなる

＊

世界遺産となりて偲ばる禁教の世を耐へ抜きし隠
れ切支丹

神奈川　菅泰子

迫害の長き歴史よ残虐を極めし逆さ穴吊り想ふ
ひそやかに切支丹らの唱へ来しオラショを聞けば
呪詛のごとしも

「青春」とふ語彙なき世代日々のデモと天井桟敷が大人の入口

紀伊国屋書店は私の遊園地十代いとしき分身の見ゆ

本棚に古びし聖書天金の此処を鴎の訪ふはずもなく

東京　鈴掛典子

*

自転車に通いし晴海三部作「奴婢訓」、「レミング」、「百年の孤独」

「天井桟敷」の男優女優も素の顔に乗り来る「晴海埠頭」行きバス

バスに乗る日はあっただろうかこの道を寺山修司は確かに通いき

東京　鈴木英子

*

鎌倉に梅雨の晴れ間を喜びぬ特別展は「豊饒の海」

貸し日傘・給水所のあるミュージアムに東寺曼荼羅ひろびろとあり

狭山にも空の守りを受け負へば兵器見せますショーに託して

埼玉　鈴木みどり

線香を供えて祈る常香炉けむり集めて頭に被りたり

光背のふかみどりなる御仏の人差し指に白き陽の照る

観音の昼のうつつに現われて助けたまえと天衣にすがる

埼玉　高橋康子

*

父の打ちし祭りの鬼が白き粉撒きて駆けめぐる平成の終り

父の打ちし祭りの鬼は役終へて後の代眠る安久美神社に

父の打ちし赤鬼青鬼天狗面役終へねむる安久美神社に

愛知　竹本英重

*

若きより多趣味なる夫の作品を苦労して選ぶに全部出したし

親子展に出品せむと自筆にて歌集三冊したたむわれの

娘の白のパッチワークのタペストリー一針一針に祈りのこもる

石川　田中喜美子

町民歌「虹の断片」唄ひつづけて四十年古関裕而の作曲にして

山形　冨樫榮太郎

声楽家気取り叶はぬ齢となりマイクに唄ふ「虹の断片」

余生あと幾日か知らねその日まで「虹の断片」唄ひつづけむ

*

首里城の復元なりて御門いくつを仰ぎ潜りしあの感激よ

沖縄　渡名喜勝代

夢にあれドラマにあれよ首里城の燃ゆる映像に茫然自失

龍神の神通力を恃めども正殿の竜の彫像落下す噫

*

太陽宿す夢を見しのち生まれたり農民の味方伊祖の英祖王

沖縄　仲間節子

「ぢゃなもい」は察度王の童名中国の進貢貿易明けたれきよら

土地をほめ領主をたたえ航海の安全祈る神の言葉オモロ

山間の能楽堂は厳かに火入れ式終へ演能を待つ

神奈川　中村久仁江

借景の裏山青く浮かび上がり無気味に現る土蜘蛛の塚

明治より受け継がれ来し神楽舞披露する子に期待寄せ観る

*

ベートーベンのピアノソナタの熱情は耐えし青春を思い出させる

埼玉　中村誠佑

シャンソンのピアフが歌う「愛の讃歌」バックに恋人ボクサーの死ありて

夢の中で母の遺影が初恋の女に変わりぬ通夜の夜のこと

*

軽やかなピッチカートのひびきありラウル・デュフィの「赤いヴァイオリン」

東京　南雲桃子

真夏でも毛糸の帽子に手袋のグールドの弾くバッハが大好き

グールドの変人ぶりの極めならんバッハ弾きつつ声のまじるは

担ぎ手が勢揃して乾杯する「差せ差せ」の声に鳳凰は揺れ

先棒は若い衆に任せかけ寄りてくしゃくしゃの顔を両手にはさみ

懇親会の人の多さに比べみて担ぎ手少い神輿をうれう

千葉　西辻（にしつじ）　正二（しょうじ）

＊

二十四の瞳を観たり将来を綴れず泣く子を抱きしむる師は

櫻咲く木下ゆき交ふ師と子等を追ふ映像の白黒いとし

再会の師に子は浜辺の歌うたふ声楽の夢叶はずなるも

神奈川　萩原（はぎわら）　卓（たかし）

＊

前の女（ひと）の掲ぐるスマホの画面にて吉田神社の鬼を捉へる

なやらひの鬼はやつぱり退散すここから先はひとに押されて

黒こげのイワシのあたまを齧りつつ雨の参道あゆみゆくなり

京都　服部（はっとり）　崇（たかし）

雲間よりにじの降りけり新しき御代に贈らるる希望の徴（しるし）よ

微笑みのかくもまぶしき車上なりて対の鶴の君真幸くあらせば

光の橋架かるを仰ぎそちこちの人らにかかりませ対話の橋の

神奈川　濱田（はまだ）　美佳（みか）

＊

四方から人々の目が焦点を結んだ先に天目茶碗

漆黒の天目茶碗に光来れば星ちりばめて青発光す

目の前に怪しく光る天目茶碗吸ひ込まれゆく青き宇宙へ

埼玉　飛髙（ひだか）　時江（ときえ）

＊

平穏とは言へない日々か近景に枝垂るる木の葉を雨のやうにゑがく

幻想公園踏み入りしかば青を濃く塗り重ねられて影になる人

ふるさとはおぼろなるかな砕かれた青い氷のやうなひかりのなかに

香川　兵頭（ひょうどう）　なぎさ

存へてめぐり逢ひたり改元の年のさくらにさくら吹雪に

埼玉　福田（ふくた）　セン

朝（あした）より霽れて元号改まるさくら若葉のいよいよ眩し

さはやかに覚めて皐月の朔の朝令和元年真風（まじ）に吹かるる

*

笏拍子（しゃくびょうし）打てば心の引き締まる浦安の舞の稽古はじまる

福井　古谷（ふるたに）　智子（さとこ）

老いてなほ世の平安を祈りつつ子らに教へむ浦安の舞

舞ひ終へて吾に微笑み舞堂を去りゆく姿に心安らぐ

*

坂下門潜りて続く玉砂利を里人われの現に辿る

山梨　古屋（ふるや）　正作（しょうさく）

正殿の木目さやけき床を踏む歌に繋がる女男（めを）の慎まし

礼服に潜めてひと日連れ添はむ長病める子の笑まふ写し絵

八百年の宗祖御降誕の慶讃に建立成りし山門輝く

神奈川　穂坂（ほさか）キミエ

本堂の参道長し山門の御降誕記念にわれも額づく

山門をくぐりてなほも振り返る女（ひと）をり施餓鬼の折りにも会ひし

*

文月の盆の朝の施餓鬼供養五色の短冊梅雨の風揺る

静岡　松浦（まつうら）　彩美（さいみ）

黒南風の夕べ濃くなる百八の蝋燭の火のさだまる刹那

僧侶らの経を響かすその中のハスキーボイスの旋律優し

*

埋もれ木は甦りたり晴れの日に千年の後「令和」となりて

千葉　松田（まつだ）　和生（かずお）

真夏日の余韻が残る掲示板に「手児奈まつり」の印字鮮やか

暮れなずむ八幡宮を見上ぐれば「静（しずか）」なるかなむら雲の立つ

米寿祝とふ歌舞伎舞踊の足拍子坂田藤十郎の勇む春駒

愛知　松野登喜子

手綱取るおかつぱ童子の藤十郎、駒の躍動舞ひきる、お見事！

シテとワキ友と分け合ひ初稽古八十路も末なる声響き合ふ

＊

朝食の白いご飯は草枕旅にしあればバナナの葉に盛る

神奈川　松山　紀子

先端と底辺どつちがいいですかナンちぎりつつ問ふ人のあり

大きければ大きな天ぷら蕗の薹衣の奥には苦さが見えて

＊

松の舞に「めごい」「めんこい」あちこちに次々と上がる観衆の声

青森　三浦　敬

疾駆する馬上に揺れて矢を放つ射手の妙技に瞬き出来ず

毬杖を馬上に振りて毬門へ雄叫び上げて毬投げる騎士

岩壁に彫られし千手観音像奈良のみ代よりこの地におはす

千葉　宮渕由紀子

大谷石の壁に彫られし釈迦如来み前に深くかうべを垂るる

戦死せし父の御霊の安かれと祈りぬ平和観音のみ前に

＊

地下鉄の乗り換へ通路の側溝にわが干支鼠が顔見せくるる

東京　村田　泰代

御祭神の子の大黒天おはします白子神社はわが干支にちなむ

三十三間堂に手を合はす千一体の千手観音

＊

上は空下は地にして人住めり自転公転するこの星に

群馬　矢端　桃園

いつの日かその身も還る土ながら糧をし得べく耕す人は

人の死を惜しとて悼む人もまたいづれ世を去るさだめを負へり

ま新し白いテントが張られたる起工式祭壇の御明
かし　　大分　山崎美智子（やまさきみちこ）
屋敷蛇かの長大なニシキヘビどこに行きしか本堂
を崩し
本堂が建つ地にまあるく砂を盛り萱一握りを植う
る式場

＊

奇跡にもバシー海峡に生き延びたる中嶋秀次潮音
寺を建つ　　大分　山田義空（やまだぎくう）
海底に眠るいのちの声届く猫鼻岬の潮音寺の庭
十万の人々の声君聞くやバシー海峡の静かなる海
に

＊

順調に発足せるかの「朝霧」も二、三年にて軋み
はじむる　　長野　山村泰彦（やまむらやすひこ）
片腕と父の恃みし青年が突如退社を申し出で来ぬ
「父上を信じなさればよいのです」鳥羽とほる氏
は励ましたまふ

遠き日よ「真樹社（しんじゅ）」を母が戯れに「歌屋」と呼び
し桃色の春　　広島　山本真珠（やまもとしんじゅ）
84年　八王子にありしLAWSONは青のリボンの
巻かれいし箱
聖夜待ち髪のカチュームにわが造語〈銀管楽器〉
の小（ち）さきを留めぬ

＊

さくさくと上野の森の小道きてゴッホ晩年の作品
をみる　　東京　柚木まつ枝（ゆのきまつえ）
花瓶より溢れむばかりの白薔薇のこの世の光の中
の静謐
画家人生たつた十年の結晶の「糸杉」の前わが身
焼かるる

＊

帯先に作る二枚の羽そろへ友の背中にふくら雀を
　　石川　吉田倫子（よしだみちこ）
つけまつげ取れしと楽屋の賑々し着付けを終へて
出番の間近
ステージを右に左に駆け回り都はるみに友のなり
きる

重厚に塗られしルオーのキリスト像冬を耐へゐる心地こそすれ
長野　米山恵美子（よねやまえみこ）

人の苦を笑ひに変へる道化の顔行き着くところキリストの顔

人生はアラベスクなりかにかくに人間模様の繰り返さるる

*

被爆者の涙かと思（も）ふ広島の平和式典に雨降り出だす
愛知　渡辺（わたなべ）　礼子（れいこ）

牛に乗り嵐を衝きて帰りゆくみ祖の旅路つつがなくあれ

スリッパでゴキブリ一つ潰したり不殺生戒とはなかなか成らず

*

詩歌とは澪の流れに沿ひゆきてやがて銀河へ羽ばたく心
千葉　渡良瀬愛子（わたらせあいこ）

詩歌とは枯れた記憶に火を放つ蒼くて赤い慟哭のいろ

詩歌とは百語に揺れる野の花の心となりて唄ふそよ風

参加者名簿・作品索引

［あ］

［う］

［き］

［く］

［こ］

［す］

［せ］

［そ］

［た］

［ち］

［つ］

［て］

［と］

［に］

［ひ］

［ふ］

［ま］

［み］

［む］

［め］

［も］

［ゆ］

［よ］

［ら］

［わ］

あとがき

二〇二〇年、令和二年は「新型コロナウイルス」に、世界が振り回された年として、記録され、記憶されるでしょう。この状態は、なお来年に継続しそうです。また経済がそれ以前のレベルまで戻るには数年かかるとの予測もあります。日本だけでなく世界の犠牲者につつしんで哀悼の意を捧げたいと思います。

そのような状況下、六月二二日、日本歌人クラブ事務所会議室に短歌研究社の國兼秀二社長と菊池洋美氏を迎え、歌人クラブ側は藤原龍一郎会長と本書を担当する編集委員七名（内三名中央幹事）が集まり、編集方針や日程の打ち合わせを行いました。そして、事務局の方々から、到着順に整理された原稿を引継いで、全てがはじまりました。

作業をしながら思ったことを記します。各地に、この小詩型にさまざまな思いを託しておられる人々がいることが感じられました。それぞれの営みを支援し、また、歌人相互の交流や情報交換の場を提供する当クラブの活動の基礎部分に本書があると考えました。短歌に親しむ人々が一堂に会する場であります。今回、はじめて関わった私はこれを引き継いでゆくことの重さを感じました。

版元の短歌研究社の皆様をはじめ、本書の刊行にお力添え頂きました方々、そして、素敵な本に仕立てて下さったデザイナーの岡孝治氏、さらに組版・印刷・製本に関わって下さった方々に心より感謝申し上げます。

令和二年十月

日本歌人クラブ中央幹事　上條雅通

日本歌人クラブ『現代万葉集』編集委員会

竹内由枝、桜井園子、斎藤知子、石井雅子

大西久美子、佐田公子、上條雅通

日本歌人クラブアンソロジー2020年版
現代万葉集

二〇二〇（令和二）年十一月三十日　第一刷発行

編　者　日本歌人クラブ
発行者　國兼秀二
発行所　短歌研究社
〒一一二—〇〇一三　東京都文京区音羽
一—一七—一四　音羽YKビル
電話　〇三—三九四四—四八二二
ホームページ　http://www.tankakenkyu.co.jp
振替　〇〇一九〇—九—二四三七五

印刷・製本　大日本印刷株式会社

ISBN978-4-86272-660-5 C0092

内容についての問い合わせ先

日本歌人クラブアンソロジー2020年版
『現代万葉集』

編者　日本歌人クラブ
代表　藤原龍一郎
住所　〒一四一—〇〇二二
東京都品川区東五反田一—一二—五
秀栄ビル二F
電話　〇三—三二八〇—二九八六
振替口座　〇〇一八〇—二—一三三二七四